# 悪役令嬢に転生してみたけれどツンデレ王子と懇ろだなんて聞いてない

天ヶ森雀

Illustration
whimhalooo

悪役令嬢に転生してみたけれど
ツンデレ王子と㷔ろだなんて聞いてない

# Contents

イラスト／whimhaloo

# 悪役令嬢に転生してみたけれどツンデレ王子と懇（ねんご）ろだなんて聞いてない

MOON DROPS

# プロローグ

『はーい、おめでとうございま～す！　あなたは三百人目の異世界転生ご当選者様です。パンパカパーン♪』

そんな口真似でファンファーレ歌いながらご当地記念イベントみたいなこと言われても。

「異世界転生？　ってことはなに？　私、死んだの？」

『ご明察！　残念ながら今世は終了のお知らせが届いてしまいました。とはいえ！　あなたは異世界転生ルートに当たった栄えある三百人目、今ならチートに色んな設定が選び放題ですが、なんになさいます？』

私はいかにも夢の中っぽい白い空間の中で、軽く溜息（ためいき）を吐いた。説明が雑すぎないか。

目の前にいるのはコロンとした白い球。大きさはバスケットボールくらいだろうか。目も口も鼻も表面にはなーんにもないから、さっき歌いながらと言ったのはあくまで比喩で、丸い玉から音声らしいものが発せられてるだけなんだけど。

「ってか、異世界転生ってそんな簡単にできるの？」

『簡単ではないです。もちろん誰でもできるわけじゃないですしね。でもブームに乗って門戸が広がってるのは確かです。その証拠に巷にはその手の同ジャンル漫画やゲーム、小説がアホみたいにうじゃうじゃあるじゃありませんか！』

えー……。

いや、あるのは知ってるけど、アホみたいにって、言い方が身も蓋もなー。

「だって、あれはフィクションでしょ？」

『ええ、そうですけど。でも実際死後の世界を知っている人なんてそうそういませんよね？　死んだらもう終わりなわけだし。なら今のあなたの置かれた状況が嘘か本当かなんて誰にも分かりません』

「そりゃまあそうだけど。でもそもそも私、そんなに漫画とか小説とか読んでないし、ゲームもしてないんだけど。それなのに小説や漫画の世界ってどうなの？　元ネタ知らなければ意味なくない？」

『その辺はほら、テキトーにふんわり知識に合わせてイージーモードになってるから問題ありません！』

ふんわりて。イージーモードて。

『それに何も知らなくても最初に世界設定説明があるのはお約束ですから。んで、本来なら転生後の異世界設定は選べないんですが、あなたはラッキーなことにキリ番を踏んだのでこちらの中からジャンル選択可能です。どうしますか？』

キリ番ってなに？　そしてあまりの話の軽さに若干眩暈を覚えてしまう。しかも転生後設定選択肢三択とか。これは本当にイージーなのか？　変な玉にお薦めされた転生後の世界は三つ。一、勇者となって世界を救う。二、田舎貴族でのんびりスローライフ。三、乙女ゲームで逆ハーロマンス展開。

「…………………………どれもなー」

いまいち気が乗らない。どうせ死んだのならこのまま成仏でいいような。

『ええ⁉　そんな無欲なこと言わないでくださいよぅ！　せっかくの三百人目なんですから！　僕のお薦めとしては二ですかねー、平和で安泰。ゆっくりまったりできますよ。趣味で温泉掘ってもいいですし☆』

「いやいや、温泉とか特に興味ないし、そもそも掘るの面倒だし。ちなみに乙女ゲームって悪役令嬢とか出てくるんだっけ？」

それを訊いてしまったのは単なる思いつきだったんだけど。

『あ、女性の方ならもちろんそっちですよね！　最近多少斜陽傾向にはありますがそれでも鉄板人気で！　確かにお約束として悪役令嬢も出てきますが、そんなのストーリー上のスパイスみたいなものですし。王子や騎士、魔術士、宰相などイケメン選び放題ですよ♪』

「……王子様や騎士には興味ないけど、悪役令嬢はやってみたい、かも」

『へ？』

驚いた声を出す球体を尻目に、ぼんやりと思い出す。

「昔っから憧れてたのよねー、シンデレラの継母とか継義姉とか。すっごく楽しそう♪」

ウキウキし始めた私を見て、ただの白くて丸い球体は白けた空気を醸し出す。ただの玉なのに器用だなあ。

でも本当なのだ。小学校の学芸会で、すごくやりたかったのにやれなかった、シンデレラの姉役。ヒロインをいたぶり高笑いする楽しそうなあの役。おずおずと立候補してみたけど「香恵ちゃんは意地悪な姉より人のいい魔法使いとかの方が似合うよ」と言われて叶わなかった。

どうやら普段がいい子過ぎて、皆が嫌がる役を率先してやろうとしたと勘違いされたらしい。そう言われると、周囲の雰囲気を壊してまでやりたいとはいえなくなってしまったが、どうやら後悔は燻っていた。

実際、いい子ちゃんには本当に飽きていた。なにせ小さい頃からずーっと『いい子』とか『優等生』で通してきたのだ。人当たり良く面倒見良く、誰にでも好かれ、当たり障りのないキャラ、それが私だった。

それでも学生まではそれも良かったけど、社会に出たらただの便利係。「いい人」イコール「どうでもいい人」に成り下がる。どうせ第二の人生を始められるなら、誰もが認める悪役キャラもいいかもしれない。

白玉はそんな私に軽く溜息を吐いたような雰囲気を醸すと、それでも気を取り直したのか元気に言い放った。

『……わかりました。ご本人の希望ならそれもありでしょう。悪役令嬢ルートへの参入を認めます。それでは良き第二の人生を。Ｇｏｏｄ　Ｌａｃｋ！』

玉がこれ以上なく軽佻浮薄（けいちょうふはく）な声で叫んだ途端、私の視界はもっと真っ白になる。
死んだはずなのに本当に変な夢、そう思いながら、私はそのまま意識を失った。

# 1．転生したらお嬢様だった件

「……ょう様！　リディーリエお嬢様！　大丈夫ですか、しっかりなさってください！」

上から悲痛な声で叫ばれ、ぼんやりと目を開けると、誰かが私の顔を覗(のぞ)き込んでいた。

「ああ！　よかった！　気が付かれたんですね！　今すぐお医者様をお呼びしますから！」

半べそかきながらまくし立てるのは、髪を首の後ろでひとつに結って、頭にフリルの付いたカチューシャを着けた若い女性。あれ、メイドさんとかが着けるやつよね。服もシンプルな濃紺のワンピースに白いエプロン着けてるし。ってことは、ここはメイドカフェ？

そんな店に行ったことはないけど、行くと女性客は皆「お嬢様」呼びされると聞いたことがある。私、メイドカフェで倒れたの？

「誰か！　早くお医者様をお呼びして！」

そのメイドさんは、振り向いて叫んだ。その時、初めて辺りが騒然としていることに気付く。そんな慌ただしい雰囲気をよそに、爽やかな風が私の頬を撫(な)でていった。

「ここは……」

「厩舎(きゅうしゃ)に近い領地内の森ですわ。お嬢様は馬で散策しようとなさって、でも急に馬が暴れ出して落馬なさったんです。私、もうびっくりして――」

その時のことを思い出したのだろう。彼女はまた泣きそうな顔になった。

でもちょっと待って？　メイドカフェって馬にも乗れたっけ？　ふつう屋内よね？　乗馬ってまさかメリーゴーランドとかそういうの？　ずいぶん設定が凝ってない？

しかも何とか体を起こしてよくよく見ると確かに私が着ているのは乗馬服っぽい。なんていうのかよく知らないけど、スーツっぽい上着に下がぴちっとしたズボンで、裾をブーツの中に押し込んでいる。しかも厚いなめし皮の手袋までしていた。

それよりも気になるのは目の端にチラチラする銀髪。どうやら私が動く度に揺れるんだけど、こんな色に染めた覚えもない。

「……悪いけど、鏡はあるかしら？」

「は！　そうですわね、貴族の娘たる者、常に身だしなみに気を配るのがお嬢様の信条、少々お待ちくださいませ」

メイドさんはそう言って、自分のスカートのポケットから小さな手鏡を取り出した。

「あいにく今はこんなものしかございませんが……」

「ありがとう。これで充分よ」

この芝居がかった演技、いつまで続くのかなあ。そんなことを考えながら小さな手鏡を覗き込むと、銀髪縦ロールの美少女と目が合う。

…………………。

………えーと。

私の顔ではないと思う。どこがどうって、全然違う。私が知っている私の顔は、もっと地味で黒髪ストレート、さえない眼鏡をしたアラサー女子だったはず。どう見てもこんなキラッキラ美少女ではなかった。それともこれは特殊メイク？　昨今のコスプレ技術がすごいの？

……え～～～？

動揺と混乱と現実逃避したい気持ちで固まっていると、頭の上から偉そうな男の声が降ってきた。

「猟や競技でもないのに落馬とは無様だな、リディーリエ・アンブロッシュ」

そう言って私を見下ろしてきたのは、とんでもない美貌の青年だった。

品良くうねる蜂蜜色の金髪。染みひとつない陶器のような肌。冴え冴えとした碧い瞳。バランスのいいまっすぐな鼻筋と、ほんのり赤い唇。一見美女にも見紛うほどだけど、広い肩幅と引き締まったウエストはどう見ても男性のものだ。屈んでるから良くわからないけど、背もかなり高そう。

あまりに美しすぎてハクセキの美青年とか単語が浮かんだけど、パニクってて漢字が浮かばない。最初が白であってる？

「吐き気はないか？　めまいは？」

「え？　えーと、今のところ大丈夫です、けど……」

それを聞くと、彼は膝をついて私の背中と膝裏に腕を差し込み、ふわりと抱き上げた。

うわ。

「で、殿下！　お嬢様は頭を打ってるかもしれませんし、下手に動かしては……！」

さっきのメイドさんが「お待ちください！」と必死な顔で叫ぶ。

しかし彼は「ここに置いておくわけにはいかんし、医者を呼ぶなら屋敷の寝室に連れて行った方が早い。それにこの中で彼女に触れる資格があるのは私しかいるまい？」と、立て板に水で正論を並べ立てると、私をお姫様抱っこしたままスタスタ歩いて行く。

なるほど、いいとこのお嬢様ともなると、その辺の男性が気安く体に触れるわけにいかないわけだ。不敬罪的な？

で、彼がなんで私に触れられる有資格者かというと。無意識に脳が検索し始める。確かこの超美形青年は……。

「……ルドヴィーク殿下？」

そうして不意に頭の中に浮かんだ名前が口をついて出た。

「いかにも。あまりにぼんやりしているので頭を打って本当に記憶喪失にでもなったかと期待したが、残念だな。私は君の婚約者でありこの国の第一王子でもあるルドヴィーク・ロイディアルドだ」

彼は氷のように冷たい眼差しを私に向けると、さも憎々し気に言い捨てた。

婚約者であるルドヴィーク殿下は、その言動とは裏腹にとても丁寧に私を扱った。抱き上げた腕は力強く、決して私を落としそうにはならなかったし、ベッドに下ろす時も静かで全く振動を感じさせなかった。もっとも私をベッドに運んだらさっさといなくなっちゃったんだけど。

◇　◇　◇

彼に運ばれ、寝室で横たわる頃には今までの記憶が一気に蘇ってきた。

と言ってもアンブロッシュ公爵家の一人娘、リディーリエとしての十七年間の記憶が、と言うより、前世の記憶に当たる廣里香恵の二十七年の記憶の方だ。

もっともなんで死んだのかだけは覚えていない。ただ、白い玉みたいなものに説明されて、この世界に転生したことだけは思い出した。あれって夢じゃなかったんだ。

現実的に考えれば、その前世もリディーリエの妄想ともとれるんだけど、それにしては異文化の記憶や語彙が多すぎる。たぶん、生まれ変わったでいいんだろう。あまり深く考えまい。

で、その記憶が落馬の衝撃で蘇ったわけだ。

当然ながらリディーリエとしての記憶もある。ただ、今の時点では廣里香恵の記憶の奔流がすごくて、そっちの記憶や人格の方が明瞭になって前面に押し出されてる感じだ。

にしても綺麗な王子様だったなー。リディーリエの三つ上だから今二十歳？

生まれながらの王子として威厳も気品もあるんだけど、まだ少しだけ少年っぽさを残す面影がちょっと母性本能をくすぐっている。前世の廣里香恵よりは全然年下なんだけど、あんまりそんな感じがしないのは、王子としての貫禄があるからだろうか。

とはいえ婚約者であるリディーリエにあれだけ塩対応なのはやはりあくまで政略的な婚約だからだろう。そりゃあ選んだのが悪役令嬢ルートだしね。

今のところ、正規ルートであるヒロイン（たぶん無垢で無邪気な清純派？）の気配はないけど、お互いに相思相愛の関係でないことは確かだ。なにせ二人とも気位が高い。エベレスト級に高い。一応リディーリエが臣下に当たるわけだから公式の場ではへりくだった態度は取るけど、こちらもこちらで国の一二を争うような有力貴族の一人娘として裕福に何不自由なく育ったから、それなりに我が儘だった。当然衝突もあったりする。

しかも幼馴染みだったから、小さい頃から比べられたりした日には、ライバル的な感情もあった。どっちが早く読み書きを覚えただの、どっちが先に馬に乗れるようになったかだの、張り合っていた時期が長い。

あれは忘れもしない私の十二歳の誕生日。華やかなパーティーが開かれ、当然ながら婚約者でもあるルドヴィーク殿下も招かれていた。

当時十五歳だった彼は年相応にすらりと背が伸び、けれど大人の男性に比べればまだ全然華奢で思春期特有の潔癖さを醸し出していた。壊れやすいガラス細工にも似た繊細さが私を密かに魅了する。

しかし当日、些細なことで口喧嘩になった彼は、招待客の面前で「政略的な意味がなければこんな我が儘で高慢ちきな女と結婚なんかしたくない」と言い切ったのだ。

あれはショックだった。なまじ我が儘で偉そうな物言いに自覚があっただけ辛い。

確かにキャッキャうふふな雰囲気からは程遠い私たちだったけど、それでも幼馴染みなりに気心は知れていると信じていたのだ。しかしそう思っていたのは私だけだったらしい。

まあそこで「お互い様ですわ」とにっこり笑って言い切ったリディーリエもたいしたもんだと思うけど。

犬猿の仲決定。

それでもその日の晩は、ベッドに入ってから泣き伏したな。翌朝は瞼が腫れて目が開けられなくなって、侍女達が大騒ぎだった。彼は彼で王城に戻ってから国王陛下にみっちり叱られたらしいけど、同情の余地はない。と思う。

…………うん、甘い雰囲気になるのは難しい。

なるほど、この辺が悪役令嬢ルートなんだなー。小さい頃の恨み辛みって、残るからね。

それはともかく。

彼がそう思うなら、いっそ「お互い様」を本当にしてやろうと思った。元々彼の後ろ盾となるための婚約なのだから、婚姻が成立すれば嫌いあっていたとしてもそれが許される立場だ。どうせ嫌われるなら徹底的に。その方が未練も残らないだろうし。

……ん？　未練？

そこまでリディーリエの記憶をトレースして改めて気が付いた。

あれ？　ってことは、リディは本当はあの王子様が好きだったの……？　十二歳という年齢で自覚があったかどうかはともかく。

幼い頃から勉強や淑女教育を必死でこなしてきたのは、全て王子のためだった。彼がリディをライバル視して、競ってくれるのも嬉しかった。だってそうすれば彼の世継ぎとしての評価も益々上がると思ったし。生意気に振る舞って彼を挑発したのは、彼自身に頑張って欲しいのもあったのだ。だって彼は彼でとんでもない負けず嫌いだったから。

つまり好きが高じて誤解されるような態度を取っちゃってたってこと？

そこまで彼のために頑張ってたのに、裏目に出ちゃったのだからそりゃショックだわ。しかも失恋することで初恋を自覚するに至ったものの、今度は己のプライドの高さ故にその好きって気持ちすらも認められずに必死に自分の中に押し殺してきたとなれば……もうこれは拗れるしかない。拗らせた初恋ってこの上なく厄介そう……。

ふと、自分を抱き上げた彼の腕や胸板のたくましさを思い出して赤面する。お姫様抱っこなんて、香恵だって二十七年生きてきて、幼児期以外にはされたことなんてなかった。そもそも彼氏いない歴イコール年齢だったし。

力強く私を抱いた腕の安定感は鍛えている証拠でもある。細く見えて、国の騎士団の中では有数の騎士でもあった。加えてとんでもない美貌。

「は～～～～……………」

ベッドの中で長い溜息を吐く。

もちろん人間、顔だけじゃないし。でもあれだけ綺麗だとちょっと卑怯っていうか。ドキマギしつつ、つい見つめていたくなるのは否めない。あれでもうちょっと性格がマシだったら……。

そんなことを考えてしまい、枕に沈めた頭をぶんぶん振る。

そんな甘いことを考えちゃ駄目。

だって、私は『悪役令嬢』なんだから。


……でも……今更だけど悪役令嬢ってどういうストーリー展開だっけ？

今更だけど。本当に今更だけど、それを確認しなったことを思い出す。確か、恋愛系ゲームや小説のヒロインのライバルポジションで、王子様や美形二枚目キャラと相思相愛になる正規ヒロインの当て馬役。故にヒロインを苛めるのが正式なお仕事。

残念ながら私の浅い知識ではそれくらいしかわからない。思い付きと勢いでこのルートを選んじゃったけど……本当に大丈夫だろうか。個人的には可愛いヒロインをちょっと苛めつつ悪役的態度を楽しめればいいだけなんだけどな。

この期に及んで軽率に転生先を選んだことに一抹の不安を覚えながらも、私は眠りについたのだった。

◇　◇　◇

「それで調べはついたのか？」

きらびやかな謁見の間の、王族だけが座れる背もたれが異様に大きく華美な椅子に腰掛けて、ロイディアルド王国の第一王子であるルドヴィークは低い声を出す。

彼の前に跪(ひざまず)いていた黒ずくめの男は、恐れながらと申し出た。

「殿下がおっしゃるとおり、馬のハミに細工がしてありました。しかしリディーリエ様が馬での散策を決めたのはほんの数時間前。外部の者が前以(もっ)て罠(わな)を仕掛けるのは難しかったと思われます」

ルドヴィークは形の良い眉の間に縦皺(じわ)を寄せる。

「そんなこと分かっている。問題は、あれが誰の差し金かということだ」

婚約者であるリディーリエが、馬で散策に出ようとして突然馬が暴れ出し、落馬したのは午後のことだった。リディーリエの乗馬の技術は将来の王妃教育の一環として充分信頼に足るものだったし、乗っていたのも人に慣れている穏やかな牝馬(ひんば)だった。馬も生き物だからイレギュラーな事故が全くないとは言い切れないが、それでも違和感を覚えてルドヴィークは秘密裏に調査を命じていた。

馬のハミに触れられる人間は限られている。

「内部の者の犯行である可能性が高いな」

「御意」

リディーリエの成人も近い。この国の貴族子女の成人年齢は十八歳だ。つまりはルドヴィークとの婚礼も近いということである。そしてそれを喜ばぬ者がいる。

彼がそれを初めて知ったのは、彼女の十二歳の誕生日直前だった。

ルドヴィークは未熟児で生まれた。本来ならまだ母親の腹にいなければならない時期に月足らずで生まれてしまい、当然ながら普通の赤子よりかなり小さく泣き声さえ掠(かす)れていて、長く生きられないかも知れないと医者に言われたらしい。けれど何とか一命は取り留め、すぐに熱を出してせき込むような虚弱な体でどうにかこうにか生き続けたが、最初の一年は乳もなかなか飲めなかったと言う。

それでもひ弱な王子は何とか生き続け、普通の子供よりも遅く歩き出し、言葉を喋(しゃべ)り始めた。

普通の子供なら、それでも頑張って生きようとする姿に親や周囲がただひたすらエールを送るだろう。

しかし彼は王子だった。しかも第一子。ゆくゆくは国を背負う立場だ。表だっては「大器晩成の相がある」とか「お小さくても品位を備えていらっしゃる」だの王子を称える振りはしても、水面下で世継ぎに対する不安な噂(うわさ)は流れていた。いっそ第二子、第三子を一日も早くと、王に側室を勧める者も多かったくらいだ。

もちろん王とて様々な可能性を考えなかったわけではない。

王妃は難産が祟って次の御子は難しいと言われていたが、王は王妃を愛していた。そして病弱気味とはいえ、やはり我が子は可愛かった。そこで一計を案じた王は王子がまだ病弱だった三歳の頃、娘が生まれたばかりの大貴族、アンブロッシュ家の当主に相談した。その娘と婚約させることでアンブロッシュ家を後ろ盾にし、万が一王位を継げなかったとしても彼の立場を守れるように画策したのだ。

とはいえ幸いルドヴィークは歳を重ねるごとに丈夫になっていった。

体格こそ幼い頃は同世代の子供より小さめだったものの、その分王子としてあるべく努力を重ね、勉強や運動能力を磨いていった。そんな彼の心の支えでもあったのがリディーリエだ。

リディーリエはルドヴィークとは反対にふくふくとした丈夫な赤子で、物心ついて婚約者として紹介された時には無邪気にルドヴィークに懐いていた。またアンブロッシュ家の一人娘としてなんの不自由もなく育てられた彼女は、ルドヴィークがすることをなんでも真似したがる。二人の負けず嫌いが高じて、結果、王子は益々己に磨きをかけることになった。

生まれてからずっと腫れ物に触れるように扱われてきたルドヴィークにとって、なんの遠慮もなく無邪気に接してくるリディーリエは逆に眩しく、数少ない心を許した相手でもあった。だからルドヴィークとて彼女のことが嫌いだったわけではない。素直になれない部分はあったものの、大事な幼馴染みだった。むしろ輝くように成長するリディーリエは、ルドヴィークの心を捉えて離さなくなる。

そんな二人の関係に眉を顰めていたのは王弟のランドルフだ。彼は体が弱い甥が次の王になるくらいなら、自分の息子マチアスを擁立し、己が権力を握りたかった。それには王子の後見人となっている大貴族のアンブロッシュ家が目の上のたん瘤だった。できるならルドヴィークとアンブロッシュ家を仲違いさせたいと考える。

彼はまだ繊細だった頃の王子に囁いた。

「殿下の地位を狙う者はたくさんいます。もしあの令嬢が殿下の弱味だとそやつらに知られたら、彼女も命を狙われかねないでしょう」

それを聞いたルドヴィークは戦慄する。実際、彼の命が狙われたことも少なからずあったからだ。リディーリエもその標的になってしまったら――。

「僕はどうすればよいのでしょう？」

蒼白な顔で叔父に尋ねる。

「そうですね。まず、あの令嬢との婚約はあくまでも政略的なものであり、自分は彼女のことをなんとも思っていない、あるいは本当は嫌いだと公言してしまうのです。そうすれば敵の目を欺いて、彼女に危害が及ぶことはなくなるでしょう」

まだ叔父の親切な顔を素直に信頼していたルドヴィークは、まんまと彼の奸計に嵌まり彼女の十二歳の誕生日にその通りにしてしまう。それが叔父にとってルドヴィークの後ろ盾を弱くする計略だとも気付かずに。

とはいえあの時のリディーリエの傷付いた瞳は忘れられない。気位が高い彼女だから瞬時に立て直しては見せたが、それでも紫水晶のような瞳は潤んでいたし、小さな手も震えていた。本当は誰よりも大事にしたいと思っていたのに、深く傷付けてしまったことに動揺する。

城に帰ってから父王や周囲にさんざん怒られ、初めて叔父が密かに王位簒奪の野望を持っていることを教えられてショックを受けるが、それよりも彼女の悲しい顔の方が彼をより苦しめた。

しかし、父に「私が普通に接しても彼女に絶対危害がないと言い切れますか？」と問うた時、王も言葉を詰まらせていた。つまり叔父の言にも一理ないわけではなかったのだ。

叔父自身がその害を為す者の一人であることを含めて。

ルドヴィークは慎重になることを深く留意するようになった。今後の彼女への対応も含めてだ。本意ではないのに無理をしてリディーリエを怒らせ、傷付けたのだ。今は謝罪して誤解を解くより、そのままにして彼女を自分から遠ざけた方がいい。少なくとももう少し安全が図れるようになるまでは。

リディーリエにそのことを告げる気はない。彼女は良くも悪くもまだ素直すぎる。ルドヴィークに言い返したのはさすがだったが、それでも肩口と声は震えていた。貴族の娘として、王太子妃になる身として、今後の成長でまた変わっていくだろうが、まだ十二歳になったばかりの彼女にそこまで背負わせたくはなかった。それならいっそ、本気で嫌われていた方がマシだ。

彼女の涙も、怒りも、受けた時の痛みは深かったし、傷付けた事実が王子を苦しめたが、自分が悪役になることで彼女のリスクが減るならばとじっと耐えた。


やがてリディーリエは少女期を脱し、薔薇(ばら)の蕾(つぼみ)が綻(ほころ)ぶように美しく成長していったが、彼女に対する王子の冷たい態度は変わらなかった。既に婚約者であるリディーリエ自身がそのことを受け入れてしまったし、本当のことを言ってしまえば、何より美しく成長したリディーリエを前に、ルドヴィークがまともに顔を見られなくなってしまった。

可愛すぎる。美しすぎる。

白く透き通るような肌は異国の陶器を思わせたし、紫色の瞳は特別な宝石のように光っている。唇は艶を帯びた花弁のようだったし、月の光をまぶしたような銀色の髪は妖精を目の前にしているように神秘的だ。すんなり伸びた首筋や手足も、鎖骨のラインからカーブを描く胸や腰つきも、信じられないほど魅惑的だった。

迂闊(うかつ)に目が合えばそれだけで心臓が早鐘を打って止まらなくなってしまう。冷たい王子という仮面が剝がれれば、彼女に心酔しているのが見え見えになってしまう。

かつて病弱に生まれた王子なら、またいつ病死するとも限らない。それを口実として王子の王位継承権を剝奪するために、王子の婚約者を利用しようと考える者は皆無ではないだろう。何より自分が公の場で醜態を晒(さら)す危険性が怖かった。政敵たちに、わかりやすすぎるほどわかりやすい弱点を晒すことになってしまう。

もちろんアンブロッシュ家は古くから伝統のある大貴族だから、彼女自身を傷付けるような事態が起こることをそう易々と許したりはしないだろうが。


せめて無事に婚姻の儀を済ませるまでは――。


何人(なんぴと)たりとも彼女を傷付けるようなことはさせまい。そのためには無表情に徹して本心を晒け出すような真似は決してすまい。そう思っていたのに。

何かが崩れ始めたのは、最大の政敵である叔父ランドルフの息子マチアスが、ここにきて急にリディーリエに近付き始めたことだった。

一つ年下の従兄弟である明るい鳶色(とびいろ)の髪をしたマチアスは、王子であるルドヴィークとは正反対のタイプだった。誰もが目を瞠(みは)るような美形ではないが、それでも王族としての品位と整った容貌を持ち、陽気で人懐こく、他者に警戒心を抱かせない。それ故に国民人気も高かった。

ルドヴィークが王子という立場でさえなければ、あるいは病弱な過去を持っていなければ、仲のいい従兄弟としての在り方もあったかもしれない。そう思えるほど、マチアスは無邪気で人好きのする青年だった。機転も利くし剣の腕も立つ。

歳が近いというだけで当然比べられることは多い。カリスマ性が高く近寄りがたいルドヴィークと気さくなマチアスは、同じ騎士団の若手としても国民の人気を二分している。

ルドヴィークは叔父の息子ということもあり彼から一定の距離を保っていたのだが、そんなマチアスが冗談交じりの声で「殿下がそんなにリディーリエ嬢をお嫌いになるなら、私がもらってしまおうかな」と言った時には、騎士団の休憩室は当然凍り付いたし、ルドヴィークも素で彼を睨(にら)み付けてしまった。

「やだなあ、冗談ですよ」と肩を竦(すく)めて見せたので沈黙を通したが、騎士団仲間からは「冗談じゃ済まねえよ！」と総ツッコミを受けていた。

公共の場であれば不敬罪もいいところだが、実力主義である騎士団内では、二人の立場に差はない。ルドヴィークが足早に休憩室を去った後、その場にいた者の情報によると、マチアスは「いつも冷静沈着な殿下の表情を崩してみたかったんだ」と悪びれもせず語ったそうだが、真意の在り処は定かではない。

ルドヴィークは二重の意味で警戒した。自分の王太子位失脚を狙ったリディーリエに対する陰謀疑惑と、彼女を女性として奪う者が現れた危機感と。

アンブロッシュ家の当主とも秘密裏にその情報を共有し、彼女に対する安全策を巡らせたのはここ一年ほどのことだ。


その警戒が功を奏したのか、目立つ危機はなかったものの、今日、彼女が急に馬で散策に行くという情報を聞いた時、嫌な予感がして慌ててアンブロッシュ家を訪問した。

ルドヴィークは王子であり、リディーリエの婚約者だ。突然の訪問だろうが彼を遮れる者はいない。

勝手知ったる厩舎に愛馬で乗り付けてみれば、ちょうど落馬した彼女が目に入って頭が真っ白になりそうになった。

幸い意識はすぐに戻り、怪我らしい怪我もしていない。その場にいる方が危険だと感じて、彼女を抱き上げて寝室に運ぶ。

リディーリエは落馬した影響なのか、まるで初めて出会った者を見るようにルドヴィークを見ていた。どこかぼんやりしている彼女に不安を抱きつつも、寝室に長居する無礼は許されない。そもそも愛していないはずの婚約者の部屋にずっといたら、まるで彼女を心配しているように見えてしまうではないか。

彼女の危機に立ち会って、ルドヴィークもやはり少し動揺していたのかも知れない。何もない風を装って城に戻り、諜報部を動かした。

彼女との結婚式まであと一年もない。それまでに何とかできるだけの手を打ち、あらゆる危険の芽を取り除いておきたい。

そのためには彼女からどんなに憎まれ、蔑まれようとも構わない。

「とにかく馬のハミに細工した者を探し出せ。場合によっては私がこの手で尋問する」

「は」

氷よりも尚冷たく感じる視線を投げて、諜報部員に命令を下した。

誰もいなくなってから細く溜息を吐く。少なくともこれですぐ彼女に危険が及ぶことはないはずだ。そのための布石は打ってきてある。

それでも――。

彼女のために細心の注意を払っておきながら、ルドヴィークは間違いを犯した。それが決して許されぬことを知りながら、どうしても堪えることができなかったのだ。

「結局、私自身が最低なことに変わりはないがな」

ルドヴィークは己の愚かさを痛いほど自覚して、薄く自嘲した。

# 2．王子様と××なんて聞いてない

夜も更けた居心地のいい寝室で、私は現状を整理する。

落馬して数日はベッドにずっと閉じ込められていた。特に目立った怪我はなかったし、周囲にいる人達にもう大丈夫だと何度も言ったのだけど、それを無視して強制的に。まあおかげでゆっくりとリディーリエの今までの記憶を再確認できたんだけど。元々あるはずのリディーリエの記憶に、前世の廣里香恵の記憶がいきなり上書きされたもんだから、多少の混乱はしょうがない。

どこまでがリディーリエの記憶でどこからが香恵の記憶か、自分なりに振り分ける。

リディーリエ・アンブロッシュ。

ロイディアルド王国において公爵家の地位を持つアンブロッシュ家の長女であり、歳の離れた兄が二人いる。しかし両親からは歳がいってから生まれた唯一の女の子ということで溺愛されて育った。もっとも生まれて間もなく体の弱い王子の婚約者となったこともあり、それなりに厳しく躾（しつけ）けられもしたのだけど。

自分で言うのもなんだけど、リディーリエは生まれた時から愛らしく、利発で少々お転婆な娘でもあった。だから婚約者でもあり幼馴染みでもあるルドヴィーク殿下とは結構色々張り合って頑張っていた。彼の花嫁になることに、なんの疑いも持っていなかった。

――あの十二歳の誕生日までは。

実は殿下に嫌われていたと分かってからは、一周回って開き直った。

その辺が、何不自由なく愛されて育った感じである。たぶん香恵だったら落ち込んでしょぼくれちゃいそうだけど。だって自分の誕生日パーティー会場という公式の場で「嫌われている婚約者」のレッテルを貼られたのだ。できれば外も歩きたくないくらい落ち込みそう。

それでも気を取り直して王太子妃として、ふさわしくあるべく努力したのは、王子の婚約者として、ではなくリディーリエという個人としての尊厳を守りたかったからだ。それは素直に偉いと思う。

とはいえ、当然ながら彼には素直に接することができなくなった。当然よね。だって嫌われてるんだし。素直に正直な気持ちを話したところで、通じるかどうかもわからないだというのに。

…………だというのに？

何かを思い出しそうになるのに、心のどこかが必死でブレーキをかけている。モヤモヤする。なんだっけ？　思い出しちゃいけないことって……。

ぼんやりそんな葛藤をしていたら、部屋の隅でカタッと小さな音がした。

誰もいないはずなのに、なに？　鼠(ねずみ)でもいるの？　こんな貴族の大邸宅で、有り得ない可能性を探りつつ音がした方に目をやると、柱と幅木に囲まれた小さな壁がくるりと回って人影が現れた。

ちょっと待って。

うっそー！

声にならない叫びで、私はバタバタと腕を振り回す。

「……思ったより元気そうだな」

現れたのは、あの超絶綺麗な顔をしたルドヴィーク殿下だった。目立たないように黒いマントを身に着けているけど、深く被っているフードの下の、美しい顔は隠しきれてない。ちょっと待ってなんでここに？

「で、で、で、殿下なんで……！」

「様子を見に来た。結婚前に婚約者が不審な死を遂げて私が疑われることにでもなったらおおごとだからな」

「そそそそれでしたらどうぞご心配なくわたくしは元気ですので！」

驚きの余り句読点も挟まずに一気にまくし立てる。

「その割にはいつもより動揺しているようだが？」

殿下は勝手知ったる感じでスタスタと私のベッドに近付いてくると、天蓋にかかっていたレースの布を開いてベッドの中を覗き込んできた。

うひゃあ！　こっちは薄物の寝間着一枚なんですけど！

慌てて羽根布団を手繰り寄せる。

しかしそんな私の格好を全く意に介することなく、彼は右手で私のおとがいを摑んで顔を覗き込んできた。近い！　その距離十センチ弱。彼の顔が綺麗すぎて目が潰れそうなのに、綺麗すぎて瞬きもできない。どうすればいいの！

「打ったのは頭だけか？　他に痣などは？」

「え、えーと、肩と左の太腿とふくらはぎに少し？」

訊かれてつい正直に話してしまう。なんていうか、彼にはそれだけの威厳と強制力があった。それに普段のリディーリエなら言い返すのかもしれないけど、今はお人好しの香恵が混ざってしまっている。今の私は二重人格とまではいかないまでも、二つの性格の間で揺れている状態だった。

実際、肩と太腿とふくらはぎには落馬した時に打ってできたらしい痣があった。もっとも既にかなり薄くはなっているんだけど。

けれどそれを聞いた彼は私が体に巻き付けていた羽根布団をはぎ取り、寝間着の襟元を引っ張って肩の痣を確認しようとする。

「ちょ、なにを！」

「うるさくするな。見ているだけだ……もう消えそうか？」

「はい、だからもう大丈夫だと——ひぅっ」

不意に痣のある肩口に口付けられて変な声が出た。

「悪い、痣になってたからつい。痛かったか」

ついって、なにーーーー!?

「そういうことではなく！」

え？　リディーリエとこのルドヴィーク殿下って仲が悪いんだよね？　あくまで政略結婚であって、彼はリディーリエを嫌ってるんだよね？

「未来の王妃に傷が残ってはまずいからな」

……いやでも、百歩譲って目視確認するとしても、唇を付ける必要はなかったよね？　余計変な痕が残ってしまうではないか！

しかし殿下は全く気にせずベッドの上の私にのしかかってくる。

「あ、あの、きょ、今日はどういったご用件で……っ」

声が若干裏返ってしまったのは仕方ないと思う。だってこの体勢ってどう見ても夜這いの類では。そんな私の顔をじっと見つめると、彼は事も無げに言った。

「どうした？　今日はしないのか？」

さも当たり前のように言われて混乱する。しないのかって何を!?

「し、しないのか、とはっ」

やはり上ずった変な声になる。ルドヴィーク殿下は更に困惑した顔になった。

「もしかして……頭を打ったことで記憶が混乱しているのか？　私たちはとっくにそういう関係だろう」

「はぁあ⁉」

みっともないとは思うけど目と口をあんぐり開けてしまった。

「本当に忘れたのか？　去年の秋、そなたが言ったんじゃないか。王室開催の舞踏会の後、ちょっと夜遊びに出ようとしたら、『何処の馬の骨とも知らぬ女性で欲望を発散させるくらいなら、婚約者のわたくしで事を済ませてください。でないと未来の王妃として沽券に関わりますから』と――」

え？　マジ？　そんなこと言ったの⁉

「リディーリエ？」

訝し気な顔をする殿下の眼前に、私は「ちょっと待ってください」と右の掌を突き出して、記憶を検索した。

去年の秋？　舞踏会？　確かワインレッドのドレスを着てお招きに応じた日………。

こっそり舞踏会を抜け出そうとしていた殿下を見つけて、なぜか最近やたら私のそばにいたがる彼の従兄弟のマチアス様が笑いながら言ったのよね。

『あー、最近彼は花街にお気に入りの娘がいるようですからね』

それでついカッとして、物陰で殿下を捕まえて――。

……言った。認めたくないけど確かに言ったわ。

誰かと殿下を共有するくらいならいっそ私で……そう思ったし彼にもそう言ったのだ。ちょっと思い切りが良すぎないですかリディーリエ！

形の良い眉を顰めながら彼はそう言った。リディーリエは顔色一つ変えずに『もちろん』と言い切った。処女だったくせに。

『本当にいいのか？』

これか！　絶対認めたくない若さ故の過ちってやつはーー!!

動揺でぐらぐらする頭を抱え込む。この世界の私思い切りよすぎーー!!

激しい眩暈に襲われる。本当にもう、なんて子なの！

とはいえ。

とはいえだ。

――本音を言ってしまえば大好きな殿下と触れ合いたかった。他の誰にも触れて欲しくなかった。たとえ嫌われていたとしても、彼が自分以外を相手にするのは絶対に絶対に嫌だったのだ。

それ以来、彼とはそういう仲になってしまった。元々ルドヴィーク殿下が住む王城とアンブロッシュ家の屋敷は近い。敷地だけで言えばお隣さんと言ってもいいくらい。まあ実際はその間に森やら川やらあったりはするんだけど、馬を使えばすぐの距離だった。

そしてリディーリエが住んでいるアンブロッシュ家の屋敷には、いざという時のための秘密の通路がある。それを使って、時折彼はやってきた。人がいない深夜を見計らって、リディーリエで欲望を発散させると、夜が明けぬうちに城に帰っていくのだ。

ま、まあね。若い男性だものね。色々溜まったり火照ったりはするわよね。そしてその発散も必要だろう。分からなくもない。そして他の女性での発散が許せない潔癖なリディーリエの気持ちも。

だがしかし。

「……あの、でも結婚前に子供ができたらまずいですよね？」

一番気になるところを訊いてみる。この世界に避妊具なんてあるんだろうか。雰囲気的には中世ヨーロッパ風ファンタジー界。ラテックス的な加工品があるとは思えないんだけど。それとも体外射精とかそういうやつ？　それも安全とは言い切れない。

「その辺は周期を計算してあるだろう？」

まさかのオギノ式だった！　避妊率的には微妙だけども！

「以前、そなた自身が言ったんじゃないか。『周期はきっちりしているほうだから心配はない』と。前回の月の障りから計算すれば今日が一番の安全日だろう。それもあるから様子見がてら来たんだが……その気がなければ他に行く」

人の生理周期を把握しといてそんなあっさり。

「そそその気がないとかではなくてですねえ、えーと」

この世界のリディーリエはその辺、竹を割ったようにすっぱりした性格だけど、いやでもしかし前世の香恵は未通だったんです！　いや、機会は何度かあったし知識もそこそこにはあるんだけど、現実的には上手くいかなかったっていうか、タイミングが合わずにきてしまい……。

いきなりこんな世界に転生して、記憶を取り戻した途端に、しかも超美形と初体験なんて動揺しない方が嘘だろう。いや、この体は既に未通じゃないわけですが。ややこしいなあ、おい！

「……やはり落馬した後では無理があったな。すまなかった」

ルドヴィーク殿下はさばさばとそう言うと、ベッドから身を起こして立ち上がろうとする。その彼の袖を無意識に掴んでいた。

何をしているんだ私は。帰ると言ってるんだから帰って貰えばいいじゃない。その後彼がどこで処理しようと関係ない。

だってそうでしょ？　私のことだって好きで抱いてるわけじゃない。ただ婚約者という立場があって、彼女が望んだから都合良く使ってるだけ。そりゃあ綺麗だものね、リディーリエは。その顔立ちもさることながら、女らしい丸みのある体つきは、出るとこは出ているのに細いところはほっそりしていて、絵画に出てくる美少女みたい。寧ろゲームイラストのキャラみたい。地味だった香恵と違って、このうえなく異性の欲望をそそる美少女だ。別に好意がなくても充分その気にさせられるだろう。

それなのに、心のどこかが必死で叫んでいる。それでもいい。どこにも行かないで欲しい、と。

そんなに、彼が好きなんだ。

それだけ思い出すと、益々どうしていいか分からなくなってしまった。

「リディ?」

低い声。冷たく聞こえることもあるけど、男性にしてはよく通る耳に心地いいテノールボイス。

「あの、大丈夫です」

俯いたまま、口が勝手にしゃべり出す。いやいや大丈夫って何が?

「体調には問題ありませんし。ちょうど今日から高温期に入ってますから」

他人のように聞こえる自分の声が、生々しい事実を告げてしまう。

なんと驚くことに、この世界には体温計が存在していた。と言っても触れると色が変わる直径五センチくらいの乳白色の珠があって、その色味で判断するというものだ。水銀やデジタルより精密さには欠けるが、触れるとほんのり赤味が増すことで微妙な体温の変化を認識できる。但し珠自体が滅多に採れず恐ろしく高価なものなので、一般には普及していない。私が大金持ちのお嬢様だから持ち得る希少品だった。そして王太子婚約者という立場上、健康管理の一面もあって毎朝の体温チェックは幼い頃からのルーティンなのである。その珠が今朝から赤味を帯びていた。

ルドヴィーク殿下はしばらく無言で私を見つめていたが、やがて「そうか」と呟(つぶや)くと、身に着けていたマントを床に落とす。

「それでは遠慮なく」

彼は改めて私のベッドの中に入ってきた。もう後には引けない。

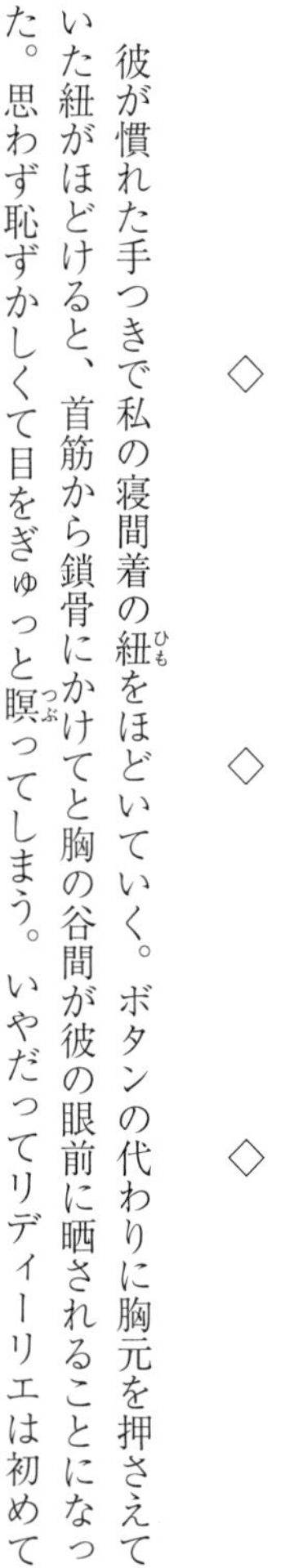

◇　◇　◇

彼が慣れた手つきで私の寝間着の紐(ひも)をほどいていく。ボタンの代わりに胸元を押さえていた紐がほどけると、首筋から鎖骨にかけてと胸の谷間が彼の眼前に晒されることになった。思わず恥ずかしくて目をぎゅっと瞑(つぶ)ってしまう。いやだってリディーリエは初めてじゃないけど、覚醒した前世の香恵は初めてなんだもの！

そのくせ体は彼が与える快感を覚えているらしく、肌の下では期待が血流となって激しく流れ始めていた。

緩やかに体温は上昇し、皮膚は敏感になっていく。うわ、うそ。

殿下の唇が露わになった首筋に落ちてきた。ちゅ、ちゅ、と微かな音を立て、彼の唇が私の首筋を這っていく。その度に背中がぞわぞわし、細胞が歓喜を上げるように沸き立った。正直香恵は初めてだから、こんなに極端な自分の反応に戸惑いを隠せない。けれどリディーリエはこの反応が悦びによるものだと知っていた。

そのギャップをどう埋めていいのかわからない。

恥ずかしさと気持ちよさがせめぎ合って、頭の中はもう大混乱だった。漫画なら目の中がぐるぐる模様になってるみたいな。

「リディ？」

いつもと様子が違うことに気付いたのか、ルドヴィーク殿下は顔を上げてこちらを見つめてきた。いや、その綺麗な顔も心臓に悪いから。しかもどアップとか！

「な、なんでもありません。どうぞお続けください」

辛うじて平静を保つ振りをする。だって落馬の影響で前世が覚醒しました、なんて言えないもの。それこそ医者を呼んでの大騒ぎになってしまう。

「……そうか」

彼はそう頷（うなず）くと、寝間着の前を一気に開いた。中には何も身に着けていない。こちらの世界は就寝時、寝間着の下には何も着けないのが普通らしい。そもそも下着の概念が、体を補正してドレスを引き立てることが目的だから、寝る時は必要ないということみたい。

覚醒後、初めて知った時は下着を着けない心許なさに驚いたけど、三日もこの状態だとさすがに慣れてしまった。それでも正直に言えばぱんつくらいは穿（は）きたかったけど。

でも前世の世界でも何も着ないで寝る人はいたみたいだし、それよりはマシかと観念してそのまま寝てたんだけど、こういう流れになるとやばさ倍増。

「あの……あまり見ないでください」

　羞恥のあまりそんなことを囁いてしまった。だってあまりにまじまじと彼が見てるんだもの――！　そ、そりゃあリディーリエの体は女の私が見ても綺麗だから、まじまじ見たくなっちゃうのもわかるけど、視線を感じるのが恥ずかしい！

「今日はずいぶん殊勝なんだな」

　私を見下ろしたルドヴィーク殿下は口の端で笑った。

　その笑顔の色っぽさに、腰の辺りがざわざわとしてしまう。

「あ、あの、他にも擦り傷とかあったら恥ずかしいので！」

　うわ、うっそくさー！　でもそれくらいしか言い訳が思い付かない。しかし私の言葉をどう取ったのか、彼のこめかみがぴくりと動いた。

「他にも傷が？　それは確かめねば」

「いやあのだから、できれば見ないでほしいんですけど！　それに擦り傷なら数日で消えますし！」

　次期王太子妃としての体に問題はないと言おうとしたのに、彼は聞いてくれなかった。むしろその大きくて綺麗な手で私の口を塞ぎ、舐めるように私の肌に視線を走らせ始めた。うぎゃー。

「前は問題ない。次は後ろだ」

「へ？」

そのままくるりと体をひっくり返して私をうつ伏せにすると、寝間着を剝がしてまたもやまじまじと後ろ姿を検分し始めた。長く豊かな銀髪を左右に寄せ、首の後ろから背中、お尻へと視線が下りていく。ふえ〜〜ん……っ。

「うん、たいしたことはなさそうだな」

だからそう言ったと思うんですが！　しかし恥ずかしさのあまり枕に顔を伏せていた私は声が出ない。その時、彼の指がつ、と私の背中に触れた。

「言ったことはあったか？　リディはここに小さなほくろがある」

「え？」

指の感触があるのは右側の肩甲骨の少し下だった。

「あとここにも」

そのまますっと指が滑り落ち、今度は右側のお尻の下の方で止まる。

「ひうっ」

決していやらしい触り方ではなく、あくまですっと撫でられる程度なのに、思わず変な声が出てしまった。だってくすぐったくて、でも気持ちよくてやばい。指先だけで触られているのがもどかしくなってしまう。恥ずかしい。なんで？

「誰にも見せるなよ？」

彼はそう言って、ほくろがあると言った肩甲骨の下に今度は濡れた感触を押しつけた。

唇——。

そう気付いた途端、背中がもっとぞわぞわして堪らなくなる。彼は私の背中を撫でたりさすったりしながら、今度は豊かな銀髪を掻(か)き分けて、覗いたうなじにキスしてきた。

「ぁん……っ」

更に変な声が漏れてしまう。

彼は私が上げた声に満足したのか、うなじに唇を這わせたかと思うとペロリと舐め、更にはぐはぐと唇で食んできた。

「や、ダメです、それ――っ」

泣きそうな声が出てしまう。

「そなたがここが弱いのは初めて知ったな」

抵抗しようとする私に、彼は嬉しそうな声を出す。その声がなぜか超絶に色っぽかった。

肩を撫でていた大きな手が、脇の下を通ってベッドに潰されている乳房を摑む。

「あ、ああ……っ」

私は思わず僅かに胸を浮かせてしまった。だって触ってほしかった。恥ずかしいのに、すごく恥ずかしいのにもっと強く、もっと淫らにと求めてしまう。

「はは、調子が出てきたな。悦(よ)くなってきたか？」

「あ、殿下……そこ……」

彼の指先は私の尖(とが)り始めた先端を優しくさすっている。その触り方がもどかしくて堪らなかった。もっと強く触って欲しい。指先で弄ったり弾いたりしてほしい。欲望に流され、私は肘をついて胸を浮かせる。ただでさえ豊かなリディの胸は、うつ伏せになることで更にその膨らみを強調していた。ルドヴィーク殿下の手はその柔らかな肌に沈み込む。

「ここを、触って欲しいのか？」

やはり軽い力で先端をさすりながら、意地悪く潜めた声が責め立てる。

「もっと強く？」

「はい……いえっ」

ハアハアと軽く息を切らしながら、私は彼に懇願しそうになって慌てて否定する。だってそんなのはしたない。でもその瞬間、きゅっと乳首が摘まれる。

「ひゃぁんっ」

鼻から抜けるような、甘い嬌声が上がってしまった。そのまま上半身を起こされ、彼の胸にもたれさせられて、後ろから胸を揉まれ続ける。彼の指は器用に先端を摘まんだりしごいたりしながら全体を愛撫していた。私はぐったりと彼に完全に体を預けてしまう。

「胸だけでイってしまうなんて、上品な淑女のはずなのに悪い子だな」

耳元で甘く囁かれ、私は更に羞恥でおかしくなりそうだった。必死に言い訳をしようとするが、彼の手が与えてくれる気持ちよさに上手く声が出なくなっている。

「ほら、処女雪のように真っ白な肌なのに、ここだけが淫靡に紅い」

「や、だって……それは殿下が、……ぁあ、ぁんっ、ひゃぁ……っ」

彼が言うとおり、私の胸の先端はいやらしくピンと尖り、彼を誘うように紅く色づいて

いた。やがて右手は右胸を愛撫したまま、左手が下へと移動していく。そのまま平らな腹の下にある、淡い茂みの中に潜り込んでいった。少し怖い。でもこの先に何があるか、私の体は克明に知っていた。

——ちゅく。

「あぁ——……っ」

「凄い濡れてるな」

「おっしゃらないで！」

首筋に当たる彼の呼気がくすぐったい。彼は興奮した声を上げながら、蜜が溢れるぬかるみの中へと指を差し込んでいく。

「あ、ダメです、や、だめぇ……っ」

ぐちゅぐちゅといやらしい音を立てながら、彼の指は私の蜜口を掻き乱した。中指を抜き差ししながら、人差し指と親指で敏感な淫粒を包皮から探り出す。

「あ、そこダメ……っ」

くりくりと弄られて、思わず太腿に力が入ってしまう。

「足を閉じるな。もっと悦くしてやるから」

「や、でも……も、あぁあん……っ！」

乳首と淫粒と蜜口を同時に攻められて私は一気にのぼりつめてしまった。またもや息を荒げ、ぐったりと脱力してしまう。

「どうした、久しぶりのせいかえらく感じやすいではないか」

彼の意地悪な言い方は止まらない。その声に興奮が混ざり、私を一層おかしくさせているることに気付いているのかもしれない。

「ほら、枕はこっちだ」

酷薄な笑みを含んだ声を漏らした彼は、私の体の向きを変えて仰向けに寝かせると、自分が着ていたものも脱ぎ捨てる。そうして私のウエスト辺りをまたぐ形で、膝立ちになって私を見下ろしてきた。

うぎゃぁ！　そそり立つモノを直視しそうになり慌てて顔を背ける。いやだってインパクトが強すぎる！　ってかおっきすぎない？　あれが普通なの⁉　経験値が低すぎてさっぱりわからない！

心の中で最大ボリュームの悲鳴を上げながら、私は目を瞑ってこの後どうなるのか緊張の面持ちで待機していた。いわゆるマグロ状態だけど、自分からなんてどう動けばいいのかわからない。

すると彼の手が今度はたゆんと乳房を下から掬（すく）い上げてきた。うぎゃぎゃ！

彼はパン生地か大きなマシュマロでも捏（こ）ねるように私の胸の柔らかさを堪能すると、両手の人差し指で紅くしこった先端を再びくりくり弄り始める。

「あ！　やぁんっ、あ、あぁ、あ……っ」

彼の指の動きに合わせて不規則な喘（あえ）ぎ声を上げてしまう私を、切れ長の目が面白そうに見下ろしていた。

「相変わらず男を昂らせるいやらしい胸だな」

「そんな……！　だって……っ」

好きで大きくなったわけではない。勝手に育ってしまった胸をどうしろというのだ。

「しかも啼き声まで煽ってくる」

「そ、それは……！　殿下がいやらしいことをなさるから……っ」

真っ赤な顔で泣きそうな声を出す。だって、こんなの耐えられない。それでも声を堪えようと、両手を口に当てて塞ごうとすると、思いの外優しい手つきで彼はその手を捉えてベッドの上に優しく押さえ付けた。

「塞ぐな。悪いとは言っていない」

「で、でも……っ」

「『でも』、なんだ？」

じっと見つめられて、居心地が悪くなる。私は彼から視線を逸らして言った。

「は、恥ずかしいです……」

本当に恥ずかしくて消え入りそうな声になってしまう。

しかし彼は私の言葉を聞くと、ものすごく嬉しそうに微笑んで顔を寄せてきた。

「恥ずかしくて、よい。ただし、そんな姿を私以外の者に見せるのは許さぬ。その声を聞かせるのも、だ」

耳元に唇を寄せて囁かれ、背中がゾクゾクと震えそうになって、私は慌ててコクコクと頷いた。

「み、見せませんし聞かせません！」

そんな恥ずかしいことできるはずがない。すると耳元で彼がククッと笑う声が聞こえた。耳と、心臓がくすぐったい。

「いい子だ。リディーリエ」

――うわ。

声だけでイきそうになる。なにこのひと、ヤバすぎるでしょ。

「私の顔を見よ」

静かに命令されて、私はぎゅっと瞑っていた目を恐る恐る開けると、彼の方へ顔を向けた。

綺麗な顔。少し汗ばんだ額に、一筋の金髪が貼り付いている。清潔な首筋と広い肩。鎖骨。平らな胸。彫りの深い顔。まるで鑿（のみ）で削ったような切れ長の瞼の下に、宝石のように美しい瞳があった。吸い込まれそう。

「あ――、」

何か言おうとして言えない私に、彼は口付けた。私はそれが正解だったと気付いて、彼の唇を受ける。触れるだけじゃ足りなくて、何度も求めるように食み合う。我慢出来ずに彼の首に腕を回して引き寄せると、するりと舌が差し込まれてきた。

「ん、ん、はぁ、んむ、……」

キスが気持ちいい。キスがこんなに気持ちいいなんて知らなかった。

いつの間にか、彼の両手で頬を包み込まれていた。嬉しくて泣きそう。

「珍しく積極的だな。男の煽り方を覚えたか？」

「し、知りません！」

確かに精神年齢は年上だけど、こっちは処女なんだってば！　精神的にだけだけど！

「しかし悪くはない」

彼は静かにそう言うと、私の足の間に自らの膝を押し込み、私の膝を割ってその間に入り込んだ。そうして私の足を持ち上げて開かせる。

——うわ、これ以上無理！

両腕で顔を覆った私の上で、彼は自らの分身を蜜口に押し付けてきた。密着した部分に緊張が走る。

「や、ダメ……っ！」

そう叫んだのも束の間。

——ずぷり。

絶対あんな大きなもの入るはずがないと思ったのに、リディーリエの体は難なく受け入れてしまう。しかも誘い込むようにナカがうねっていた。うそ。

「……………っ！」

押し込まれた異物感への緊張を、体が覚えている快感が上回る。リディが初めてではなかったせいか、痛みはなかった。ただひたすら快感が、子宮から脳へと駆け抜ける。信じられないほど気持ちよかった。

「バカ、そんなに締め付けるな！」

ルドヴィーク殿下の品のいい声で下品な言葉が放たれた。でもその声に反応する余裕はない。

「ぁぁあああっ、ぁんっ、ダメ、そんな……ぁあぁっ！……♡」

明らかに糖度を含む喘ぎが口から漏れてしまう。

そんな声に煽られたのか、彼の腰の動きは益々激しくなった。

「あ……や、はぁあんっ、ぁふ、……は、あぁああ……♡」

擦られる内側が熱くて、それなのに気持ちよくて、脳みそがとろとろと蕩けだしそうだ。繋がっている部分からじわじわとなにかがせり上がってきている。

頭は混乱しているのに体は期待値を膨らませて湧き上がっていた。腰から広がっていく熱に浮かされそうになる。

えっちってこんなに気持ちいいの？　それともこの体の感度がいいだけ？　香恵が知らなかった甘過ぎる快感に、おかしくなりそうだった。いや、もうおかしくなっていたかもしれない。だって彼の分身が私のナカの一番奥を突く度に、エクスタシーは跳ね上がり、私は彼の背中に爪を立てる。そうしなければ上とも下とも分からぬどこかに落ちてしまいそうだった。

あまりの快感に彼の背中に爪を立ててしまった瞬間、彼は私の中に射精した。私の中を彼の熱い精液が満たし、ナカがびくびくと震えてしまう。彼の先端からもドクドクと吐き出されているのがわかる。熱い。苦しい。切ない。私は必死で彼の体にしがみつく。

しかし時間の経過と共に体は一旦落ち着こうとしていた。お互いに汗だくのまま、ずるりと彼自身が抜き出される。

あ、と思った時には私の蜜口からどろりと飲み込み切れぬ精液が溢れ出ていった。

あまりにも激しい精神的初体験に私の脳が真っ白に燃え尽きている間、彼は素早く体を拭き清め、衣類を身に着けて整えていく。私はすっかり弛緩しながら、半端に空いたベッドの天蓋レースの隙間からそれをぼんやりと眺めていた。

まるで何もなかったかのように来た時の格好になった彼は、少し躊躇いがちに口を開こうとして、また閉じる。

なんだろう。何か言いたいことがあるんだろうか。まさか中身が転生前の精神状態だなんて分かりっこないと思うけど。

「殿下……？」

恐る恐る声をかける。

「あの、何かご不審な点がございましたでしょうか？」

言ってから気付かぬふりをしとくべきだったかと後悔の念が浮かんだ。これって藪の蛇をつついてない？

しかし彼自身も釈然としない面持ちで口を開いた。

「今日はその……いつもより感じやすかったようだな」

「え⁉　そ、そうですか？」

確かにこれまでのリディーリエはどう反応したらいいのか分からなくて動きがぎこちなかったかもしれない。ある意味ちょうど慣れてきたところだったのかもしれない。

しかし言い訳めいた私の言葉が最後まで彼に届くことはなかった。

「あの、それは――」

「よもや男女の睦事の悦びを知って、他のやつと……したわけではあるまいな？」

一瞬、彼が何を言っているのか分からずぽかんとしてしまう。したって何を？　けれどじわじわとその意味が脳に到達した瞬間、私は裸のまま手元にあった枕を彼に投げつけていた。

「わ、リディ――っ」

ぼふっと柔らかい音を立てて彼の顔に命中する。舐めるなよ？　これでも学生時代はハンドボール部のエースだったんだから。

が、しょせん枕だ。痛いはずもない。だけど止まらなかった。並べてあった枕を四つとも立て続けに投げつけ、他にも何か投げられるものがないか探す。残念ながら何もない。

それでも私の怒りは冷めやらず、彼を怒鳴りつけた。

「バカっ！　最低っ！　二度と来るなっ‼」

怒りで肩を震わせる私に、彼は呆然とした表情を浮かべると、小さく「分かった」と囁くように言ってするりと隠し扉から姿を消す。

彼の姿が見えなくなった後、私はベッドに突っ伏して咆哮を上げる。

悔しい悔しい悔しい！

気が付けば大量の涙が流れていた。

他の人となんてするはずないのに。疑われたことが悲しい。

そしてそれ以上に、彼がそう思うということは、もしかして彼自身も他の女と……？

そう疑ってしまう自分が無性に悔しくて悲しかった。


——ああ、そうか。

そこでふと気付く。

まだ前世の記憶が戻ったばかりで乖離している部分もあるけれど……やっぱり私はリディーリエなんだ。悔しいのも悲しいのもリディーリエである私がルドヴィーク殿下のことを好きだから。こんなに好きなのに彼には全く伝わっていないから。

前世の記憶があろうがなかろうが、この世界において私はただの恋をしている十七歳の少女でしかなかったのだ――。

# 3．正規ヒロイン登場？

その言葉どおり、ルドヴィーク殿下はしばらく現れなかった。当然だ。

せっかくの綺麗な顔を傷付けないように、投げつけたのが枕だったのは、私の心の海原のような広大さによるものだったと泣くほど感謝してほしい。今度現れたらもっと固いものをぶつけてやる。それが何かはまだ思いついてないんだけど。

と思っていたのに、こちらから会いに行く羽目になってしまった。彼が所属する騎士団の馬術大会が王城で行われるのだ。普段の訓練の成果を皆に披露しつつ、城下の下々の者たちも見に来られる、年に一度の一種のお祭りである。

当然ながら王子でもあるルドヴィーク殿下は参加するし、そうなると婚約者である私の観覧も必至になる。これはいわば公務なので、「風邪気味だから辞退します」なんておいそれとはいえない。健康管理不行き届きになってしまう。

仕方ないから、身なりを整えて参加した。

「リディーリエ様、先日落馬なさったと伺いましたわ。大丈夫ですか？」

「リディーリエ様の美しい肌に傷が残るようなことがあったらと思ったら夜も眠れません

でしたわ」

「リディーリエ様は当然ルドヴィーク殿下の応援をなさるんですよね？　大丈夫、殿下でしたらきっと見事な腕を披露してくださるわ」

　観覧席に行くと、わらわらと取り巻きらしき貴族の令嬢たちが群がってくる。そういえばお見舞いの品とか山積みになってたな。意外と人気があるのは名門アンブロッシュ家の令嬢というのもあるだろうし、見た目がいいのも強い。それでいて世継ぎの君の婚約者ともなれば注目を浴びるのは当然だろう。どこまで本気で慕われているかは不明だけど、彼女たちの笑顔を見る限りでは追従やおべっかばかりではなさそうだ。それなりにカリスマ性もあるんだろう。

　私は扇子で口元を隠しながら、当たりさわりのない受け答えを続けた。

「ごきげんよう。大したけがじゃありませんでしたのよ？　わたくしとしたことが落馬なんてお恥ずかしい」

「素敵なお見舞いの品をありがとう。今度お茶会にいらしてくださいね」

「ええ、もちろん殿下の応援をさせていただきますわ。もっとも殿下はお喜びにならないかもしれませんが」

　最後のコメントに関しては、私とルドヴィーク殿下が犬猿の仲というのは暗黙の了解というか、割と公然の事実なので、この程度なら通常運転の冗談として通じていた。今は先日の恨みもあるから棘（とげ）も多少鋭利になる。顔さえ優雅に笑っていれば問題ない。

騎士団の演習場に設えられた豪華な貴族観覧席とは別にある、庶民にも開放されている王城広場には多くの屋台や子供向けのポニー試乗などもあって賑やかだった。

あー、あっちの方が面白そう。屋台からいい匂いが漂ってきて思わず涎が出そうになる。貴族のお嬢様になってみて初めて知ったんだけど、貴族用の食事ってもったいぶって少ないというか、味付けは凝ってるんだけど高級すぎて飽きるというか。とにかく一口ずつ小さくして上品に食べなきゃいけないから微妙に食べた気がしない。

りんご飴や綿菓子、炙り肉のホットドッグみたいなのとか、野菜も肉もごった煮の庶民の味を、行儀悪く大口開けて食べたい思いが募る。もっとも貴族令嬢の私がそんなものを毒見もなしに食べられるわけないんだけど。

やはり高貴そうな人々とそつのない会話を交わしながら、頭の中でそんな不埒な思いに囚われていたら、馬術大会が始まってしまった。

最初は障害走などの基本乗馬技術を争う競技。これは主にまだ新人たちの競技だ。もしくは貴族じゃないけど騎士団に入団した者の、技術を披露する名目競技。人工の藁山やハードル、砂の丘などの障害を、騎手が見事に手綱を捌いて馬とゴールを目指していく。器用にこなす者もいれば失敗して落馬する者もいて、その度に観衆がワッと沸いていた。充分見応えがあって面白い。それから競馬。脚に自信がある馬を連れた者たちが参加して走る速さを競う。一般参加もＯＫだから観客の賑わいもひとしおだ。

しかし何といってもメインは、王立騎馬隊が馬上で槍を交わして戦う馬槍大会だった。

例年トーナメント式になっていて、馬上で長い槍を持って争う騎士たちの姿はなかなか壮観だった。

騎士団に入団して五年目の、実力でも上位と謳われるルドヴィーク殿下も次々勝ち残り、決戦に上がってきている。

っていうか、何これヤバい。

鎧とマントを身に着け、槍を構えて戦う殿下は問答無用で超絶格好良かった。初めて見るわけでもないのに、思わず見とれて鼻血が出そうになる。あんなにいけ好かない男なのに。乙女の純情を踏みにじりまくってる男なのに。

左手で手綱を握り、馬を走らせながら右手で長い槍を振るう。敵の攻撃を躱し、隙を狙って槍を突き出すその力強さと勇猛且つ俊敏な動きは、瞬きするのを忘れるほど美しい。

対する相手は従兄弟のマチアス殿下。こちらも強い。普段はへらへらしている印象なのに、全く怯むことなく堂々と槍を振るってルドヴィーク殿下と槍を突き交わしていた。

結果、ギリギリのところでマチアス殿下が槍を落とされて殿下が勝利を収める。

当然ながら地を揺るがすような歓声が沸き上がった。私も思わず握っていた扇子を脇に置いて拍手してしまう。

従騎士に寄り添われ、鎧兜を外した殿下の汗が滲んだ素顔が晒されると、今度は令嬢たちの「キャーーーーっ♡」という黄色い声が響き渡った。それでようやく我に返る。

ダメダメ、こんなルドヴィーク殿下大好き丸わかりの呆けた顔をしてちゃ。いくら彼の婚約者だとしても、アンブロッシュ家の娘としてははしたない。

　扇子を持ち直して口元を覆い、必死で平静な顔を保つように努力する。いつ彼と目が合ってもいいように。

　けれど当のルドヴィーク殿下と目が合うことはなかった。彼はふとあらぬ方向を見ると、降りようとした馬の手綱を握り直し、馬首をぐるりと巡らせて走り出したからだ。しかも私がいる観覧席とは反対の方向に。

　――え？　なに？

　持っていた遠眼鏡を目に当てて殿下の視線の先を追うと、庶民席の外れ辺り、大きな楡の木の枝にぶら下がっている幼い子供がいる。しかも今にも落ちそうな姿で。

　――うそ、ヤバ！

　どうやら少しでも試合をよく見ようと木に登って、枝の先に行き過ぎてしまったらしい。その結果、子供は足を滑らせたのか不安定な姿でぶら下がっていた。そしてその木の幹の途中に必死に上っている小柄な少女の姿が見えた。彼女は何とか登れるところまで登ったが、枝の先にぶら下がっている子供には手が届かない。太い枝に片手で捕まって、必死に体ごともう片方の手を子供に伸ばす姿はいかにも不安定で、こちらも落ちそうで怖かった。

「子供が落ちるわ！　あの木の下に、何かクッションになるものを！」

　私は何が起きたか分からずぽかんとしていた周囲に向かって叫ぶ。我に返った騎士団の青年たちや城仕えの者たちが一斉に走り出した。しかし先に気付いて走って行ったルドヴィーク殿下の方が当然早い。私はいてもたってもいられず観覧席から競技場へ駆け下りると、その場にいた馬の手綱を摑み「借りるわね！」と一言叫んでひらりと飛び乗り、一目散に王子の後を追いかける。

ルドヴィーク殿下は木の下まで来ると、やはり馬から飛び降りてよく通る声で少女と子供に向かって叫ぶ。彼に少し遅れて現場に辿り着いた私も、馬から下りて様子を窺った。

「そのまま飛び降りろ！　私が受け止める！」

しかしその高さは三メートルはあるだろうか。子供は恐怖の方が先に立つのか、枝を握った手が固まっていた。ルドヴィーク殿下はチッと舌打ちすると、自分のマントを肩から外して観客席に声をかける。

「力に自信のある者はこれを持って広げよ！　男でも女でも構わぬ！」

指示されて腕っぷしの強そうな者たちが慌てて駆け寄ってきた。

「坊や！」

母親らしき若い女性は半狂乱になって泣き叫んでいる。

「いいか、坊主と娘！　そこから動くなよ！」

ルドヴィーク殿下は樹上に向かってそれだけ叫ぶと、太腿に携帯していたナイフを枝に向かって投げつけた。その数三本。

子供をぎりぎり避けてナイフを打ち込まれた枝はめきめきと音を立て始め、ボキリと折れて子供ごと落下する。

木の下でマントを広げていた者たちが、衝撃を受けながらなんとか子供と枝を受け止めた。

ボスッという落下音の後、一秒後に子供の泣き声が響く。

「……う、うわぁあああん……っ！」

子供は無事だった。

皆の顔に安堵が広がり、若い母親は彼のマントからまろび出た子供を抱きしめてわんわん泣き始めた。

泣いて抱き合う親子をよそに、ルドヴィーク殿下は今度は鎧を身に着けたまま木に登りだす。木の上、折れた枝の根元には、まだ子供を助けようとしていた少女がしがみついていた。肩口で切りそろえられた艶やかな黒髪。小柄な細い肢体。けれどその瞳は理知的に光っていて、見た目よりも年上に思わせる。十代半ば？　私より一つか二つ年下くらいだろうか。

彼女は枝にしがみついているものの、その目に全く恐怖はなかった。まるで望んでその枝にしがみついているみたいに。

「あいにく私のマントにあれ以上の負荷は無理だ。だから迎えに来た」

ルドヴィーク殿下はいつもの無表情のまま彼女に告げて、木の幹から優美に手を差しだす。

「悪いけど自分で降りられるわ」

少女もにこりともしなかった。

「そうか。腰を抜かして動けないのかと思ったが……それならとっとと降りてくれ。お前だけ放っておくわけにもいかん」

軽く嘆息したルドヴィーク殿下を尻目に、彼女は枝の上で体勢を立て直すと、彼と反対側の幹につかまって三メートルほどの高さをするすると滑り降り、最後の一メートルは一気に地面に飛び降りる。さすがに着地はよろけたものの、すぐに立ち上がったのは見事だった。うわ、私なら絶対無理。ただでさえ高い所は苦手だし。

しかしそれを見届けたルドヴィーク殿下も表情を変えることなく木から降りてきた。そうして木から飛び降りた少女のそばに歩み寄ると、よく通る例の甘い声で言った。

「礼を言う。お前のおかげで助かった」

「は？　私は何もしてないけど？」

確かに彼女の言う通りだ。彼女も子どもを助けようとはしていたけど、結局助けたのはルドヴィーク殿下だった。

「それ――」

けれど彼は少女の胸元を指さして言った。

「お前が胸に着けているその石飾りが光って、木の上にいるお前たちに気付いたんだ。名誉ある騎士の大会で、事故死など外聞を憚（はばか）るからな。未然に防げて助かった」

殿下、言い方！　それじゃあ子供より外聞を重んじたみたいじゃない！

「つまりこの場が穢されなくてよかったってことね？」

一方、彼女もあまりにも的のど真ん中をまっすぐに射抜いてて、今まで晴れやかに喜んでいた周囲の空気が一気に凍る。しかし彼はそれすらも意に介さず言った。

「あの子もお前もこの国の者ならば大事な我が民だ。守るのは当然だろう？」

その時彼が漏らした薄い微笑みに、その場にいたほぼ全員の意識がピンクに染まった。やだなにこれかっこいい。

もっとも当の少女だけは顔色一つ変えず「あっそ」と言い捨ててその場を立ち去ろうとする。ルドヴィーク殿下も気にせず立ち去ろうとするので、思わずフォローに入った。

「幼い子供の命を、我が身を挺して守ろうとするとは、なんて勇敢な方でしょう！　よかったらこちらで一緒に授与式をご覧にならない？」

突然少女に向けた私の言葉に、ルドヴィーク殿下のこめかみがぴくりと引き攣った。どうやらその場で解散するつもりだったらしいが、現場を見てしまった彼の婚約者としてはそのまま放置というわけにはいかない。そもそもいてもたってもいられずこの場に来てしまった、私の立場がない。

けれど私の申し出に少女も殿下同様の嫌そうな顔を見せた。あっそ。面倒なのね。

でも言い出した手前、簡単にはひっこめられない。

「お菓子や軽食を用意してあるから観覧しながら食べられるし、お土産にお渡しもできてよ？」

あくまで優雅に微笑みながら言うと、少女は少し迷った顔になる。

「あんた、誰？」

少女の言葉に、ざわついたのは私より周囲にいた者たちだった。それこそルドヴィーク殿下につられて集まった騎士たちや何が起こったのかと様子を見に来た庶民たちだ。なにせアンブロッシュ家のリディーリエと言えば、その美しさと家柄、王子の婚約者ということも手伝って、知らぬ者はそうそういないはずだから。

「娘！　立場をわきまえたふるまいをせよ！　ここにおわす方をどなただと——!!」

当然ながら集まった貴族の一人から居丈高な声が飛ぶ。庶民が貴族に対してとんでもない物言いだと責める口調だ。しかしその一方でルドヴィーク殿下が「それ見たことか」とバカにする表情をしたのを見逃さなかった。はいはい、下手に庶民に声をかけると面倒が起こるのよね。知ってる。

とはいえ私自身は中身が半分香恵状態なので、彼女の態度にあっさり納得する。確かに偉そうな口調と取れなくもないけど、何の当事者でもない女がしゃしゃり出てきたら誰だって怪訝に思うわよね。

「お気遣いいただきありがとうございます、オーガスタ卿。でもわたくしはこの娘さんとお話がしたいの」

にっこり微笑んでとりなした。

「突然でごめんなさい。私はそこでマントを広げた王太子殿下の婚約者で、リディーリエと申します。あなたの勇敢さには感服しましたわ。ぜひ一緒に試合や授与式をご覧にならない？」

私の丁寧な申し出に、少女は全く動じる様子も見せず私をじっと見つめた。

「すごく綺麗な目だね。中心は濃い青なのに虹彩に向かって滲む紫が菫みたい」

「あら、ありがとう」

紫色の瞳を褒められるのは慣れていたから素直に礼を言う。

そして彼女は更に数秒私の顔を見つめてから殿下の方をちらりと見る。視線だけで『行ってもいいの？』と問うと、彼は『好きにしろ』とでもいうように肩を竦めて見せた。

額に小さな青筋がぴくりと立つ。

……なんだろう。この嫌なざわつく感じ。この二人、初対面よね？　その割に視線だけで会話を交わせるくらい気持ちが通じ合って見えるのは気のせいかしら。そもそも見るからに貴族の私から話しかけられた一般庶民は大抵狼狽えたりもじもじしたりするんだけどそれもない。たいした度胸の持ち主なのか、それとも単に鈍いのか。

「わかった。行ってもいいよ」

どこか傲岸不遜な物言いに、一部眉を顰める者もいたが、アンブロッシュ家のリディーリエの言い出したことだ。逆らえる者がいるはずもなく、私と少女が歩き出すと、なんとなく解散の雰囲気となったのだった。

◇　◇　◇

少女は自らをカナンと名乗った。

本人曰（いわ）く、半年ほど前、村はずれの森で倒れていたのを近所の老夫婦が見つけて助けてくれたらしい。しかし意識が戻ってみると、彼女にはそれまでの記憶がなかった。老夫婦によると、若い娘だから性質（タチ）の悪い輩にかどわかされたのを逃げ出したんじゃないかと。しかしそうだとしても言葉遣いや振る舞いから察するに、庶民の娘ではなさそうだ。何しろ井戸で水を汲（く）むことも知らなかったというのだから。その辺りが記憶喪失と関連があるのかどうかは不明だけど。

そうして今日は、老夫婦に言われてこの場所に来たのだそうだ。競技会はかなり大きな催し物なので多くの見物客が訪れる。諸外国から見に来る人もいるから、誰か彼女を知る人に会える可能性もあるのではと言われたらしい。

思いもしなかった彼女の身の上話に少し驚いたが、この世界ならそんなこともありそうかと納得する。

「そんなわけで記憶とかないから、この国の民とは限らないんだよね、悪いけど」

「あら、それは別に構わないんじゃないかしら。少なくともこの数か月はこの国で暮らしてるんでしょう？」

扇子で口元を隠しながら私は微笑みかける。

「鷹揚なんだね」

「別に勲章を授けるとかそういう話じゃないもの」

「そりゃそうか」

カナンは特に感じ入ることもなく淡々と答えた。かなり若いとも思えるのになかなかシニカルな少女だ。それとも記憶がないから警戒しているのかしら。

豪華な敷物を敷き、金糸で縁取られた赤布で装飾された栄誉式の壇上では、それぞれの部門で優勝した騎士たちが国王陛下から祝辞を受けている。最後を飾るのは馬槍大会で優勝したルドヴィーク殿下だった。親子とはいえ騎士の正式試合だからどちらも厳粛な顔つきだけど、やはり国王陛下は嬉しそうだ。世継ぎの王子が日々努力して実力を発揮しているんだから当たり前だろう。

惜しくも決勝戦で敗れたマチアス殿下にも声をかけ「これからも日々切磋琢磨して、国の要としてふさわしき騎士になることを祈念している」と結んだ。

王の背後に立つランドルフ王弟殿下は、顔は微笑んでいるけれどその真意は読み取れなかった。

最後に、出場者一同は綺麗に隊列し、国王陛下に向かって一糸乱れぬ動きで敬礼する。王が片手を上げてそれに応えると彼らは美しくマントを翻らせて片膝をつき、王に忠誠を誓う姿勢を取って騎士訓示である「国に誇りと栄誉を！」と叫んだ。その姿は統率された舞のように美しい。

「どう？　なかなか壮観な眺めでしょう？」

隣に座るカナンに声をかける。

私たちがいるのは一番いい貴賓席だ。なんの障害物もなく一番いいアングルで授与式や騎士たちの演武を眺められる。

しかしカナンはそう思わなかったらしく、少し眉を顰めて言った。

「せっかく誘っといてもらってなんだけど、こういう全部右に倣えみたいなのは好きじゃない」

私は目を瞠る。けれどそのままにっこり微笑んだ。

「あら、残念ね。彼らが国を守るために日々訓練を怠っていないことが証明されるんだけど」

「だったら試合だけでよくない？」

「見た目のインパクトも大事よ。一糸乱れぬ規律統制と王への忠誠を示すことで、国民に安心感を与えるの。彼らが日々鍛錬し、何かあれば守ってくれるに足る集団だとね」

「ふーん……」

カナンのいい方は辛辣だったが、それ自体は気にならなかった。

一連の儀式を終え、競技場の隣にセッティングされたパーティー会場に移動する。そこにはたくさんの椅子やテーブルと御馳走が並べられていた。

「ここからは無礼講だから。好きなものを召し上がれ。お土産に持っていきたいものがあれば、給仕たちに言えば用意してくれるわ」

カナンを連れてひとつのテーブルに座る。取り巻きの令嬢たちも一緒に来たそうだったが「それじゃあ皆様、ごきげんよう」とにっこり微笑むと、暗に退去命令が出たのを察して遠慮してくれた。

「よかったの？　あの人たちもあなたと一緒にお喋りしたそうだったけど」

「構わないわ。わたくしはあなたと二人でお話がしたかったんだもの。焼き菓子を召し上がる？　それともサンドイッチ？　飲み物はハーブティでいいかしら」

テーブルの上には三段のスタンドディッシュや、綺麗な大皿の上に一口で食べられる美味しそうなお菓子や軽食が並んでいる。私は取り皿に彼女が望むものを取り分けて、大きな磁器のポットからお茶を注いだ。

「なんで私なんかと？」

「正確には彼があなたに興味がありそうだったから、かしら。殿下ってあの容貌の割にはあまり女性に興味を持たれないから」

花街で見かけたとマチアス殿下から聞いたことはあるけど、それ以外に私を含め誰か特定の女性と親しいという話は一切聞いたことがない。ティーカップに口を付ける私を見て、カナンは「ふうん」と呟いた。

「でもあの王子様ってあんたの婚約者なんでしょ？」

「ええ、そうよ。生まれて間もなくからずっとね」

つまりは本人の意思を介さずってことだけど。

「で、あの王子様が好きなんだ？」

カナンの直接的な指摘に、飲みかけていたお茶を吹き出しそうになったけどギリギリで耐えた。

「さあ、考えたこともないけど」

「だって王子様が興味を示す女と話したいって、どう見たって牽制じゃん。しかもあの短時間に、あんな無表情の王子の気持ちを読めるなんて相当だと思うけど」

「それは――」

何と言い訳しようか考えているうちに、当の殿下が私たちのテーブルにやってきた。

「殿下、この度は見事な槍捌きでの優勝、おめでとうございます」

にっこり笑って祝辞を述べる私を無視して、殿下はカナンに話しかける。

「楽しめてるか？」

「別に。でも料理は美味しいよ」

殿下は初めて私の方を向いて「で、なぜここに誘った？」と聞いてきた。

「たった一人で、幼な子を助けようとする勇敢な彼女の姿に胸を打たれましたの。それで少しお話ししてみたくて。いけなかったでしょうか」

元々馬術大会は国を挙げてのお祭りみたいなものだ。王族や貴族と一般庶民の場所はざっくりと分かれるが、堅苦しい行事ではない。

「王子様が私に興味を持ったみたいだから、誘ってくれたんだって」

あくまで建前を押し通そうとした横で、カナンはあっさり本当のことをばらしてしまう。

「そういうことか。しかし私が興味を持ったのは、お前じゃなくてその石なんだがな」

「え？　これ？」

カナンは胸にぶら下げていた、革ひもで括り付けてある石を手に取る。つられて私もそれに目をやった。遠くからでも、日の光を反射してルドヴィーク殿下の目をとらえたというその石は、薄いピンク色を帯びた四センチくらいの雫型っぽい形の石だった。下に行くほど赤みが濃い。特に加工している様子はなく、一見高価そうにも見えない。

「それはお前のものか？」

「えっと、たぶん。最初から身に着けてはいたみたい」

「ん？」

何を言っているのかわからないという顔をする殿下に、彼女のことを説明する。するとルドヴィーク殿下は益々考え込む顔になった。

「これがなに？」

しかし彼は答えず考え込んだままだ。

「お前……しばらく城に滞在する気はないか？」

「はあ？」

突然の誘いに、カナンは訳がわからないといった顔をする。私も軽く息を呑んだ。

「ちょっと待って。この国の偉い人たちは、素性もよくわからない庶民を簡単に自分ちに誘うもんなの？　それとも別の意味でかどわかされそうになってる？」

彼女の懸念は当然だろう。貴族や王族に誘われたら断ることはできないけど、誘われたのが若い娘ならよもや手籠めにされるんじゃないかと心配するのは当然だ。

しかしルドヴィーク殿下は淡々とそれを否定する。

「安心しろ、お前の貞操に興味はないし、他の者にも指一本触れさせん。もちろん、世話になっている老夫婦に義理立てがあるなら無理にとは言わない。しかし自分の身の上を調べる気があるのなら、王宮の方が情報は集めやすいと思うがな」

彼の言うことはもっともだ。だけどなんで？　確かにちょっと不可思議な少女だけど、どうしてそんなに興味を持つの？

カナンはやはり無言のまましばらく考えているようだったが、「わかった、いいよ。行く」とあっさり応じた。

「おじいさんたちのところで世話になってるのも気が引けてたところなんだ。渡りに船ってことで、そっちに移るよ」

意外な展開に私は二の句が継げなくなっていた。言ってしまえばどこの誰とも分からぬ少女だ。一国の王子が身近に置くのは軽率すぎる。

「それでよろしいのですか？」

辛うじて問いかけると、殿下は「陛下には私から許可を取る」と事も無げに言った。

「取りに行く荷物があれば臣下について行かせよう。お前も挨拶くらいはしたいだろう」

「そうだね。じゃあ、そうさせて貰うわ」

いとも簡単にそんなことが決まってしまい、どこか取り残された感のある私は、それ以上異を唱えることをやめた。彼に嫌われている私が何かを言っても無意味だ。けれどなんで彼はそんなにカナンに興味を持つのだろう。

ルドヴィーク殿下は改めて近くにいた従者を呼び寄せ、カナンを送るように命じる。そうして自分も立ち去ろうとした彼を、すかさず立ち上がり二の腕を摑んで引き留めた。

「殿下、お話がございます」

「私にはないが？」

額に青筋が立つ。なんでこの人はこう……！

「わたくしにはあるんです！　とはいえここでは人目もございますので、今夜わたくしの部屋にお越しください」

誰にも聞こえぬよう口元を扇子で覆って声を潜め、顔だけは笑みを張り付けたまま有無を言わせぬ勢いで言った。

「……いいのか？」

長身の彼は私を見下ろす角度で訊き返す。

「この間、二度と来るなと言われた気がするんだが」

ここでそれを言うか――――!!

「構いません。このまま何も聞かせていただけない方がモヤモヤして不愉快ですわ。きちんと全てを説明にいらして！」

あくまでひそひそ声で、けれど至近距離では怒りが伝わるように睨み付ける。彼はしばらく逡巡（しゅんじゅん）していたようだったが、「わかった」と手短に答えたのでその場は解放した。もちろんドレスの裾で隠して彼の靴を思いっきり踏みつけたのは、誰にも見えていなかったに違いない。

◇　◇　◇

彼が私の希望を聞き届けて説明に来たのは、結局それから三日後の真夜中だった。いつも通り、隠し扉を潜り抜けて。忙しかったんだろうという想像は付くけれど、焦れていた声が尖る。

「お待ちしていましたわ、殿下。彼女はお元気？」

「ああ、すこぶる元気だ。客人としての扱いは居心地が悪いと言って、侍従の真似事を始めるくらい元気だ」

私は目を瞠る。彼女自身のマイペースさもすごいが、それを受け入れている彼や周囲も普通じゃない。だって一国の王子の侍従なんて、簡単になれるものではないのだ。色々な事情や立場、王室内での常識、やり方に精通しているのはもちろん、さらに王子の望む先を考えて動けなければいけない。彼女はそれをやりこなせているのだろうか。それとも彼の言う通り「真似事」を周りが看過してるだけ？

もっとも私が横から口を出すことではないだろう。仲のいい婚約者同士なら口を出す場合もあるのかもしれないが、私たちは犬猿の仲だ。

「それは上々ですわね。それで、どうして彼女をおそばに置くことにしたんですの？」

それにここで怒ったり取り乱したりしてはアンブロッシュ家令嬢の名が廃る。私は努めて平静を保ちながら訊いた。しかし彼はあらぬ方向に視線を向け、口を噤んで答えない。

「殿下？」

仕方ないから重ねて訊いた。一体何が彼の口を重くしてるんだろう。まさか彼女に一目ぼれしたとかそんなんじゃないわよね？

「……『マクーリアの聖女』を知っているか？」

「は？」

思わず変な声が出た。知ってるも何も、歴史の授業でも習うこの国では有名な伝説の聖女だ。

五百年ほど前、この国は天候の乱れによる農産物の大幅な生産低下と性質の悪い病気の流行により、激しい飢饉に襲われていた。この国の人口が半分に減るほどの被害に、当時の誰が言い出したのか『この国は魔族に呪われた』という噂まで流れたらしい。けれどそんな時、マクーリアという街に住む聖女が祈りの力で病魔や悪天候を追い払って人々を助けた。彼女は自らの清廉な魂と引き換えに神から聖なる力を与えられ、国に蔓延する病魔という名の魔族どもを追い払い、その後、永遠の眠りについたのだ。魔族云々というのは嘘臭いけど、一人の女性が人々のために奔走したのは本当らしい。

「知ってます、けど、それが何か？」

「実は彼女は王家の者だったという説がある」

「はあ……。まあ、有り得なくはないでしょうね」

　王家の子女、特に良縁に恵まれなかった王女や夫に先立たれた王族の妻が、俗世と縁を切るために、あるいはその後の権力闘争の駒となることから逃げるために、神の僕として教会に入るのは、珍しい話ではない。

「そして実兄である王から授けられた薄いピンク色の鉱石をいつも首から下げていたそうだ」

「それもまあ……」

　ない話じゃない、そう思いながらカナンの下げていた石を思い出す。あれも薄いピンク色だった。

「彼女は昼間は困窮する民のために奔走し、夜は眠らずに神に祈りを捧げた。その期間は百日を超えたという……」

「それも存じております」

彼女の素晴らしさを賛辞するための有名なくだりだ。でもそれって眉唾っぽい。そんなに寝ないで人の世話ができると思えないし、百日越えってどう聞いても後付けっぽくない？　もちろん人々のために奔走したのは本当だとしても、やってることが伝説通りなら超人すぎる。

「まあ、その真偽はともかくとしてだ。彼女はとうとう力尽きて倒れた時、枕辺に侍る者たちにこう言い残したそうだ。『これで今生とは別離なれど、いつかまた、この国に災厄が訪れし時には、生まれ変わって救いをもたらさん』とな」

「えー……」

なんでそこまで？　生まれ変わっても尚この国を守りたいって、愛国心が強すぎない？

「ちなみにこの辺は王家のみに伝わる秘文となっている。なぜなら聖女の正体は、禁を犯して実の兄である王と愛し合った妹姫、だったかららしい」

私の目がまた皿のように丸くなった。それって……。

「あー、なるほど」

つまり禁じられた恋を忘れるために神に仕えたものの、愛する兄の危機と知ってその命を使い果たしたって感じかしら。そして愛する兄王のために、何か困ったことがあったらまた来ますよ、みたいな。だけど王家からしたら醜聞でしかないわけだから、ヤバい部分は切り取って、綺麗な部分だけを伝説として残したわけだ。えー、でもそれで聖女って、うーん、ありなのかしら。私的には悲恋ロマンスとしてありだけど。

「で、殿下はカナンがその聖女の生まれ変わりだと？」

「それはわからんが、彼女が身に着けていた石は、王家に伝えられてきた聖女の持ち物の絵図と酷似しているんだ」

「え？」

そんなに特徴のある石だっただろうか。まじまじ見たわけじゃないからわからない。

「彼女のこと、どう思う？」

「どうって……」

珍しく真面目に問われて何と言おうか少し迷う。

「変わってはいますわね。唯我独尊と申しますか、記憶がないにしてもその心細さを感じさせませんし、その上で己の意志を強く貫いているというか……正直、どんな出自なのかあまり想像がつきません」

「ふむ……」

私の答えに、ルドヴィーク殿下はまた考え込む顔になる。

「それで、仮に彼女がその聖女だったとしたら、殿下はどうなさりたいんですか？」

「もちろん取り込むさ」

事も無げに彼は言った。

「取り込む？」

「ああ。今までもこの国の世継ぎとして相応の努力はしてきたつもりだが、『聖女の加護』

があるとなればその地位も盤石になる。ぜひとも欲しい手駒だな」

「そんな……」

当惑する私の顔を見て、彼は不思議そうに「不満か？」と訊いてきた。

「あまりに不確定要素が大きい気がします。彼女が本当に聖女かどうかはわかりませんし、そもそも彼女自身にその気があるかどうか……」

自らその気にならなきゃ言うこと聞かなさそうな子に見えたけど。しかし彼に迷いはなかった。

「本物かどうかはこの際いい。要は使えるかどうかというだけだ。幸い、彼女を手駒にして文句を言いそうな身内も今のところいないしな」

「それはそうですけど……」

幼少時の病弱エピソードで、彼は王太子としての地位に執着が強い傾向がある。自分が王になることに誰にも文句を言わせない、的な。けれどその執着の強さが彼の目を曇らせたりはしていないだろうか。冷静さを欠いて身の裡に危険を呼び込むことにならない？

しかし彼は私の心配をよそに、斜め上のことを口走った。

「なんだ、妬いているのか？」

「…………はあ!?」

思いっきり頭に血が上った声が出る。

「安心しろ、まだあの娘に手は出しておらん」

まだって何！

「そ、そんなことを言ってるんじゃなくてですねえ⁉」

強く反論しようとしたら、すかさず両手首を掴まれる。そのまま至近距離で顔を覗き込まれた。

「妬いてないんだとしたら、たまには可愛く妬いてみればどうだ。そうすれば私だって――」

全部言い終わらぬうちに彼の唇が下りてきて、私の唇を塞いだ。

抵抗しようと両腕に力を入れるが、彼の腕はびくともしない。そりゃそうよね。一見優男に見えても馬槍大会の優勝者だもの。

ついどうでもいいことを考えてしまうのは、やはり少なからずパニクッていたからだ。

首を斜めに傾け、深く重なった唇の間からするりと彼の舌が入ってくる。

「ん、ん……っ！」

彼の舌は生き物のように私の口の中を這いまわり、逃げようとする私の舌をとらえて絡みついてきた。それだけで腰の力が抜けそうになる。なんで？　怒っているはずなのにあまりの気持ちよさになにも考えられなくなってしまう。もっと、もっとと彼の舌や唇を求めてしまう。

しばらく激しくせめぎあうようなキスが続いた。

気持ちいい。キスだけなのに気持ちよすぎておかしくなりそう。

抵抗しようとしていたはずの腕からいつの間にか力が抜け、それに気付いた彼の手が、私の手首から離れて腰を抱き寄せる。深いキスを交わしあったまま、私たちはいつの間にか密着していた。

ようやく唇が離れた時には、体中の力が抜けて彼にしなだれかかってしまう。

「体はこんなに素直で可愛いのにな」

少しだけ頬を上気させてそんなことを愉快そうに言うからムカつくけど、息が切れててうまく言い返せない。

そうこうするうちに彼は私をベッドに横たわらせてしまった。そして着ていたガウンの紐を解きだす。

「あの！　ちょっと殿下！」

「ん？」

「きょ、今日はそんなことをするためにお呼び立てしたわけでは……！」

「お前が来いというから来たんだぞ？　このまま何もしないで帰らせるつもりか？」

「だから、わたくしは彼女のことを訊きたかっただけであって……ひゃっ」

つるんと桃の皮をむくように寝間着の前をはだけられ、その先端に吸い付かれた。

「や、殿下、おやめ下さい……っ、……ぁんっ！」

左の胸の先端を強く吸われた後、固くなった部分を舌でころころと転がされる。一方、右の胸は大きな手に覆われ、柔々と揉みしだかれていた。更に人差し指と親指でクリクリ

と弄られる。さっきのキスとは違う快感が押し寄せる。

「や、だめぇ……！」

彼の体の下でじたばたと暴れるが、全く抵抗にならなかった。

「リディ……」

ベルベットのような滑らかな声が鼓膜をくすぐる。なんでこんな上等のアルコールみたいな声をしてるの。甘くて口当たりがいいくせに度数が高いカクテルみたい。あっという間に理性がグズグズになってしまう。

「頼むから少しは妬いてくれ」

「え……」

何を言われたのかよく分からなかった。

「あの……」

きょとんとしてしまう私に彼は苦笑を浮かべる。

「……冗談だ」

少し切なげな瞳でそんな風に言われるから、どこまでが彼の本音なのか分からなくなってしまった。――冗談、なのよね？

困惑している私の肩口に顔を埋め、彼は露わになっている首筋に唇を滑らせた。

「ひゃ、ん！」

くすぐられるような感触に変な声が出てしまう。

「最近マチアスとはどうなんだ？」

「え？」

なんの話？　マチアス様？

「よく一緒にいるだろう」

「そ、それは、あの方が話しかけていらっしゃるから――」

仮にも王族の一人を無下にできるわけがない。

「お前も満更でもなさそうにしているではないか」

言いながら彼の唇は鎖骨をたどり、その手は胸を優しく愛撫してくる。

「わ、わたくしにだって愛想笑いくらいできます！」

そう言った途端、彼は小さく吹き出した。

「おかしいですか？」

ムッとして聞き返す。

「いや、感心してるんだ。私の一番苦手な分野だからな」

確かに彼はクールな無表情の王子で通っていて、愛想笑いというよりそもそも笑顔を見せることがあまりない。

「で、殿下はそれでよろしいのでは……はぅん……っ」

胸の先端に吸い付かれて思わず首をのけぞらせてしまう。

快楽に溺れそうになりながら、彼が笑顔を浮かべるところを想像してしまう。

――ダメ。そんなことをしたら、彼に心酔する人が増えてしまう。ぶっちゃけ女子人気が一気に上がってしまうだろう。今は近寄りがたさ故に遠巻きにしている令嬢たちがいっぱいいるのに、私を差し置いてそんな子たちに笑顔を振りまいているところを想像したらいてもたってもいられなくなってしまう。

「何より！　身分が高いのですから高潔なままでいてくださった方が安心です」

そんな笑顔を見せるなら、私だけにしてほしい。私に見せないのであれば他の誰にも見せてほしくない。

本音と裏腹に変な屁理屈を並べてしまった私を、ルドヴィーク殿下がじっと見下ろしている。

そして私の言葉になんのリアクションをとることもなく再び深く口付けてきた。そんな風にされるとまるで愛されているような錯覚に陥ってしまう。

その錯覚に溺れたくて、私は彼の首に腕を巻き付けた。秘めた本心が好きと叫んでいる。彼が好きで好きで堪らないと。嵐のように荒れ狂う感情にめまいがする。

「なぜそなたは……っ」

ルドヴィーク殿下はどこか苦し気な表情で呟いたかと思うと、一気に私を貪り始めた。

「ひゃ、ダメ、そんな激しくしたら……はぁんっ！」

体中のあちこちを撫でられ、唇で愛撫されておかしくなりそうだった。

体に巻き付いていた残りの寝間着もはぎ取られ、胸もお腹もお尻も余すことなく愛される。太腿から爪先まで丁寧にキスされたかと思うと、彼の腕が大きく膝を割った。

「あ……っ」

恥ずかしさで顔が熱くなる。たぶん真っ赤になってる。そんな私を見て彼はニヤリと笑った。

「ここが、すごいな」

「おっしゃらないで！」

指摘された私の足の間は自分でもわかるほどぐしゃぐしゃに濡れていた。そもそも下着をつけていないから溢れたものが太腿を伝ってしまう。

「あんな風に激しくされて感じたのか？　そなたはあんな風にされるのが好きなのか？」

「！」

違う、と言えない自分が悔しい。だって気持ちよかったんだもの。激しいけどどこか優しい気がして、まるで情熱的に愛されているような錯覚に陥った。

「殿下は……気持ちよくなかったのですか？」

反撃するつもりでつい聞いてしまう。彼にとってこれはどういう行為なんだろう。いくら絶世の美女とはいえ、好きでもない女をあんなに激しく抱けるんだろうか。それともわざと翻弄して楽しんでいる？

しかし彼は一瞬虚を突かれた顔になると、二秒置いてから薄く笑った。

「それは……これからのそなた次第だな」

彼はそう言うとおもむろに自分のはち切れそうになっている分身を取り出した。私は更に顔が熱くなってしまう。う、あまりまともに見たことなかったけど、なんかすごい。固くそそり立っているソレは、激しく脈打ち、それだけで一つの生き物のようだった。グロテスクでもあるし猛々しくもある。

「私のコレが、そなたの媚肉に包まれ激しく愛撫されれば私自身も気持ちよくなる」

そ、そんな具体的に説明されても！

「挿れてよいか？」

訊いてくること自体が意地悪だった。私が恥ずかしくて答えられないのを知っているくせに。

「……挿れるぞ？」

それでも彼は訊いてくる。仕方なく私は視線を逸らして「どうぞ」と答えた。右手を添えて蜜口に先端をあてがわれ、緊張に二の腕で顔を隠していると、彼は腰を引き付けて私のナカに入ってきた。

「ん……っ」

ごぷりと沈み込むソレは、獰猛な獣のよう。思わず呻き声を上げてしまう。

「――キツイな。指でほぐさなかったからか」

彼の声も少し苦しそうだ。

「だ、大丈夫です」

申し訳なくてそう言ってしまった。あんなに濡れていたのに少し痛い。それでも彼は私の本音を読み取ったのか、少しだけ繋がったまま濡れた花弁の間に指を滑らせてきた。

「無理をするな」

変なの。声が優しい。

彼はそのまま浅い所を擦りながら、指で敏感な場所を探り当ててきた。

「あ、そこは……っ」

焦った声が出る。膨らみ始めていた小さな粒を指でぐにぐにと押されて子宮の奥が疼いてしまった。

「やはりここがいいか？」

「いえ、あの……はい――」

最後は虫が鳴くような声になってしまう。

「他に、どうしてほしい？」

なんでそんなこと聞くの？　まるでこれじゃあ恋人同士みたい。いえ、婚約者ではあるんだけど。

「キス、してほしいです」

欲望に負け、恥ずかしさに耐えながら言うと、彼はなぜか戸惑うような、恥じらうような表情になった。――なんで？

それでもそんな表情は一瞬だけで、すぐに私に覆いかぶさってキスしてくれる。甘い、うっとりするほど甘いキス。

「……はは、一気に入った」

そうなのだ。信じられないことにキスされただけで彼の分身は私の奥まで入ってしまった。まるで自ら彼を飲み込もうと私の内側が動いたように。彼は私の下腹を撫でながら囁く。

「わかるか？　そなたのココはこんなにも積極的に私を欲しがっている」

「…………っ」

悔しいけど彼の言う通りだった。私の体は彼をもっと奥へ、奥へと誘うように蠕動している。

「ほら――」

彼が腰を前後に揺らすと、信じられないほどの快感が繋がった場所から広がっていった。

「ダメです、そんな風にしたら――ぁんんっ！」

彼の先端の膨らみが私の敏感な場所を擦って熱くなる。

「ダメ？　そんなに自ら腰を揺らしているのに？」

「や、だって……ふぁあっ」

私の太腿を抱え込んだ彼は、もっと深く、一番奥を突き始めた。

「リディ、リディ……っ」

熱にうかされたような彼の声が、嬉しくて切ない。そしてそれ以上に、私は一番奥を突

かれる快感に溺れ切っていた。彼が腰を大きく突き出し、子宮口を強く突く度に、私の中が激しく震えてしまう。その度に得も言われぬ快感が全身からせり上がってきていた。

「ダメ、もうダメです……殿下ぁ……っ！」

ひと際強く突かれ、体中が大きく震える。快感のピークを迎えて、私は一言も喋れなくなってしまった。ぼんやりと薄目で見上げると、彼も汗だくになって息を切らせている。

しかしやはり鍛え方が違うせいか、何とか呼吸を整えるとずるりと力を失った分身を私の中から抜き取った。

互いの性液で濡れたソレはてらてらと妖しく光っている。

「……は、搾り取られたな」

彼は袖で額の汗を拭うと、感慨深そうに言った。

「ここもぐしょぐしょだ」

言いながら私の秘所を手近にあった布で拭おうとするから慌てて起き上がる。

「あの！　自分でできますから！」

「そうか？」

正直体はまだクタクタだったけど、正真正銘王子様である彼に汚れたそこを清めさせるなんて畏れ多すぎてできない。それ以上に恥ずかしさで死んでしまう。

彼は私の頑なな拒否姿勢を見ると、あっさり引き下がって自分の身なりを整え始めた。

終わったからもう帰るのだろう。その執着のなさに一気に気持ちが冷えていく。

服装を整え終わってこちらを一度も見ようとせずに出ていこうとする彼に、つい話しかけてしまった。

「まだ、とおっしゃいましたわね」

「あ？」

彼はなんのことかと振り返る。私は掛け布を引き寄せて身を覆ったまま、挑発するように長い銀髪を掻き上げた。

「先ほど、カナンの話をしていた時、『まだあの娘には手を出していない』と――」

「……言ったが、それがなにか？」

彼の表情はいつもの冷徹さを纏ったままだ。さっきの汗だくで獣のような雰囲気は綺麗に振り払われている。

「まだ、ということは、いずれその可能性もあるのではないのですか？」

そんなことを訊いてどうするのというセルフツッコミが脳内で繰り広げられる。けれど聖女の生まれ変わりかどうかはともかく、不可思議な少女であるのは確かだ。身分が高いものとも低いものともつかぬ、何者をも恐れないまっすぐで純粋な目。美少女というわけではないが、どこか中性的で凛とした強さが人を惹きつける。

ルドヴィーク殿下は私をじっと見つめてから、薄い笑みを浮かべて言った。

「その必要があればな」

ふーん。否定はしないんだ。さっきまであんなに熱くなっていた心が永久凍土にいるようにどんどん冷え込んでいく。

「――私の邪魔をするか？」

珍しく聞き返す彼の真意は全く読めない。仕方なく私はにっこり笑って答えた。

「必要があればそうさせていただきますわ」

殿下は返事もせず、マントを翻して秘密通路に消えていった。

……さあて、どうしようかしらね？

素直になれないリディの恋心と悪役令嬢をやってみたい香恵の心が交差する。

悪役令嬢ならいきなり現れた正規ヒロインらしき彼女を苛めたりするのが王道なんでしょうけど……あまり素直に苛められてくれそうな子でもなかったなあ。

私は大きく溜息を吐くと、もういいや、このまま寝ちゃえと裸のまま布団に潜り込んだのだった。

◇　　◇　　◇

「あら、戻ったのね」

馬を走らせて王城に戻り、こっそり私室に入ると、なぜか王子である私の部屋で本を広げていたカナンが顔を上げた。

「なぜここにいる？」

一応侍従見習い兼王子の話し相手という立場を与えた彼女だが、部屋はもちろん別々で私の部屋の隣に小部屋を用意してあった。だというのにこの娘は平気で私の部屋に入り浸って本棚にある本を片っ端から読んでいる。本来なら有り得ない行為だろう。

そもそも禁書の類は別の部屋に保管されているから読まれて困る本はないのだが、まるでこの部屋の主のように当然の顔をしていられるのが不可解だ。この娘には畏れ多いという感情が抜け落ちているらしい。

ただし不可解ではあるが不愉快ではないのも困った点である。

我ながら偏屈で人と共にいることが得意ではない性格のはずなのに、この娘に関してはなぜか全く気にならなかった。周囲から万が一、刺客だったらどうするのだ、という声もなくはなかったが、彼女にその気があるようにはどうしても見えなかった。楽観的すぎると自戒する思いもあるが、それよりも目が届くところに置いておきたい気持ちの方が勝った。

唯一気になるのはそんな私と彼女のことを、婚約者であるリディがどう思うかだ。

「なんか嬉しそう」

「あ？」

変な指摘を受けて間の抜けた声が出る。

「嬉しそう、ではないのかな。珍しく浮き足立ってる感じ？」

「そう見えるのか」

「うん」

「そうか……」

つい口元が緩みそうになって引き締める。

珍しく彼女の方から呼び出してきて、それでもすぐに行くには予定が立て込んでおり、ようやく会いに行けたと思ったら――焼きもちを妬くような発言をされてしまった。

ついつい嬉しくなってガンガン攻めたらとんでもなくいやらしい彼女を見てしまい、一層興奮して止まらなくなった。

まずい。

分かっている。

彼女の中では最低の出来事だっただろう。

欲求不満解消の相手にされただけでなく、軽んじられて貶められたようなものだ。

リディに話した、カナンを身近に置く理由は嘘ではない。マクーリアの聖女は本当にいたし、公にされていない奇跡も王家の秘文書には残っている。そして彼女が身に着けていたはずのペンダントのことも。聖女の死後彼女の遺体と共に棺に納められたとされているが、誰かがこっそり持ち去った可能性はあるだろう。

カナンが本物の聖女であってもなくても構わない。この私が国の後継者として盤石であるための駒にできるなら。そしてそれはカナン自身にも伝えてあった。

彼女は嘘や誤魔化しを厭う。まるで真実しかこの世に必要ないかのように。確かに真実はある種の強さを持つ。しかし真実だけでは生きていけないのが人間ではないだろうか。そもそも一体どれだけの人間が真実と呼び得るものを持ち得るのか。

真実と嘘は一本の縄のように撚り合わさって存在するものではないのか。

然るに、真実だけ求めようとするカナンの生き方は、とんでもなく危うく刹那的なものではないのだろうか。

しかし決して嘘をつかず誤魔化しもせず、あくまで本当のことだけを言おうとする彼女は、確かに私にとって楽な相手ではあったのだ。

反して、リディはあまり本心を口にしない。大義名分を重んじる名門貴族の娘だからというのもあるし、私に対する嫌悪感がそうさせているというのもあるだろう。

だから今日は正直驚いていた。今までのリディなら彼女から私に何かを確かめようとすることはなかっただろう。そもそも公式の場所以外では一言も口を利かないのもざらだったのだし。

それなのに去年、ひょんなことから体を許し合ってしまってから、彼女は変化しつつあった。まるで本当は私のことを愛しているような。もちろんそんなことを言われたことはないし、あれだけひどい態度を取り続けている私に好意を持つはずはないのだが。

『妬いているのか？』と訊いたら速攻で否定された。分かってはいたはずなのに、つい面白くなくて意地悪をしてしまった。彼女を無茶苦茶に抱き潰してしまいたかった。けれど予想外だったのは、そんな私に彼女が応えてくれたことだ。

紫水晶の瞳を潤ませ、美しい銀の髪を振り乱して。

おかげで反射的に私も理性をかなぐり捨ててしまった。反省している。深く深く反省している。

「やっぱり嬉しそう」

カナンに言われて膝から崩れ落ちそうになったが耐えた。

「あのお姫様に会ってきたの？」

「お前に言う必要はないだろう」

「綺麗な人だったもんね」

「少しは人の話を聞け」

カナンと話すと一事が万事こんな感じである。勘がよすぎて誤魔化しがきかないのだ。

「悪いがそろそろ寝る。部屋に戻ってくれ」

「はーい」

何とか追い出すのに成功すると、長い溜息を吐いて寝間着に着替えた。

# 4．王城への招待

このところずっとモヤモヤしていた。もちろん淑女としては表面上、そんなそぶりは一切見せなかったけど、全く以てすっきりしない。

――彼が。

婚約者であるルドヴィーク殿下が興味を持ち、利用価値があると考えたのはカナンだ。もちろんアンブロッシュ家との繋がりも重要なものではあるだろうが、私自身への執着ではない。そして前世の記憶を取り戻してしまった私は、香恵とリディの心がぐちゃぐちゃに混ざって絡み合ってしまっている。彼のことが好きで堪らないリディと、それを少しだけ俯瞰（ふかん）して見ている香恵と。

前世の私が望んだとおり悪役令嬢という立場を全うするなら、正規ヒロインになりそうなカナンを苛めたり婚約者である王子様とヒロインの関係を邪魔したりするのが王道なんだろうけど、いまひとつそんな気も起きない。そもそも自分の言動による分岐ルートがあるかどうかすらわからないのに。もちろん彼とカナンの気持ち次第というのもあるんだけど……。

私は一体これからどうすればいいんだろう――。

◇　◇　◇

「そりゃあここは一発、正規ヒロイン苛めでしょう！　遠慮なくガンガンと！」

夢の中に現れた白い球は、能天気な声で言い放つ。

ってか、これ夢よね？　辺りはどこまでもうすらぼんやり白くて、目の前には白い球。どこから発したのかわからない声が、私の耳にポンポン届く。

「……やっぱりそうよねえ」

見た目はリディーリエのまま、意識が半分香恵の私は腕を組んで答えた。

せっかく念願の悪役令嬢になったんだもの。ここは正規ヒロインらしき少女カナンを徹底的に苛めたり嘲笑ったりするのが常道だろう。でもどうやって？

「えー？　それはご自分で考えていただかなくては」

ちっ、その辺はフォローなしか。

「でも正直手強そうなのよね。彼女全然清純系とか清楚（せいそ）無邪気系ではないわよね？　むしろやられたら倍返しされそうな雰囲気さえあるんだけど」

「あー、その辺はまあ……何事も定石通りというわけにはいきませんから」

「ずっる！」

「え？　だったら清純無垢系なら遠慮なく苛められたんですか？」

「う」

そう言われると言葉に詰まってしまう。なんだかんだ前世の私はお人好しなのだ。

「た、たとえば？　清純無垢系に見えて実は邪悪だったりすればそれなりには？」

カナンはそんなタイプにも見えないけど。

でもそうよね。肝心な苛め方は考えていなかったわ。それこそシンデレラのお話なら掃除をさせたり料理をさせて不味いとか言い放つんでしょうけど、そんなシチュエーションも作りづらい。貴族院学校も去年卒業しちゃったし、王城に行かないと接点すらないのだ。

そうか。苛めにもテクニックや環境設定がいるんだなあ。ターゲットの一挙手一投足を斜めから見て嫌みや嫌がらせに繋げるような？

でもそれをするには接触が少なすぎる気がする。何とか理由を作って王城に行かなければ。あるいは彼女をアンブロッシュ家に招くとか。

そうなると理由がいるなあ。リディーリエ主催のお茶会なら参加したい人は山ほどいるはずだけど、彼女がそういうものに興味を持つとは思えない。そもそも現在彼女の保護者を買って出ているルドヴィーク殿下がそれを許可するかどうかもだ。

「どうですか？　何かいい案は浮かびそうですか？」

白い球に問われて私は溜息を吐いた。

「今のところなんにも。悪役令嬢をやるのも結構大変なのねえ」

「そりゃあまあ、どんな役も大変ですよ。最近は悪役令嬢の友人やモブキャラだってヒロインになる時代ですから。下剋上群雄割拠、何でもありです。欲しい役を得るためには相応の努力をして頂かねば」

「……あんた、最初は温泉でも掘ってまったり、とか言ってなかった？」

「……そうでしたっけ？」

　ただの球体なのにつるりとあらぬ方に視線を逸らした気がするのは気のせいかしらね。そしてなんでそんなオタク知識（？）に造詣が深いのかは置いといて。

　この白い球に『時代』とか言われてもピンとこない。私が香恵として生きていた現代とこんなファンタジー世界を行き来できるだけで時を超越しているようにも見えるけど。

「まあせっかく選んだ第二の人生なので、どうぞ思う存分謳歌してください。意外と素養はあると思いますし」

「は？」

　え？　素養って……なんでそんな風に思うの？

「そもそも分岐ルートによるエンディングパターンのバリエーションとかあるの？」

　そんな疑問に白玉は答えようとしたのかしないのか、周囲が白く霞んでくる。ちょっと待って、肝心なことをまだ聞いてないのに！　こんなんなら最初に訊いとけばよかった！

　あー、でももう夢から覚めちゃうんだな。それともこれは私の深層心理が見せた自問自答なのかしら。

答えが出るはずもない思考をぐるぐるさせながら、私の意識はフェードアウトしていった。

悪役令嬢に転生した者として、いかに責務を全うするか悩んでいたら、あっさり解決の糸口が向こうからやってきた。ルドヴィーク殿下から王城への招待があったのだ。

『折り入って頼みたいことがある故、我が婚約者殿においては多忙の折大変恐縮ではあるが、王城に来て頂ければ幸いである』と。

私的な用事で王城に来いだなんて珍しい。あの誕生日以降初めてかも。

いつもは向こうからこっそり私の部屋に来ていたのに。

私だって王城に行くことは多々あったけど、それはあくまで公務としてだ。王子の婚約者として必要な際、慶賀の会だの舞踏会だの、招待を受けて行くことはあった。でもルドヴィーク殿下個人に呼び出されたことはない。

普段全くないことだけに何やら胡散臭い気がしないでもないけど、ルドヴィーク殿下からの頼まれごとなんて初めてだったから、私の心臓が軽く跳ねる。嬉しさがじわじわ湧いてきていた。

一方で行き詰まりを感じていた香恵の心もこれはチャンスと飛びついていた。

手紙にあったご多忙もなくはない。なにせ大貴族の娘なので社交界等でのお付き合いもあるし、何より殿下との結婚を控えているのだからそのための準備もたくさんある。

花嫁道具なんかはそれこそ生まれてすぐ婚約したのだから、超一流職人による調度類やらアクセサリーやら外国で評判の高い化粧品の類など年月をかけて準備してあるが、結婚式のドレスや王太子妃としての私服や公服、靴等衣装類は成長期もあって常にアップデートが必要な状態だし、何よりいずれ外交に携わる立場として歴史や地理、外国語の勉強も疎かにできない。

とはいえしかし。

ルドヴィーク殿下からの要請ならもちろん断るわけにはいかないだろう。

決して慣れない王太子妃教育学習に飽きて嫌気がさしていたとかそんなことではなく。

「王城に行くドレスを用意して」

私は手紙を一瞥（いちべつ）すると、自分専用のレディメイドにそう告げた。

そばに控えていた彼女は「かしこまりました」と一礼して衣装部屋へと姿を消していった。

「お久しぶりね、カナン。王城の生活はいかが？　慣れないことで困ってはいない？」

用意された応接室で、薫り高い紅茶と大好きな焼き菓子をテーブルいっぱいに並べられ、私は内心テンションが上がるのを隠しつつ訊いてみる。

　馬術大会で出会ってから十日。あの時は簡素な村娘の格好をしていたのに、今の彼女は清潔で身軽そうな七分袖のシャツと七分丈ズボンの侍従服を更に楽そうに着崩している。だけどどう見ても侍従として働いている様子はない。こんな子が殿下のそばにいて誰もなんにも言わないのかしら。

「特に困ってることはないです。適当に放っておいて貰えるし」

　彼女もバクバクお菓子に手を出しているところをみると、ルドヴィーク殿下は遠慮無用にしているようだし、甘いお菓子に目がないっぽい。まあ若い娘なら大抵スイーツは好きよね。

「そうなの？」

「まあ、そうだな」

　尋ねたのはカナンにだが、答えたのはルドヴィーク殿下だった。

　優美なレースのクロスをかけた畳一枚分くらいのテーブルの、上座席に当たる短辺に、殿下は長い脚を組んで一人掛けのソファに背中を預けていた。彼はきっちりと正装だ。婚約者とはいえ客を出迎えているのだから当然だろう。

　私とカナンは長辺に向かい合って座っているから三人の距離はそう変わらない。だけどなんていうか、仲が良さそうというのも違うんだろうけど、この二人の間にある親密度が増している気がした。そう考えると胸が少しモヤッとする。

「一応侍従の体はとっているが、基本的に新しい犬か猫を飼ったようなものだ。特に構って貰いたがりでもないから食事と時折散歩に出せばあとは部屋で勝手に寛いでいる」

なにそのペット待遇は。あまりに自由でちょっと羨ましいんですけど。

「誰も何もおっしゃいませんの？　たとえ殿下にとっては珍獣や犬猫扱いでも、彼女自身は歴とした若い女性なのに」

「誰が珍獣って？」

片方の眉を上げただけの、彼女のツッコミを「あら失礼」と軽く微笑んでスルーする。

「基本的に私の身近にいる者は何も言わん。しかし事情に疎い下々の者はよからぬ妄想を抱くこともあるだろう。だからこそそなたを呼んだのだ」

私は目の前にあった紅茶のティーカップを手に取って、上品に口を付ける。殿下の答えに深く納得した。

彼はカナンをペット同様と評したけど、彼自身は動物を飼ってはいない。飼うことを推奨されているにも拘わらず。

王族や貴族にとってペットは安全装置代わりなのだ。

例えば政敵などが放った刺客が王族の私室に近付いた場合、部屋に飼っている犬や猫がいればその異変に気付く。騒げば殺されることもあるだろう。しかしそのワンアクションを増やすことで部屋の主は危険を察知することができる。

鳥籠に入れた鳥を飼うのも同じ理屈だ。部屋に火をつけられたり毒性のある煙等を撒かれた場合、まずはその身の死を以て主に危険を知らせる役割を持つ。

もしそれらの動物が異変を感じることがなく何かが起こったとすれば、犯人は普段から部屋に出入りしている人物と特定できる。

しかしルドヴィーク殿下は幼い頃に飼っていた猫が刺客の手にかかって絶命して以来、どんな動物も飼おうとしなくなった。今でも覚えている。誰にも見られぬよう、物陰で唇を噛んでいた少年の姿を。

その彼がペット代わりに少女をそばに置いている。少なからず醜聞に及ぶリスクを冒してまで、だ。

当然下種な勘繰りをする者はいるだろう。

彼自身は私以上に多忙な立場だから、私室にいる時間は短い。ほぼ寝る時だけと言っても過言ではないと思う。つまり実際のところは、カナンはその間放置されて一人でのびのびと過ごしているということなのかしら。見た感じ、一人でいるのが平気そうな子だけど。

「侍従の真似事をしていたのではなかったんですの？」

そう尋ねると、彼の額に青筋が立つ。ルドヴィーク殿下が何かを言おうとする前に本人が答えた。

「残念ながら向いていなかったみたい」

彼女の言葉にすかさず殿下が補足を入れる。

「お茶を淹れようとすれば茶器を割る。ベッドを整えようとすればシーツに皺が寄る。クローゼットから衣類を持ってこさせれば私の服を踏んで躓く始末だ」

私はちろんとカナンを横目で見つめたが、彼女は全く気にしていないようだった。彼もその辺は分かっているようでそれ以上は言わない。

だからその妙に連携がとれている空気はなんなのよ。

「あらあら、思ったより不器用なのかしら。さもありなんですわね」

嫌みっぽく上品に笑って見せたのは、我ながら悪役令嬢らしかったと思う。

「でも高貴な者に仕えるのは一朝一夕でできるような生ぬるい仕事ではありませんものね。殿下もそれくらい分かっておいででしょうに。それともそこまでして彼女を独り占めにしたいほど関心があったのかしら」

ついつい素直になれない私の嫌味に、彼は今度は苦り切った顔になった。

「もちろん分かってたさ。しかし本人がやりたいというならそれも一興かと思ったんだ。なにがきっかけで記憶が戻るかもわからんしな」

これ、半分負け惜しみなんだろうな。

「で、何か記憶が戻ったんですの？」

「全く。さっぱり。この不器用さなら王侯貴族の一人ではないのだろうし、王侯貴族に仕える者でもないだろうが」

分かり切った結論である。

「不甲斐(ふがい)ないですわね〜〜〜」

口元を扇子で覆いながら、つい高笑いしてしまうと、さすがに少しムッとした顔でルドヴィーク殿下は私を睨み付けてきた。

「……妬いているのか？」

「冗談も二度目はつまらなくて笑えませんわよ？」

今度は余裕で言い返せたので、気分がよくなった。

表面上は穏やかだけど空気中に火花が散っている私たちの会話に何も感じないのか、カナンは全く気にせず並べられたお菓子をばくばく摘まみ続けている。

「マクーリアの件は？」

「調査中だ。それからカナン自身の出自についても、精巧な似せ絵を描かせて手の者たちが調べて回っている」

「本気だったのですね」

「どういう意味だ？」

「単純に彼女を王城に連れ込むためだけの口実かと思ってましたので」

仮に彼女を気に入ってそばに置きたいのなら、身元調査はいい口実になる。やるふりだけしてやってないのかと、少しだけ疑っていた。もっとも根が真面目な方だから有言実行は外さないか。

「マクーリアって？」

今にもルドヴィーク殿下が反撃しようとする直前にカナンの声が割り込み、聖女の件に関しては彼女は何も知らされていないのだと気付く。余計なことを言ったかしら。私は殿下の表情を窺った。

「前に言っただろう。この国に伝わる伝説の聖女がいた土地の名だ。お前が首からぶら下げている石に関連があるかもしれないので調べさせている」

「……ああ」

カナンは何を考えているのか、自分が首からぶら下げているペンダントをちらりと見て無表情のまま相槌を打つ。

「それで、わたくしに何をしろとおっしゃるのでしょう」

時間がもったいないので単刀直入に聞いてみる。

「とりあえずこいつが人前に出ても問題ないように仕込んでほしい」

「はあ⁉」

ルドヴィーク殿下のとんでもない申し入れに、こめかみの辺りがぴくりとした。私は彼の婚約者であって、家来でもなんでもない。その私にこの子の世話係をしろと？

「大変光栄な申し入れですが、わたくしにそんな大役が務まるでしょうか」

「なーに、そなたが王太子妃として受けている教育を、彼女にも適当に施してくれればいいだけだ」

簡単に言うなー！　王太子妃教育なんてそれこそ多岐にわたるとってもとっても大変な

ものなんだから！　適当になんてできるわけないでしょう！

「それは彼女自身の望みなのでしょうか」

　私は口の端にチーズパイのかけらを付けている彼女の顔をちらりと見る。彼女もそれに気付いて私に視線を向けてきた。

「迷惑なら無理しなくてもいいけど」

「彼女もそう言ってますし、もし必要でしたら殿下ご自身の優秀なチューターでも誰でも適任がたくさんいらっしゃいますでしょう！」

「それでいいのか？」

　彼の問いに私は首を傾げた。いいのかって、そもそもそんなことを私に頼む意味がわからない。彼の立場からしたら人材なんて使い放題でしょうに。

「おっしゃっている意味がよくわかりません」

「他の者に頼めば、私の愛妾をそなたが黙認する形になるぞ？」

「はあ⁉」

　二度目の変な声が出た。愛妾って、そんなにはっきり言っちゃう？

「もちろん今のところ、こいつとそんな関係は全くないが、このまま私が彼女に目をかければ色眼鏡で見てくる者も出てくるだろう。そうすればそなたの周りもうるさくなると思うのだがな」

　それは私も気付いていたし私自身危惧していたことで、それでも彼の口から偉そうに言われると無性に腹が立つ。

「気位の高いそなたが自らカナンの面倒を見てくれれば、私の潔白は証明されたようなものだし、アンブロッシュ家としても面目が立つだろう。もちろん彼女の指南を引き受けてくれたら相応の礼はする」

しかし殿下は私のそんな憤りを一切無視して話を進めてきた。

「カナンの素性もまだはっきりしない。そういう意味ではそなたも関わっていた方が安心だろうと思うのだが」

「う……」

うまく丸め込まれているような気もするけど、一理なくもない。そもそも自分のそばに置けば悪役令嬢的にカナンを苛めやすくなるわけだし。苛める理由や方法があるかはともかくとして。

「カナン、貴女もそれでいいの？」

当事者でありながら私たちの会話を聞くともなく聞いていた彼女に話を振ってみる。

「別に私はどっちでも――」

「そうはいかん」

横からルドヴィーク殿下が強硬に言い放つ。その言い方にムッとしてつい言い返してしまった。

「なんでですか！」

　彼は一人掛けのソファに深く腰掛けると少し長めに溜息を吐いた。それが合図だったらしく、部屋の隅で気配を殺して控えていた給仕係が部屋を出ていく。それを見届けて、殿下が言った。

「私は忙しい」

「それがなにか」

　忙しいことなんて知ってるってーの。

「これは極秘事項なのでそのつもりで聞いてくれ。『災厄』の気配がある」

「え？」

　殿下は肘掛けについた腕に顎を乗せながら気だるそうに言った。

「先月、西の辺境の大森で地震があっただろう。森林地帯で人もあまり住んではいないから被害らしきものは出ていないが、何度か続いたので、念のために状況を調べに行った一個師団から妙な報告があった」

「報告、ですか」

　地震のことは知っていた。王都も少なからず揺れたのだ。だから騎士団の一部が調査に出たのも知っていた。しかしそれ以上のことは何も聞いていなかった。もしかしたらお父様なら何か知っているのかもしれないけど。いつも情報は鮮度が命、みたいな刺身か醤油(しょうゆ)のCMみたいなことを言ってらっしゃるし。

「調査師団の中には魔術師も必ず一人交ざる。その彼が、背筋がゾクゾクした、と――」

　ルドヴィーク殿下は優美な顔の前で指を交差させる。その顔はいつになくシリアスだった。私は何を言うべきか暫し迷ってしまう。

「風邪でもひかれたのでは？」

「森から離れたらピタリとやんだそうだ。彼曰く、魔獣の気配を感じたのではないか、と」

　魔獣。それ自体が災厄であり、天災を呼び込む前触れでもある――。

「この国、魔獣なんているんだ」

　軽い口調で訊いてきたのがカナンだった。

「いる。魔獣の定義はあまり定かではないのだが、要は人の予測を超える力を持ち、人に災いを成す生き物がな」

「災いって例えば？」

「口から火や光を吐き、周囲を焼いたり朽ちさせたりする。あるいは毒の息を吐いて人事不省に陥らせる。抗いようのない魔力を持ったものを十把一絡げにして魔獣と呼ぶ」

「へえ……」

　カナンは興味深そうに彼の話を聞いている。

「もっとも普段はあまり人のいる場所には出てこない。そもそもその存在自体目撃されるのは稀だ。文献によれば過去の聖人たちが浄化魔法やらなんやらで彼らと我々の世界を分けたという」

　そうなのだ。だから魔獣も伝説神話の類に近い。マクーリアの聖女の時代も多少は出現してたらしいけど、あまり詳しくは伝わっていない。

「分けたってことは魔力や魔獣と対抗する力を持つ人間もいるってこと？」

「ありていに言えば。しかしその力は血縁で受け継がれるとも限らないし、何がきっかけで発芽するかもわかっていない。幼い頃から呼吸をするように魔力を使う者もいれば、大人になってから急に目覚める者もいる。過去大魔術師と言われたアクシスタ卿なぞ、目覚めたのは六十五歳の時だったと聞く。我々王家としては極力そういった力を持つ者を非常時に備えて確保したいから、力を持つ者やその片鱗があるものは申告するようにさせているが……本人が無自覚だったり隠していたりしたらそれまでだな」

「面倒なのね」

「ああ」

　本当に面倒くさそうにルドヴィーク殿下は溜息を吐いた。でもそれがポーズだということも知っている。基本根が真面目なので、何かあれば自分が動かねばと思っていることも。彼自身魔力テストを定期的に受けているが、その兆候は見られないことも。

　だからこそ彼はマクーリアの聖女かもしれないカナンが必要なんだ。起こりうるかもしれない災厄から国を守るために。一国の王子として。騎士団の一人として。

「さっきの言葉、撤回しますわ」

　急に話を変えた私の顔を、二人が凝視した。

「カナンの教育係、引き受けさせていただきます。その代わり報酬と言っては何ですが、災厄についての情報に進展があったらわたくしにも教えてください」

「いや、しかし――」

「そうと決まれば準備をしなくては。カナンにアンブロッシュ家に来て貰うより、わたくしが王城に滞在させていただく方がよろしいわね？」

　私は音も立てず椅子から立ち上がると、ドレスの裾を優雅に捌いて部屋の外へ向かう。王城のシェフ自慢の、とっておきのシトロンケーキを口にできなかったのは残念だけど、思い立ったら吉日だ。

　殿下も立ち上がってまっすぐこちらを見た。

「いいのか？」

　淡々とした声。私は極上の笑みを浮かべて見せた。

「殿下からの頼みごとなんてめったにありませんもの。せいぜい貸しにさせていただきますわ」

「なんでいきなりやる気になったの？」

　アンブロッシュ家にいったん戻り、細々としたものを家臣に揃(そろ)えさせて戻ってきた私に、カナンが訊いてきた。

「最初はあまり乗り気じゃなさそうだったでしょ？」

私に与えられたゲストルームは、いつも通り王城の中でも最上級の客室だった。当然だ。国でも有力貴族の一人であるアンブロッシュ家の人間であることに加え、私は王子の婚約者なのだから。

その部屋に持ち込んだものを専属メイドに指示して整えさせながら、いかにも遊びに来ていた体のカナンの方を振り返って私は肩を竦めて見せた。

「やるべきことだと思ったから、かしらね」

調査騎士団付魔術師の勘が外れてくれればともかく、災厄の気配があるのなら備えなければならない。それは国の上層に存在する者の義務だ。

「まだ曖昧な情報が多すぎて自分の立ち位置は不明だけど、殿下がこの国を守るために秘密裏に動き出しているのなら、私はそれをフォローする立場だわ。そして彼が私に貴女を頼むというのなら、貴女も今回のことに無関係ではいられない、ということ」

私の言葉にカナンは細い息を吐く。

「そんなつもりでついて来たんじゃないんだけどな」

「それは貴女の都合ね。一国の王子がただの親切心で素性も定かではない娘を本当に手元に置くと思った？」

言いながら私は一枚の紙を取り出した。アンブロッシュ家から王城に戻る馬車の中で書いていた、彼女の教育計画表だ。

「世知辛い世界だなあ」

そう言いながらも言葉は淡々としていてどんな感情も入らず、彼女は相変わらずのポーカーフェイスだ。

「で、私は何を勉強すればいいわけ？」

「カリキュラムは組んできたわ。まずは基本の立ち居振る舞いから──ちょ、ちょっと！」

いきなり至近距離に近付き、ぴっとり私の二の腕を両手で摑んで、私が手にしていた紙を覗き込んできたから、思わず声を荒らげてしまった。この子にはパーソナルスペースの概念がないの？　そもそも庶民にはそんなものないのか。

貴族令嬢という立場上、誰も馴れ馴れしく近付いてくることはなかったから驚いてしまったが、私の変な声にカナンはキョトンとしている。私はコホンと軽く咳ばらいをして呼吸を整えた。

「──高貴な身分の者は当人の許可なく相手に触れたりしないものなの。覚えておいて」

カナンは三秒私の顔を見つめてから「……ああ、失礼」と両手をパッと離し、胸の前で私に手のひらを向けて一歩下がった。

「でもお姫様、肌が柔らかくて気持ちいいし、いい匂いするよね」

どこかうっとりする表情に少し困惑する。これは単純な感想？　よね？

「お姫様……ではないわね。リディでいいわ。でも一応人前では『リディーリエ』に『様』を付けて。私が軽んじられていると思って気分を害する者もいるでしょうから」

「わかった」

「返事は『はい』で」

「はーい」

「伸ばさない！」

カナンは目をぐるりと回して見せ、私は嘆息する。先は長そう。まあ氏素性もわからない子だからしょうがないのか。

「でも本音を言えば嬉しいかな」

「どういうこと？」

「正直あの超絶美形王子より超絶美女であるあん……じゃなくて、あなた？　の方に興味があったから」

私は小首を傾げて彼女をねめつけるように窺う。

「わたくしが貴女を最初にお茶に誘ったから？」

そう、最初に彼女を誘ったのは私だった。その後、ルドヴィーク殿下にかっさらわれたけど。

「……よくわからないけど、私が知っている誰かに似ている気がしたんだよね。記憶がないのに変だなと思うんだけど」

そう語る彼女の顔に初めて少し不安そうな影を見つけて、私は少し反省する。偉そうな物言いの子だから忘れていたけど、彼女は今、過去の記憶を失っているのだ。不安を感じることが皆無なわけない。

「私のように完璧に近い淑女がそうそういるとは思えないけど」

私、リディーリエは国でも頂点に近い場所にいる、それこそ超絶美女なので。こんなに周囲に影響力が大きい存在はどちらかと言えば稀有だろう。もっとも有名人として見知っている可能性は否めない。

「その辺は記憶が戻ってみないと何とも言えないけど。でも王子の誘いに乗ったのも、一緒に行けば婚約者のあなたに会えるかなと思ったからだし、あなたに会いたくて王子に何度もそう言ったんだよ？」

「は？」

「だって、リディ綺麗だし」

「そうなの？」

あまりにも当たり前のことを言われて驚くと同時にさっきの困惑の意味に気が付いた。

なんというか、他の人にはさんざん言われ慣れていることだけど、カナンはそんなことを言うタイプじゃないと思っていたのだ。

「それは、ありがとう」

とりあえず褒められたのだろうからお礼を言っておく。にしてもカナンが私を気に入っていた？　殿下にも私に会いたいとせがんでいた？　意外過ぎて目が丸くなる。あとで彼自身に確かめてみよう。

「とにかく！　時間を無駄にするのはもったいないわ。早速始めましょう！」

私はルドヴィーク殿下が用意してくれた学習室に彼女を連れて行く。そしてテーブルベルを鳴らすと、手配していた教師たちを招き入れた。礼儀作法、一般教養、歴史や修辞句、教えなければいけないことはたくさんある。彼らにカナンを紹介し、カナンにも彼らの名前や担当授業を伝えた。

そうこうする内に一人の女性が部屋に入ってきた。

「ごきげんよう、リディーリエ様。頂いたお手紙で状況は把握しておりますわ。まずは言葉遣いと立ち居振る舞いからでしょうか」

眼鏡に黒ずくめの女性教師は私に向かって確認してくる。既に五十を超えるレディ・グレーシアは、数多くの貴族の娘たちに淑女教育してきた、いわばプロフェッショナルだった。リディーリエも幼い頃からかなりお世話になっている。正直彼女に睨まれると鬼より怖い。穏やかで声を荒らげるようなことは決してしないのだが、身に付いた威厳が百年以上生きている魔女のようだった。

「そうね。基礎の基礎からお願いします」

「かしこまりました」

さすがにカナンもただならぬ迫力を感じ取ったらしい。少し引き攣った顔になる。

少しでも時間の無駄を減らすべく、尚且つ『悪役令嬢』的な行為の実践を狙いつつ、私とカナンの波乱な日々が開始されたのだった。

◇　◇　◇

そこからは嵐のような時間だった。

なにせカナン自身は過去の記憶が何もない。しかし生まれつきの性格は変わることがないようで、鬼より怖い女教師に一歩も引かず、たてつき続けた。

「姿勢が悪い。背中が曲がっていますよ。下腹に力を入れて背もたれに寄りかかってはなりません」

「は？　意味がわからないんだけど。何のために背もたれがあるのよ」

「背もたれにもたれていいのは男性か老人だけです。若い女性が背中を丸めていてははしたなくみえてしまいます。さあ、お腹に力を入れて。膝は開かない」

「こんな姿勢、長時間無理だってば」

「下腹に力を入れて背筋を伸ばすのです。頭は天井からつってあるような感じで……もっと優雅に。……すみませんがリディーリエ様、お手本を」

優雅な仕草が天敵らしきカナンは、立ち方も座り方も粗暴そのもので、鏡の前で見本を見せても四苦八苦だった。それでも私が「この程度で降参？」と嫌みっぽく微笑むと、負けず嫌いに火が付くらしく必死で食らいついてくる。それでも猿がチンパンジーに進化した程度だけど。とりあえず立ち方と座り方の基礎を徹底的に叩き込んだ。

それから彼女の成果を確認するために、城で働く人たちにも手伝って貰う。執事や家政婦頭は忙しいから、比較的下っ端のメイドさんたちだ。

「カナン、すごい！　前はもっとだらっとした感じだったのに、姿勢がよくなるだけでこんなにドレスが似合って上品になるなんて……！」

そう言ってカナンを褒め称えているのは、下働きの少女アリーだ。今はテーブルマナーの講義で食事の給仕役をやってもらっている。アリーはカナンがルドヴィーク殿下に城に連れて来られた頃、最初に彼女の世話をしていたらしい。

「すっごくおっかないのが二人いるからね」

カナンのぼやきにアリーはくすくす笑っている。カナンと年もそう変わらないだろう。明るい少女だった。

「おっかないというのはわたくしのことかしらね？」

少し用事を済ませて遅れてきた私に、アリーは慌てて頭を下げる。

「すみません、リディーリエ様！　いらっしゃるとは気付きませんでした！」

「別に構わないわ。あなたがこの子の割ったティーカップや踏みつけた衣装の後始末をしてくれたアリーね？」

にっこり微笑むと、アリーは真っ赤になって更に俯いてしまう。

「お姫様のそのとんでもなく綺麗な外見は、それだけでとんでもない凶器だね」

カナンが喉の奥を鳴らしてくつくつ笑うと、アリーは顔を真っ赤にしたまま「カナン！」と叫んだ。

「わたくしの外見より、あなたの無愛想さで城の人たちに嫌われてなさそうなのが意外だわ」

私が溜息交じりに言うと、アリーは我が意を得たりと言うようにこぶしを握って叫んだ。

「そうなんです！　カナンはぶっきらぼうだし愛想もよくないけど、本当は親切だし、それになんか一緒にいると楽って言うか、だからルドヴィーク殿下もお気にいられたんじゃないかって皆……あ」

叫んでから、すぐ我に返って「すみません！　余計なことを申しました」と再び頭を深く下げた。本来召し使いたちは主人の許可なく発言することは許されていない。けれどカナンのフラットな在り方が、彼らの気持ちを緩めてしまうらしい。

「なるほど、それで殿下が、ね」

皮肉を込めて私がおっとり笑うと、カナンは肩を竦め、アリーは耳まで真っ赤にして腰を折ったままだ。そして蚊の鳴くような声でおずおずと言った。

「あの……私ごときがこんなことを言うのは許されないって分かってますが、……カナンをよろしくお願いします」

恐る恐る顔を上げた、つぶらな瞳が健気に揺れている。

「リディーリエ様にとって目障りな存在なのは分かってるつもりです。でも！　カナンが何か粗相をしてお手打ちになるようなことがあったら、私……」

アリーの茶色い目は更に潤んでいた。本気でカナンの行く末を心配しているのだ。私はアリーに気付かれないよう、そっと息を吐く。

「そんなの当たり前でしょう？　他の誰でもないこのリディーリエに、殿下自らカナンを頼むと言われたのですよ？　どんな野生の狸だろうと一流の淑女に仕上げてみせてよ」

自信たっぷりに見えるよう、最上級の笑みを浮かべてそう言うと、アリーは少し怯える顔になった。なまじ私の顔が完璧な美形だから凄んだようで怖かったのかもしれない。

それでもアリーは「ありがとうございます、リディーリエ様！」と深々と頭を下げる。

「貴女にお礼を言われる筋合いではないけれど、わたくしの手腕に抜かりはないと覚えておいて」

冗談のつもりでそう言ったけど、アリーはやはり少し引き攣った顔で、ぶんぶんと頭を縦に振って応えた。美形って難しい。

とはいうものの、カナンは一体どんな手を使って少ししか関わっていないような人の心まで掌握しているんだろう。

アリーだけではなく、その後、何人かのメイドや下働きの人からも似たような『お願い』が続く。私はその度にちょっとうんざりしてくるのを隠しつつカナンのことをちゃんと導くと約束した。

だというのに当人はまるで他人事のようにあまりリアクションがない。むしろ彼らがいなくなってから「いいの？」と聞かれる始末だ。

「いいのって何が？」

「あんなに皆に私のことを約束しちゃって。昼間私にかかりきりになってる分、自分のことは夜中に起きてやってるんじゃないの？」

カナンの指摘は図星だった。なんでそんなこと知ってるのよ。

「頼まれた以上は完璧を目指すのがわたくしの性分なの。だからわたくしを解放したかったら一日も早く立派な淑女に化けるのね」

私の是とも非ともつかない返事に、カナンは「はぁい」と気の抜けた返事をすると、私に「語尾は伸ばさない！」と叱られながら綺麗な所作の復習をするのだった。

「とりあえずマナーに関しては今日はこんな感じかしらね」

「あー、もう無理。絶対死ぬ」

「じゃあ五分ほど休んだら次は歴史と地理の復習をしましょう」

「それがよろしいと存じます」

レディ・グレーシアはそういうと一礼して退出する。

「うっそでしょ」

まだ授業が続くのかと、カナンはうんざりした声を出した。

「休んでいる間、お茶くらい飲んでもよくてよ？」

「あんたも結構鬼だな」

「それは誉め言葉ね」

今は学習室でカナンと二人きりだ。

私はカナンに鬼と言われて内心おかしくなる。実を言えばこの復習の時間はかなり楽しかった。そうそう、こういうのがやりたかったのよ！　遠慮会釈なくビシバシと誰かを苛め……じゃない鍛える役が！　まあシンデレラの姉というよりスポーツ系の鬼コーチっぽいけど、細かいことは気にすまい。

ルドヴィーク殿下が用意してくれた王城の学習室で、カナンの淑女教育は続いた。

基本的に立ち居振る舞いと礼儀関係はレディ・グレーシアが、それ以外に関しては専門の教師が指導する。

私はそれを見守りつつ、カナンの様子に応じて全体の時間配分の調整をしながら復習のフォローをする。

ごくたまに、忙しい公務の合間を縫ってルドヴィーク殿下が様子を見に来た。

「調子はどうだ？」

「最悪」

苦り切ったカナンの声に、珍しく彼の表情が面白そうに和らぐ。

「まあ頑張れ。どんな知識も覚えておいて無駄にはならん」

「そうかなー。これで私がただの庶民なら全部無用の長物じゃない？」

「たとえ庶民でも、高給の就職口が見つかるかもしれん」

「あーー、まあ……そうなのかなー」

「頑張ったらまたお前の好きな菓子を焼かせるから」

「やった！　その約束、忘れないでね！」

「よしよし」

ぐしゃぐしゃと彼女の頭を掻きまわしながら、滞在時間は五分かそこら。私との会話はあったんだかなかったんだか、あっても二言三言程度だ。カナンと気の置けない会話を交わして去っていくルドヴィーク殿下に、それでも私は込み上げる暗い感情を押し殺す。

――あんな風に、私が彼と最後に会話をしたのはいつだった？　まだ無邪気に婚約者として彼に懐いていたのはどれくらい前？

考えるな。考えちゃダメ。

「さ、始めましょ。この国の三代目の王ヴィルダークの改革と四代目の王ヴィンセントの南国遠征から！」

「うぎゃー！！！」

胸のムカつきを見ない振りしながら、私はビシバシと彼女を鍛えることに没頭した。よもやその様子を城の者たちに見られてどんな噂になっているのか気付きもせずに。

◇　◇　◇

「ルドヴィークがわがままを言ってずっと貴女に仕事を押し付けてすまないね」

王城の広いダイニングルームで、国王陛下は優雅な手つきで肉を切りながらおっしゃった。隣で王妃様が優しそうに微笑んでいる。王城に泊まっている以上、晩餐を共にするのは客として当然のマナーだったから、夜はいつも一緒に食事をとっていた。

「とんでもありませんわ。他の誰でもない殿下の頼みですもの。万難を排してでも引き受ける所存ですのよ」

私も上品に微笑み返す。国王陛下や王妃様とは生まれた時から近しい間柄だし、とても穏やかな方たちなので、あまり緊張はしない。寧ろ優しい親戚のおじ様おば様のような親しみさえある。

「リディーリエ、君が我々の娘になってくれる日が楽しみだよ」

「恐れ入ります」

和やかな歓談の中にカナンはまだ混ざっていない。淑女教育がまだそこまで達していないし、本人も断固拒否したからだ。

王族の食事となると単に出された料理を食べるだけとは限らない。たとえパーティー等の予定がなかったとしても、私のように急に泊まることになった者や著名人などの賓客など、様々な立場の者と同席する社交の場でもあった。そのために厨房では常に多めの料理が用意されている。

当然ながら席に着く者は全員正装が基本だし、そのための身支度にも時間がかかる。テーブルマナーはもちろんのこと、着席の順番も決まっていれば、話す順番まで決まっていた。カナンにそこまでのマナールールを仕込むのはもう少し時間がかかるだろう。

今日の晩餐は国王陛下夫妻とルドヴィーク殿下に加え、王城に宿泊している私と、急に遊びに来たというマチアス様が一緒だった。まあ彼も親戚だから遊びに来ていてもおかしくはない。

我々がマナーに則って歓談しながら食事をしているその間、カナンのレッスンはレディ・グレーシアに一任してある。

今頃厳しい指導を受けながら『上品な食事』のレッスンをしていることだろう。

「ルドヴィーク。お前もたまには婚約者の美しさを讃えたらどうだ。お前にはもったいないほどの美姫なのに」

「全くですよ。こんなに聡明(そうめい)で美しい方なのに、私なら誰の目にもつかないよう、隠してしまうかもしれません」

国王陛下の言葉に、深く相槌を打ったのはマチアス様だった。二人からそう言われて、ルドヴィーク殿下は嫌そうな顔になる。彼はマチアス様が苦手なのだ。

「マチアス様ったら、冗談でも嬉しいですわ」

よくよく見なければわからない程度に青筋を立てているルドヴィーク殿下を見て、私は慌ててとりなすように言った。

「でもルドヴィーク殿下は独占欲なんて微塵も持たない広い心の持ち主なのです」

そもそも好きでもない女に独占欲なんて湧きようもないでしょうけど。私のフォローをどう受け取ったのか、彼は氷より冷たい目でこちらを一瞥した。

はいはい、どうせ私の思い上がりを嘲笑ってるんでしょ。でもここはそう言わないと収まらないじゃないのよー！

「こんな素晴らしい女性を前に独占欲も持てないなんて、世継ぎの立場は厳しいですね。私は継承権が低くてよかったな」

にっこり笑ってそんなことを言うけど、そういうマチアス様だって王家直系なんだから継承権は決して低くないはず。案の定、それを聞いていた陛下や王妃様は苦笑いをしている。

実際正式なルールに則ればマチアス殿下の発言はマナー違反なんだけど、なぜかそれを許容させてしまう愛嬌が彼にはある。そしてそれはルドヴィーク殿下が持ちえない魅力でもあるんだよなー。

「でも殿下が世継ぎのお立場だったからこそ、婚約者という畏れ多い立場にわたくしを選んでいただけたのですから、わたくしは運命を受け入れて神に感謝するばかりですわ」

どんな時でも動じず、優雅に微笑みを浮かべるのが王太子妃としての品格である。暗にあんたはお呼びじゃないと言っているわけだけど、言い回しのマジックで失礼を回避し、全てをリセットする微笑みスキルで場の和やかさを取り戻した。

マチアス様も私の発言に押し黙るが、その真意は読めなかった。

「それに……美しいと褒めていただけるのは光栄ですが、ルドヴィーク殿下とはそれこそ物心ついた頃からのお付き合いですから、この顔にももう十分免疫がありますでしょうし」

「いや、そんなことはないだろう」

そう言ったのは国王陛下だった。

「朝露に濡れた薔薇は何度見てもその美しさに感銘を受けるものだ。リディーリエ、そなたの年を追うごとに増す美しさは、内面を磨かれて培ったものでもある。私は本当にそなたがルドヴィークに嫁いでくれるのを心待ちにしているのだよ」

「まあ……、恐縮です」

さすがに国王陛下にそう言われたら頬を染めて恥じらうしかできない。王妃様も陛下に同意するように温かい笑みを浮かべてくれていた。

けれど私の右隣で、ルドヴィーク殿下だけが表面上は冷静さを装いつつ、殺気のような空気を私に向けてきていた。

◇　◇　◇

食事が終われば男性陣はお酒や煙草を楽しみに別室に移る。王妃様や私といった女性陣も居間でお喋りをする場合もあるけれど、そのまま退室して部屋に戻るのが通例だった。ドレスを脱ぎ、化粧を落とし、髪を下ろしてすっかり寝支度を整え、手伝ってくれたレディメイドが退室すると、ライティングデスクで自分の勉強を小一時間済ませてからようやくベッドの中に身を沈ませる。今日もなかなか大変な一日だった。

カナンの教育に関して、眠る前に明日のカリキュラムをあれこれ思案する。得手不得手の差が激しいのだ。彼女の進み具合に応じて調整が必要だった。

人の気配がしたのは、ベッドの中でそんなことをつらつら考えていた時だった。

——まさかルドヴィーク殿下？

王城はいわば彼の自宅なんだから、忍び込もうと思えば簡単にできる気がする。いやでもまずいでしょ！　国王陛下や王妃様にばれたら、いくら婚約中の身とはいえただでは済まない。私は身を固くしながら「誰！」と訊いた。

「人の気配に敏感なんですね」

暗がりにぼうっと浮かんだのは赤褐色の髪だった。

「マチアス様⁉」

この場合、闖入者（ちんにゅうしゃ）がルドヴィーク殿下でないことに安堵していいのか悪いのか。とにかく掛け布をできるだけ体に巻き付けて彼を睨み付ける。

「女性の寝室に断りもなく入るなんて……陛下や殿下に知られたらただじゃ済みませんよ」

かなり鋭い声を出したはずなのに、彼は全く動じる気配がない。

「すみません。どうしても貴女と二人きりで話したかったものですから」

「だったら改めて面会の約束を取り付けてください。こんな風に不意打ちにしなくてもちゃんと席を設けますわ」

「公式だと二人きりにはなれないじゃないですか」

「当然でしょう」

未婚同士の、しかも婚約者がいる娘が他の男性と二人きりで会うなんて、許されるはずがない。部屋のドアを開け放つなりお付きの者が同席するなり相応の準備が必要だ。

「だから強硬手段に出させていただきました」

マチアス様はいかにも仕方ないといった顔で笑う。

「どんな事情があろうと、寝室に忍び込むのは問題外でしょう！」

彼ならそれこそ外や茶会の席などでこっそり私を誘い込むことだってできるはずだ。それが私にとっては不本意なことであっても。

「貴女の婚約者であるルドヴィーク殿下が私を毛嫌いしてますからね。少しでもあなたに近付こうとしようものなら徹底的に邪魔をしにいらっしゃいます」

彼の目は穏やかで、いきなり襲い掛かられる心配はなさそうに見える。

「でしたらさっさと用件をおっしゃって、ここから出て行ってください！」

彼はどこまでも敵意を向ける私を見て、おもむろに言った。

「貴女は婚約者であるルドヴィーク殿下を愛していらっしゃいますか？」

「は⁉」

思わずはしたない声が出てしまった。

「元々貴女が生まれて間もなく成立した婚約です。その経緯を鑑みても貴女自身の意思が反映されているとは思い難い」

「だったらなんですの？」

本人の意思が反映されていようがいまいが、所詮は政略結婚なのだ。私の意思を確認する意味も必要もない。

「貴女を愛しています」

直球どストレートで来られて一瞬絶句しそうになる。

「ご冗談を」

それでも二秒で立て直した。私、偉い。

「冗談ではありません。ずっと貴女を眩しく見ていました」

「残念ですがその想いは叶いません。わたくしは殿下と結婚いたします」

私は即答で切り返した。

「どうしても？」

「それがわたくしの義務ですから」

言い切った私に、マチアス様は痛ましげな目をする。愛のない結婚だと同情しているの？　それともルドヴィーク殿下を愛しているから、とでも言うと思ったのかしら。

もちろん心の底にそれはあるけれど、彼に言う必要はないことだ。

「国が平らかに存続するよう努めるのは、高貴な身分に生まれた者として当然の行為でしょう？　わたくしは生まれた時から与えられた義務を全うするつもりです」

ふてぶてしく笑って見せたらマチアス様は何かを考え込む顔になった。

「その務めに貴女の感情は影響されない？」

「何をおっしゃっているのかよくわかりませんわ」

「ルドヴィーク殿下のことを愛していなくても、彼の元に嫁ぎ、世継ぎを生む覚悟があると」

「そのつもりです」

こんなハッタリには慣れている。伊達に長年婚約者をしてきたわけではないのだ。

「他の誰かを愛することがないと言い切れますか？」

「その仮定は無意味です」

どこまでも王太子婚約者としての模範解答を答え続けた。彼はそれが不満のようだ。

「じゃあ例えば――」

「まだ続くんですか？　いい加減明日以降、正式にお約束を」

「もうひとつだけです」

どこまでも引くつもりのないマチアス様に、私は小さく溜息を吐く。

「仮に、殿下が貴女以外の女性と結婚した方が国のためになるとしたら、貴女はどうなさいますか？」

「は？」

思ってもみなかった質問に、私は眉間に皺を寄せる。

私とルドヴィーク殿下の婚約はどこまでも彼と国のためを第一に考えて決められたものだ。仮に彼に何かがあって王位継承権を失ったとしても、この婚約は維持される。どうしたって私より最適な相手がいるとは思えないんだけど。

「だからあくまで仮の話です。もし、何らかの事情があって貴女以外と結婚することが彼の君の幸せに通じるとしたら、貴女はどうなさるんでしょう？」

「それは……」

いつもふざけてばかりいるように見えるマチアス様の目が、今は怖いほど真剣だった。

まさか私への告白が本気なんじゃないでしょうね。有り得ないけど。

「そしてもし貴女自身も彼以外と結婚することで幸福になれるんだとしたら――？」

言葉が詰まる。私と彼が互い以外の相手と結婚？　確かに彼自身は私を嫌っているからその方が幸せになれる可能性がないとはいえないけど。

「マチアス様、わたくしは――」

答えを絞り出そうとした瞬間、彼の首元がきらりと光った。

「そこまでだ、マチアス。仮にも王太子の婚約者に夜這いをかけるとはいい度胸だな」

マチアス様の背後から忍び寄り、彼の首筋に剣の刃を当てているのはルドヴィーク殿下である。この部屋、VIPルームのはずなんだけど警備が薄すぎないかしら。それとも彼らの隠密行動技術が高いだけ？ 騎士団てそんな訓練もするの？

「諜報部員並みに気配を殺すのがお上手ですね？」

マチアス様は両手を顔の両脇まで上げて降参のポーズをとった。

「彼女に何をしようとしていた？ 答え如何によってはこのまま切り捨てることになるが」

「ちょっと待ってください。いくら何でも従兄弟である王族を切ったら貴方だってただでは済まないのでは」

ルドヴィーク殿下から放たれる殺気にもマチアス様は平然と答えている。立場上、簡単に命を取られるとは思っていないんだろう。それでもルドヴィーク殿下が押し当てている刃は今にもマチアス様の首に食い込もうとしている。

「問題ない。婚約者の寝室にいる曲者を切ることが、罪になる訳があるまい？ 私が切ったのはあくまでも狼藉を働こうとしていた曲者だ。その正体など知ったことか。しかも婚約者の貞操の危機となれば常軌を逸してもおかしくはあるまい」

二人の間に緊迫した空気が流れ、先に降参したのはマチアス様だった。

「いやいやいやいやいやいや、すみません！ 謝りますから許してください！」

いつものおどけた素振りに戻り、子犬が懇願するような態度でマチアス様が叫ぶ。

「こう言っているがどうする？」

ルドヴィーク殿下は目線だけを私に向けて言った。

「離して……差し上げてください」

できるだけ、威厳と冷静さを保ちながら言う。

「いいのか？」

殿下の目が鋭く細められる。まるでマチアス様を解き放てという私を咎めるように。

「確かに、火急の際であれば、賊の正体を確かめずに切り捨てても殿下の罪にはならないでしょう。けれど禍根は残ってしまいます。王弟殿下が大人しく『我が息子が悪かった』と悲嘆にくれるタイプだとは思えません」

ランドルフ殿下は政敵の中でも最も油断のならない人物だ。国王陛下の弟でありながら、いつも瞳の奥に野心をチラつかせている。息子が殺されたとなったら悲しむよりも陛下やルドヴィーク殿下を攻撃する材料を得たと嬉々としそうである。

「その通りです！　父は悪辣そうな顔をしていますが、実際に悪辣な人間なのです！　私が死ねばなんやかんやと難癖をつけて殿下を追い落とす材料にするでしょう」

……実の息子にすごい言われよう。でもその辺はマチアス様も心得ているのね。ちょっとお気の毒？　いやいや同情は禁物だ。

「ただし！　次にわたくしに会いたいときは必ず前以て約束を取り付けていらして。寝室に急に来られるのは二度とごめんです」

ここだけははっきりさせておこうと、私はマチアス様を睨み付ける。彼ほどの権力者なら、多少の狼藉は揉み消せるかもしれないけれど、こっちだって大人しくやられる気はない。

「……先ほどの告白のお返事もその時に？」

懲りないマチアス様は、首筋に当たっているルドヴィーク殿下の剣先のことなど忘れたように情熱的な目で訊いてくる。

「この上なく曲解しようのないお断りの言葉を考えておきますわ」

あっぶな。すかさず返したおかげでルドヴィーク殿下の剣がマチアス様の首に吸い込まれるのを回避したわね。

「じゃあその時までに貴女の気が変わることを毎日神に祈りましょう」

熱い視線を向けてくる彼を、背後にいたルドヴィーク殿下が首根っこを摑んでドアの外に追いやる。そのままパタンとドアを閉めると、彼は私の枕元に歩いてきた。そうしてベッドの上に屈みこむと、私の顔を窺った。

「……よく気が付かれましたわね、マチアス様のこと」

まるで見張っていたみたい？　まさかね。

「奴はしょっちゅう陛下にご機嫌伺いだと言って晩餐にくるが、今日は先触れもなかった。猟に出たらいい鴨を捕まえたからと言っていたが、そなたが王城に来たことを知って算段したんだろう。歓談室を早めに退室したからおかしいと思って尾けてきた」

「じゃあ、最初から気付いていらっしゃったんですか？」

彼が部屋に入ってきた時から？　しばらく放置されていた？

「まさか本気で口説きに来たわけではなかろうが」

「どういう意味ですか？」

「口説かれたかったのか？」

「そういう意味じゃありません！」

私の貞操が心配だったわけじゃないってこと？　マチアス様の真意を探ろうとして私の多少のリスクは見ないふりをした？

「この世の全ての男がお前の美しさに我を失くすわけではあるまい」

「わたくしが美しいことは認めてくださっているのですね。深くお礼申し上げますわ！」

助けに来てくれて嬉しかったのに、つい声が尖ってしまう。嘘でもいいから心配したって言ってくれたっていいじゃない。

「リディーリエ？」

名前を呼ばれてゾクッとする。やだなんで。目頭に熱いものが込み上げてきていた。

「助けてくださったこともありがとうございます。でもできれば今度は彼がドアを開ける前に止めてください」

それだけ言うと私は掛け布を被って彼に背を向け、ベッドに潜り込む。

「……怖かったのか？」

訊かれて泣きそうになり、嗚咽が混じりそうで声が出せなかった。

当たり前じゃない。いくら見知った顔だと言ったたって、いきなり寝室に忍び込まれたら怖いに決まっている。彼が無体な真似をするタイプかどうかはわからないけど、その気になれば私が抵抗しても無駄だろう。なにせ生え抜きの騎士団員なのだ。男女の差に加えて圧倒的に物理的な強さが違う。

それに……たとえ処女じゃなくたって、好きでもない人に触れられると思ったら怖くて当然じゃないの。

「……大丈夫、です。少し緊張しただけです」

それでも弱い姿を見られたくなくて、必死に弁明したけれど、声が小さくなったのは否めない。どうか泣きそうだとばれませんように。弱い女だと思われて呆れられていませんように。

「そうか」

彼が素直に受け取るから、そのまま部屋を出ていくだろうと思ったら、期待は裏切られた。

掛け布に広がっていた銀の髪が一房持ち上げられる。その気配に思わず振り向くと、彼が髪の先に口付けていた。

なななななにを……！

思わず動揺して心臓がひっくり返る。

「な、なにをなさっているのです！」

またもや声が跳ねる。

「約束する。今後この髪の毛一筋たりとも、誰にも触れさせせん」

大真面目な声に、顔が熱くなった。何を言っているの。

「そ、それは、ありがとうございます……」

つい素直にお礼を言ってしまった。

身をよじって半身を起こした私のおとがいを彼の右手が捕まえた。

「あの男、本当に切り捨ててもよかったんだが」

「バカなことをおっしゃらないで！」

そんなことをしたら国中が混乱してしまう。

「あいつを庇（かば）うのか？」

「そうじゃな――」

否定しようとした唇が塞がれた。彼の唇によって。

「ん――っ！」

唇が触れ合った途端、彼の舌が私の口の中に入り込み、激しく貪られる。息も付けぬほど激しい接吻に、頭の中が真っ白になった。

どうしよう。気持ちいい。さっきまで私を支配していた恐怖も不安も、官能の渦に溶けてしまう。

絡められた舌に応え、私は目を閉じて彼にキスを返していた。彼の両手が私の頰を包み込み、濡れていた目尻を親指で探る。やだ、泣いていたのがバレちゃう。私は彼の胸を両手でそっと押した。

「殿下……」

どうしてキスなんかしてくれるんですか？　私のことは嫌いなんでしょう？　それとも他の男に触れられそうになって惜しくなった？

「マチアスは一見愛嬌のある男だが……」

話し始めた彼の唇に、そっと指で触れて止める。

「今は……あの方の名前は聞きたくありません」

伝わるだろうか？　伝わったらはしたないと思われるだろうか？

「それより、わたくしの名前を呼んでください……」

熱く潤んでしまった目で見つめる。

彼は初めての私からの誘いに少し驚いていたようだったが、やがて獲物を前にした獣のような顔をすると、再び激しいキスをした。

細い背中が震えていた。

掛け布を体に巻き付け、ベッドに潜り込んで向けた背中と、髪の毛の間から覗くうなじが、微かに震えていた。その時初めて、彼女の冷静さを保っていた態度が強がっていただけなのだと気付く。いつも淑女然として威厳を崩さないから、本当に強いのだと思い込んでいた。

しかし彼女はまだ年端もいかぬ若い娘で、騎士のように命のやり取りに慣れているわけでもない。身の危険を感じれば怖がりもするのだ。そして弁えた己の立場から、それすら隠そうとする。

そんな彼女の隠された繊細な部分を目の当たりにして、つい理性が飛んだ。

荒ぶる感情にまかせたような、激しいキスをする。彼女は溺れる者が藁をも掴むように私に縋りついてきた。

一度箍が外れてしまえばあとは壊れるだけだ。小さな頭を包み込み、柔らかい頬を親指で愛撫する。目尻が濡れていることに気付き、理性を失う。

舌を絡め合い、互いの唾液を飲み込むように貪り合って、ようやく唇を離した時には二人とも息を切らしていた。

乱れた銀の髪、紅潮した頬、潤んだ瞳と薄絹の寝間着から覗く胸の丘陵。ひたと見つめてくる目は、彼女の欲望を露わにしていた。

よほど怖かったのだろう。こんな冷たい男に縋りつきたくなるほどに。

リディーリエをベッドの中に押し倒す。薄絹の上から胸を探ると、甘い吐息が漏れる音がした。私を欲しがっている。

胸元のリボンを解き、寝間着をずらすと、桃のような二つの胸がまろびでる。その胸の一方を掌で包み込み、もう一方に唇を寄せた。既に固く勃ち上がり始めた先端を避け、柔肌に吸い付く。

「あ、はぁん……」

彼女は白い首をのけぞらせながら喘ぎ声を上げた。

両掌で中央に向かって持ち上げるように胸を寄せる。そしてその谷間に顔を埋め、白い肌を何度もついばんで紅い痕を付けた。

「あ、ダメです、痕はバレちゃう……」

「胸元が出ないドレスを着ればいい」

「そうですけど、着替えの際メイドに見られます」

「そなたが何も言わなければ、見ぬふりをする器量ぐらいあるだろう」

「あ、あああ………っ」

もはや先端は触れもしないのに、その存在を主張するように勃ち上がっていた。

「殿下、もう……っ」

堪えきれなくなったのか、リディが懇願する声を出す。

「どうしてほしい？　痕を付けられたくないのであればここで終わりにするか？」

「や、そんな……」

つい意地悪なことを言ってしまうのは、彼女の泣きそうな声が私を煽り立てるからだ。意地が悪いと自分でも思う。

「どうしてほしい？」

できるだけ、優しい声で聞いたが、やはり意地悪そうに聞こえたかもしれない。

「………続けて。やめないで」

恥ずかしさに真っ赤になって、悩ましい顔をする彼女に興奮する。もちろんここでやめるつもりなんて毛頭ない。

「声を少し抑えるんだ。誰かの耳に入って何事かと踏み込んで来るやもしれん」

そういうと、彼女は泣きそうな声で口元を両手で覆ってこくんと頷いた。

「いい子だ」

私が微笑むと、彼女の目が一層熱く潤んでくる。よくできたご褒美とばかりに、私は彼女の胸の先端に吸い付いた。

「ひぅ……！」

両手で抑えた口元から、切なげな悲鳴が漏れる。その声が快感に満ちたものだと確信すると、もう片方の胸も指で摘まみながら、私は口に含んだ固い蕾をしゃぶり始めた。

「あ、ぁあん、ぁんっ、あ、あ――――」

私の体の下で、彼女の肢体が揺れ始める。両方の太腿を擦り合わせる感触があった。私は彼女の中心に自分の腰を押し当てて、自分の怒張を押し付けた。彼女の肌がびくりと止まる。

そのまま腰を前後に振って、彼女の足の付け根に当たるように動かした。

「ん……っ」

ちらりと上を向くと、露わになった首筋が真っ赤になっている。ますます怒張が激しくなった。下履きに抑えられている股間が苦しい。

「リディ……」

掠れる声で彼女の名を呼ぶと、私は身を起こして着ていたシャツを脱ぎ捨てた。そのまま下履きも脱ぎ捨てる。彼女が真っ赤な顔でこちらを見ていた。可愛い。色っぽい。

彼女は分かっているんだろうか。さっきは「全ての男がお前の美しさに我を失くすわけではあるまい」なんて言ってしまったが、彼女のこの高潔さと自尊心の強さ、それでいてベッドの中での初々しさやしどけなさ、潤いながら求めてくる表情を、一度見てしまったら抗える男なんてそうそういないだろう。マチアスだってあっという間に陥落してしまうに違いない。

頭の中に嫉妬の炎が燃え上がり、つい口に含んでいた彼女の胸の先端を強く吸ってしまった。

「ひゃ……っ！」

その途端、彼女の体がびくびくと震えてしまう。息が荒くなり、体はくったりとしている。まずい。今は彼女の中の恐怖や不安を追い出さなければ。こんな乱暴な抱き方では一層恐怖が募ってしまうだろう。

私は身を起こし、ゆっくり息をして呼吸を整える。

「殿下……？」

見上げてくる彼女の顔にほのかな不安が見える。

「大丈夫だ」

何が、と紫色の瞳が訊いてきたが、私は自分の気持ちを落ち着かせるだけで精一杯だった。

「全部脱がせても？」

尋ねると、彼女は恥ずかしそうに小さく頷いた。自分でしたくとも力が抜けていて体が動かないのだろう。

私は肩から落ちて平らな腹の辺りに巻き付いていた彼女の寝間着を、丁寧に脱がせて簡単に畳み、サイドテーブルに置く。自分の着ていたものはベッドの下に脱ぎ捨てっぱなしだが、彼女のものを粗末に扱うわけにはいかなかった。

一糸纏わぬ姿になったリディはたとえようもなく綺麗だった。こんなに美しい存在を作った神に感謝したいくらいだ。銀糸の髪、きめ細やかな肌、バランスのとれた肢体と妖精のような、いや、女神のような顔立ち。

そして何よりも彼女の高潔な魂を映した瞳。

幼い頃から私を魅了し続けた勝気な少女。

改めて彼女に覆いかぶさり、触れるだけのキスをする。

唇に、額に、瞼に、頬に、軽いキスを落としていく。彼女はくすぐったいのか少し困った顔になっていたが、拒みはしなかった。

最後に長い髪の一房を取って口付ける。

「――銀の髪が好きなのですか？」

一瞬、何を言われたのか分からなかった。

「あの……さっきも、わたくしの髪に口付けていらっしゃいました」

恥ずかしいのか、視線を逸らして彼女は言った。

「……月光を集めて糸をつむいだらこんな感じなのかと思う」

我ながら答えになっていない。けれど彼女は少し嬉しそうに笑った。

「昔から、お月様がお好きでしたものね」

「そうだったか？」

「はい、よく眺めていらっしゃいました。形を変えるのが面白いとおっしゃって」

そんなことを言っただろうか。けれどももし言ったとしてもそれはかなり無邪気な幼い頃、まだ彼女を傷付ける前の話だろう。そんな昔のことを覚えていてくれることに胸が熱くなる。

両の掌で柔らかい頬を優しく撫で、そのまま口付けた。今度は深く。

待ちわびていたのか、彼女の唇も応えてくれる。しばらく互いの唇と絡み合う舌の感触を楽しんだ。そのまま彼女の肩や胸、脇腹と、壊れ物を扱うように手と唇で愛撫した。

「どう、なさったんですの？」

どこかぼうっとした顔で問われた。

「何がだ？」

「なんだか今日は、優しい気がします」

「いつもは優しくないか？」

聞き返すと「そんなことは、ないですけど」と少し怒ったような顔で言った。

「怒ったのか？」

「いえ、あの、怒ってません」

「そうか」

「ので、その、ご自由にお続けください」

その言い方がおかしくてつい吹き出してしまう。

「な、なにがおかしいんですか」

「いや、……そうだな。お言葉に甘えて好きにやらせて貰おう」

「え？　あ、あ……」

彼女の弱い部分は熟知していた。耳朶、首筋、胸、腰、どこも優しく撫でながら唇を這わせて、最後に足の付け根に辿り着く。

「足を開くんだ」

できるだけ静かな声で言ったが、恥ずかしいのか戸惑っている。

「いつもここに私のものを受け入れるだろう?」

言いながら薄い茂みの浅い部分を指で探る。

「あ……」

「こんな風にとろとろの蜜を滴らせて、そなたのここは私を飲み込むではないか」

「や、そんなこと……おっしゃらないで……」

弱々しい声は快楽と戦っている証拠だろうか。

「ほら、今もこんなに――」

茂みの奥にある潤った泉に指を差し込むと、ちゅぷんといやらしい水音が響いた。

「ここにそなたの敏感な芽が隠れていて――」

「あ、や、そこは……っ」

包皮の中に隠れていた可愛らしい芽を探り出し、指でくりくりと刺激すると、そこはぷっくらと膨らんできていた。

「ほら、こんなに嬉しそうに身を固くしている」

「や、はぁっ、あぁあんっ………」

口で説明されるのが恥ずかしかったのか、そこを強く押し潰すと彼女の体は鋭く跳ねてからピクピクと震えてしまった。

「気持ちよいか?」

恥ずかしいのか、それとも体に力が入らないのか、訊いても彼女は黙ったままだった。

「リディ？」

もう一度静かに尋ねると、彼女は潤んだ目で睨み付けてくる。

「分かっていらっしゃるくせに」

拗ねているのだとわかると、つい口元が緩んでしまう。

「そうやってバカになさればいいんだわ」

「バカになんかしてない」

「でもはしたないと思っていらっしゃるのでしょう？」

その口調にはどこか不安が覗いていて、答える代わりに私は彼女の足を大きく広げると、その中心に顔を沈めた。

「あ、ダメです、あ、やぁっ、ぁん……っ」

とろとろに溢れた蜜を舌で拭い去る。しかし彼女の蜜はどんどん溢れてきた。

「はしたなくなんかない。そなたは綺麗だ。ほら、こんなにも――」

ピンク色の肉襞の中を舌を尖らせて舐め回し、蜜口に指を差し込んだ。

「ひゃぁっ」

彼女の太腿に力が入り、間にある私の頭部を外そうとする。しかし片手と自分の体でそれを阻止し、私は彼女の一番敏感な部分を攻め続けた。

彼女のナカに差し込んだ中指で、ざらざらした前側の部分を擦ると、彼女は再び大きく体を跳ねさせて一気に弛緩する。さっきより強くイった様子が見て取れた。

「中がぴくぴく震えてる。可愛いな」

「や、――!」

なぜか彼女は両手で顔を覆ってしまった。

「入れてもよいか?」

彼女は顔を覆ったまま答えない。

「よいか?」

重ねて尋ねると、首だけを縦にこくんと揺らした。

「安心しろ。いきなり奥まで入れぬ」

私は自分の先端を彼女の蜜口に当てると、ゆっくりと浅い部分に入れ、そこで軽く腰を揺らして彼女を慣らす。腰を揺らす度に彼女のあえかな声が聞こえた。先端の膨らみだけが彼女のナカで悦んでいる。もっと奥へ入りたい気持ちを抑えて、しばらくそこをほぐした。

「あ、あ……」

強い快楽ではないかもしれないが、彼女の内側が柔らかくなり、奥へといざなう動きに変わっていく。

「ここがよいのだな」

柔らかく締め付けられて私の方が更に固くなる。

「あ、殿下……」

彼女もそのことに気付いたようだ。真っ赤な顔で私の方を窺ってきた。目が合って、その切なげな瞳に堪らなくなる。

体を前に倒して口付け、その勢いで奥へと進んだ。

「そなたの中は気持ちよい——温かくて柔らかくて、ずっといたくなる」

唇を合わせながら掠れた声で言うと、彼女も泣くような声で「いてくださいませ」と答えた。

そのまま吐く息さえ飲み込むような深いキスを繰り返す。その度に彼女のナカで私の半身が大きくなった。

「それ以上大きくされては……壊れてしまいます」

怯えるような甘えるような声が愛しい。

「すまん」

短く言うと、私はおもむろに腰を前後に動かし始めた。

「あ、あ……っ」

擦れるたびに生じる熱が、互いを快楽に落としていく。

「殿下、殿下、あ、もう——……っ」

「かまわぬ、イくがいい」

言いながら速度を上げた。突くたびに上がる甘い嬌声に、私自身も限界が近かった。思い切り突き上げ、彼女の内側が大きく震えるのを感じ取ってから一気に引き抜く。吐き出した精が彼女の白い腹に零れ落ちた。

「……すまない」

慌てて寝台脇にあったクロスで彼女の腹を拭く。彼女はぽかんとした目でそれを見ていた。しかし三秒もすると真っ赤になる。

「あ、あの――――！」

どうやら安全日ではなかったことを忘れていたらしい。

「す、すみません！」

「何を謝る？」

「そ、その、お気を遣わせてしまって」

しゅんと落ち込んだ顔も愛らしい。

「いや、こちらの不手際だ。こちらこそすまなかった」

彼女の顔が曇る。何か気を悪くしただろうか。

「子供が……」

「ん？」

「いえ、なんでもありません」

「リディ？」

「もうご自身のお部屋にお戻りになって」

そう言いながら彼女はサイドテーブルに置かれた寝間着に手を伸ばし、掛け布の下で身に着ける。

「あ、ああ」

私も床に脱ぎ捨ててあった服を拾い、ざっくりと身に着けた。

「ありがとうございました。マチアス様から助けてくださって」

すっかり落ち着いた声で彼女は言った。

「でも――、王城にいる間、わたくしの寝所に来るのはこれが最後にしてください。そうでなければカナンの教育係はお断りするか、実家からの通いにさせていただきます」

真意が読めぬ無表情な彼女の顔に、自分が何かをしでかしたのかと不安を覚える。しかしそれを表に出さないだけの技術は持っていた。

「承知した」

ベッドの中ではあれほど悩ましい姿を見せていたのに、まるで何事もなかったかのようないつもの彼女だった。

「今後、そなたの部屋の前に歩哨を付けよう。何者も勝手に中に入れぬよう」

「そうしていただけると助かりますわ」

いつもの慇懃無礼で堅苦しい婚約者同士に戻り、私は彼女の部屋を後にした。

◇　◇　◇

扉が完全に閉まる音を聞いて、ベッドの中でようやく大きく息を吐く。その途端、目尻に涙が滲んできて慌てて拭った。もう無理。これ以上は絶対無理。

「バカみたい、こんなの……」

不意に込み上げてくる狂おしい感情に、私は自分の体をそっと抱きしめた。

# 5．ドラゴンと聖女をバリューセットで

「ドラゴンが現れただと？」

近侍から報告を受け、突然緊張感を孕んだ国王陛下の声に、私を含めその場にいた全員が彼を注視した。正確には私と王妃様、ルドヴィーク殿下の三人が陛下の顔を見た。

王城でカナンの教育係となって十日余り、今は昼食後のお茶の席で、私はそろそろカナンをお茶会くらいなら参加させるか考えていたところだった。ちなみにマチアス様はその後、姿を見せていない。ルドヴィーク殿下によると、集中訓練に入ったということだけど、その訓練が誰の差し金かは聞いてはいない。

にしてもドラゴン？

この世界においてドラゴンなんて伝説の中の生き物だ。数百年前にはいたような記述もあるらしいが、今この時代に生きている人間で、その姿を見た者はいないと思う。

「詳しく報告せよ」

国王陛下がそう言うからには、既に秘密裏にできぬ程度の災害は起こってしまっている

ということだ。私はピンと伸ばしていた背筋にさらに力を入れて気を引き締める。

「それが――アレキス伯爵領の鉱山で、洞窟の奥から現れたドラゴンが火を噴いて採掘現場を焼き払ったそうです」

「人的な被害は」

「一部逃げ遅れた者も――」

「まあ……」

王妃様が痛ましそうに顔を歪めた。

私は手にしていたティーカップを受け皿に戻す。

「その後、ドラゴンは再び洞窟へと消え去ったそうです」

「調査機関の手配は？」

「警護兵と共に先発隊が既に」

それを聞いて、一緒にお茶の席についていたルドヴィーク殿下が席を立ち、部屋を出ていこうとする。騎士団の一員として、所属する騎士団の団長に指示を仰ぎに行くのだろう。

「ルドヴィーク！」

そんな彼に、国王陛下の鋭い声が飛んだ。ルドヴィークの足がドアの前でぴたりと止まる。

「短慮は慎むように」

陛下の短い言葉の中に含まれた様々な意思を汲み取って、ルドヴィーク殿下は小さく頷くと「失礼します」と言って部屋を出ていった。

　残されたのは国王夫妻と私だけだが、国王陛下も真っ白なナプキンで優雅に口元を拭うと「すまないが私も失礼する」と部屋を出ていく。今、現在進行形で各執行部や有力貴族から成る議会の議員たちに招集がかかっているのだろう。アンブロッシュの父にも連絡がいったはずだ。城の空気が一気に忙(せわ)しなくなる。

「わたくしも……失礼した方がよいでしょうか？」

　私は王妃様に聞いた。この部屋を、ではない。王城からだ。一応客人として滞在しているものの、邪魔になるようなら屋敷に戻ったほうがいいだろう。

「そうね。けれどその場合、王子が連れてきたあの子をどうするかだわ」

「そうですね」

　呑気(のんき)に淑女教育とか言っていられなくなってしまったかもしれない。ドラゴンの出現が今回一回限りのことならあまり大事(おおごと)にはならないかもしれないが、第二、第三の被害が出ないとも限らない。

　とはいえカナンのことを私に任せたルドヴィーク殿下がこの場にいないのでは、指示を仰ぎようがない。そもそも彼自身も今それどころではないだろう。騎士団員の一人として。この国をいずれ担うべき王族の一人として。

「今日一日は様子を見てもいいんじゃないかしら。もしかしたら貴女にも何か手伝って貰うことがあるかもしれないし」

王妃様は最初は不安そうな顔を見せたものの、それでも国の要の妻らしく、取り乱すことなく言った。王妃様は王妃様で、必要があれば主だった貴婦人たちを招集するだろう。奥向きについては女性の手が必要になることもある。

「そうですね。まずはアレキス伯爵家の皆様と現地の方々に慰問の物資でしょうか」

「ええ。怪我人がいるようなら医師と看護人も必要ね。その手配はわたくしがするわ」

「かしこまりました」

そう言いながらも自分なりに頭の中で必要なものをざっと組み立てる。当然アレキス伯爵領にも備えはあるだろうが、いつでも救援物資を動かせるようにしておくに越したことはない。見舞いの品と言う名目にすれば角も立たないだろう。

「夜までにはもう少し詳しいこともわかるでしょう。悪いけどわたくしも一旦失礼するわね」

「はい」

王妃様が席を立って出ていったのを見届けてから、私も退出する。そのまま東棟にある学習室に向かった。

カナン用に設えられた学習室では、レディ・グレーシアと共に、カナンがかなりぶんむくれた顔でお茶を飲んでいる。これはいつものこと。格式ばった作法が、この子はとても苦手なのだ。

「おかえりー。早かったね」

「これ！　言葉遣い！」

「はいはい。ごきげんよう、リディーリエ様。お待ちしておりましたわ。……なんかあった？」

一応言い直しつつもあのレディ・グレーシアさえ軽くいなし、カナンは私の顔を見るなり訊いてきた。いい度胸だ。そして相変わらず勘がいい。

「いえ。何も」

いつもと同じ平静な顔を保っているつもりだったのに、なんでこの子は気が付くんだろう。

「ただ、もしかしたら一旦アンブロッシュ家に帰ることになるかもしれないわ」

彼女と同じテーブルの斜め向かいの椅子に腰かけ、私は何でもないことのように言った。

「そうなの？」

「大丈夫。そうなってもあなたにはちゃんと課題カリキュラムを残していきますから」

「ひっでー」

「カナン！」

レディ・グレーシアの鋭い叱責が飛んで、カナンは首を竦めて見せた。

「リディーリエ様、この子はなかなか厳しゅうございますわ」

重々しく言いながらレディ・グレーシアは眉間に皺を寄せていたが、どことなく楽しそうでもある。レディ・グレーシアはハードルが上がるほど燃えるタイプだった。

「でも想像以上に優秀だから、期待していますのよ」

私はまんざらお世辞でもなく微笑んで見せる。実際、礼儀作法の類はともかく、歴史や地理などの知識学習に関しては、彼女の飲み込みは早かった。読んだ本の内容は一度で覚えてしまうし、理論の構築も早い。一を聞いて十を知るタイプ。彼女に教えた教授たちもそれは声を揃えて絶賛していた。その分行儀作法（マナールール）は壊滅的だったからプラマイでは僅かにプラスと言ったところだろうか。

「カナン、あなた――」

言いかけて止まる。何かを察したのか、レディ・グレーシアは席を立って部屋を出て行った。こちらも機を見るに敏だ。

「なんでございましょう、リディーリエ様」

「今は普通でいいわ。あなた、わたくしが教育係として王城に来るまでずっとここの本を読んでいたのよね」

ルドヴィーク殿下の部屋にある、貴重な古書も含んだ本棚の中身を片っ端から。

「そうだけど？」

それがなに？　と言った顔。

「その読んだ書物の中に、ドラゴンが出てくるものはあったかしら」

「ドラゴン？」

前置きなしの突拍子もない問いに、彼女は眉を顰める。

「なければいいの。なにか読んでいれば内容を聞きたかっただけだから」

　私が読んだことのあるドラゴンの出てくる書物は殆ど子供向けの童話ばかりだ。でも王城にならば史実に基づく資料があるかもしれないと思ったのだ。

「あったけど」

「あったの⁉」

　あまりにあっさり答えられて、つい声が大きくなってしまった。コホンと小さく咳払いすると、改めて彼女に訊いた。

「その内容を教えてくれる？」

「えーと、『勇者バゼルの冒険』、『荒くれ竜と白兎』『密林の奥深く』『金の星を追って』、だったかな？」

「ああ……」

　勢い込んでいた声が失速する。その辺りは私も読んだことのある物語だ。いわゆる冒険小説や神話、ファンタジー等の娯楽の類。

「あと『マクレイト生誕史』」

「え？」

　それは知らない。

「あ、でも内緒にしといてね。禁書マークがついてたの、気付かずに読んじゃったから」

「ちょっと待って。禁書なら封印がしてあったんじゃ」

王城の中でも禁忌に触れる内容の書物は、人目につかない場所に厳重に保管しているはずだし、勝手に中が読まれないように薄紙と蠟で封印し、尚且つ魔術師が開封禁止の魔術をかけるはずだ。

「よくわからないけど、薄紙は触ったらはらっとすぐ剝がれたよ？」

「カナン、あなた……」

ある可能性を思いついて、私は言葉を止める。カナンは怪訝な顔で私を見返した。

「ちゃんと調べてみなければわからないけれど、――あなた、もしかしたら魔力無効化能力（エンカウントスルー）があるのかもしれないわ」

「なにそれ」

「言葉通りよ。魔術、と言ってもその力に関する研究が盛んなわけではないんだけど、この世界には時折不可思議な能力を持つ者が現れる。その力を持つ者を魔術師と呼ぶんだけど、力と言っても様々なものがあるの。一番分かりやすいのは手も触れずに物を動かす力。それから遠くにいても何かを見通したり、一言も喋らない相手の心を読んだりする能力とかね。まあ、この辺は極端な力だし顕著な力の持ち主は少ないわ。で、一応そんな力を体系立てて研究している機関があるのだけど、そこが発表した過去の魔動力の種類についての考察の中で、『魔力を無効化する』項目があったと思う。一説によるとマクーリアの聖女の力もこれだったんじゃないかと言われているわ」

「へえ……」

カナンはぽかんとしている。まあそうよね。私は前世の記憶があるから何となくその辺はイメージが掴めるけど、前知識がない者にはなんのこっちゃだろう。

「もしそうだとしたら……あなたという存在がこれから重要になるかもしれない」

「へ？」

更にカナンは不思議そうな顔になった。

「だけど無効化ってことは、目の前に魔力とかそれに類するものがあって、初めて使える力でしょ？」

彼女の言わんとすることはわかる。無効化能力はあくまで二次的というか、受け身の能力なのだ。この世界において魔力が日常的にあるなら、使い途も多いだろう。けれど実際にはあまり多くない。たまにそれっぽい力を持つ者がいるという程度が現状で。さっきカナンに説明したような念動力やテレパシー的なチート能力者も殆どいないのである。幼い頃から力が顕現し、研究機関での修行や増幅アイテムの使用で役立っている者はいるけれど、当然その者たちは王宮所属となる。少なくともその辺にブラブラしているような存在ではない。

しかしあくまでこれまでは、だ。

「その禁書の件、内緒にしといてあげるから、読んだ内容を教えてくれる？」

私は身を乗り出して彼女の目をじっと見つめた。

◇　◇　◇

マクレイト。それは古都の名だった。その昔、この国の創成王がいたと言われる土地であり、その後何度かの遷都を経て今の王城がある。

そして今のその都市の名はマクーリア。マクーリアの聖女がいたと言われている街だった。

これは何かの偶然？　マクーリアの聖女と関係するかもしれないと目されている少女が、その土地にちなんだ本を、しかも禁書をそうと知らずに手に取り、中にはドラゴンの記述がある。

ちょっとできすぎな気もするけど、そもそも私が望んだ『悪役令嬢』のためにできた世界なのだとしたら、ある意味これは符丁、もしくは次の展開へのフラグともとれる。

ドラゴンかー……。

カナンから聞き出した禁書の内容は、まさにドンピシャの内容だった。

意識と知識を持った古代のドラゴンが、マクレイトにあったと言われる古い洞窟から現れる。そのドラゴンと唯一意思を交わせる少女がいて、ドラゴンの望みを人々に伝えていた。その頃は人間も少なく、ドラゴンが持つ不思議な力、即ち天気を読んだり水や火を操ったりすることができるという力から受ける恩恵は大きく、それ故に人々はドラゴンと少女を崇めていた。

しかしやがて、ドラゴンの力を独り占めしようとするものが現れる。

『ヒトとドラゴンの寿命は違いすぎる。やがてこの少女が死んでしまえば、我々人間はドラゴンの恩恵を失うだろう。だからその前に彼女の血を引く者を残さねばならない』

その男は少女を説得し、自分の子を孕ませた。しかし一人目は死産だった。男は再び彼女を孕ませたが、その子も生まれてすぐ死んでしまう。他に何人かの男が名乗り出て少女に子種を植え付けようとするが、二度に続く厳しい出産で少女は衰弱していた。

ヒトと時間の感覚が違うドラゴンもやがて気付く。傍に少女がいない。自分と意思を交わせるものはいなくなってしまった。彼女の気配を探すと、既に彼女は死にかけていて、ドラゴンの前で息を引き取る。

それならばこの地にとどまる必要もない。

ドラゴンは鋭い咆哮を一放ちすると、その力翼を広げて飛び去って行った。一面を焼け野原にして。

ほんの一握り生き残った人々の中に、少女が死ぬ直前に産み落とした息子がいた。そしてその息子がその地に改めて国を作り上げていった。それが古都、マクレイトである。

なんていうか、結構ひどい。込み上げてくる吐き気を必死に抑え込む。これでは禁書になるはずだ。

禁書には少女を説得してとあったが、本当に彼女は納得してそれを受け入れたのだろうか。それとも男の私利私欲で無理やり慰みものにされたのでは。そう考えれば少女が衰弱死したとしても頷ける。歴史なんて綺麗ごとしか残さないのだから、実際のところはわからないけれど、どっちにしろ子供を産む道具にされた少女は哀れだろう。その男に恋心があればともかく。

　ドラゴンと通じ合うことができたばかりに踏みにじられた少女。

「ただね、その禁書にはもう一つ添え書きがあって」

「え？」

「王になった少年の父親を誰も知らなかったんだけど、実はそのドラゴンが彼の父親だったんじゃないかって」

「えーー……」

まあ、その方が王家の歴史としては綺麗に収まりがつくと思うけど。その場合、異種族間生殖が可能だったかどうかよね。どこまで突っ込んでいいのか迷うなあ。

「ドラゴンでも出た？」

ギョッとしたのが顔に出てしまったかもしれない。というか、なんでこの子こんなに鋭いのよ！

「……出たわね」

カナンのリアクションを窺いながら、私は事実を述べる。秘密裏にできない情報なんだから、いずれ彼女の耳にも入るだろう。隠してもしょうがない。

「へえ……。火でも噴くの？　それとも凍らす系？」

「火らしいわ。辺りを焼き払ったって」

「ヤバいじゃん」

「そうね」

そう、いわばこれは緊急事態だ。今はアレキス伯爵領だけの話だが、噂が広がれば近隣の所領だって不安と動揺が広がるだろう。そもそもドラゴンが今度はどこに出てくるのかすらわからない。一度きりで済めばいいが、いつ訪れるともわからない災厄を前に、人々に不安と恐怖が広がるのは目に見えている。それがこの国に、あるいはこの世界に、どう影響を及ぼすか。逃げるのか、隠れるのか、あるいは——。

「調査部隊が現地に向かったはずだし、国王陛下たちは対策会議を開いているはずよ」

「ふうん……」

今一つピンとこない顔でカナンは相槌を打つ。まあそうよね。とりあえずは目の前に起こったことでもないし、私だって今、自分に何ができるのかはわからない。

「いいの？」

「え？」

なにが？

「こんなところでどこの馬の骨とも知れない私なんかの相手をしてていいの？　あんたが言う高貴な立場の者の責務ってやつがあるんじゃないの？」

「……ああ」

本当にこの子は聡い。

「まだ情報待ちよ。何もわからないまま動いても現場を混乱させかねないし」

「それもそうか」

「でも、もしかしたら――」

「ん？」

つい思っていたことが口に出てしまい、慌てて取り繕う。やだ、やっぱり私も浮き足立っているのかもしれない。

「……いいえ、なんでもないわ。何かあれば王妃様から指示があるでしょう。あるいは実家から使いがくるか。それまで……、ちょっと実験に付き合ってくれる？」

◇　　

第二のドラゴンが出たと報告があったのは三日後だった。

今度は北方のヴィザント湿原。湿原と言っても水中から密集して生える木も多い、半ば密林のような場所だ。目撃者は猟に出ていた狩人一人で、ドラゴンの姿を見て慌てて身を隠したから人的被害はなかったらしい。但し、やはり森の一部が焼け落ち、逃げそびれた獣たちの死骸が転がっていた。

ドラゴンはどこから来るのだろう？

何を目的にその姿を現したのか。それとも知能を持たないただの破壊動物？

ドラゴンの姿を目撃した狩人の証言によると、その姿はアレキス鉱山に出たものと外見が酷似しているらしい。同一のドラゴンなのか、それとも同種族の全く違うドラゴンなのか。

噂はさわさわと国を駆け抜け、男たちは武器や防具を買い始め、母親は子供を家の中に閉じ込め始めた。

そんな中、国王陛下を筆頭とする政治議会では連日緊急会議が行われ、あらゆる場面を想定した対策が講じられていく。二度目のドラゴンの出現においては幸いにも大きな被害を免れたが、今後もそううまくいくとは限らない。ありとあらゆるパターンを想定し、自警団や避難所の準備を行う。王都と各領地間の早馬も準備された。

いつ来るともしれぬ恐怖に怯え、しかし三度目の災厄はなかなか起こらず、このまま事態は終わりを告げるのではないかと皆の頭に楽観バイアスが生まれた頃、最悪の事態が起こる。

王都にドラゴンが現れたのだ。

私は結局そのまま王城に居残っていた。

アンブロッシュ家に戻ってもあまりやることがないのに加え、王城にいる方が安全且つ情報が早いと、アンブロッシュ家の当主であるお父様が判断したからだ。

曰く、「王太子の婚約者として務めを果たすように」と。

ドラゴン出現に最初に気付いたのは城の兵士だった。

物見塔の見張りがいち早く異変を察して報告を上げたのだ。曰く、東南の空に飛空物の姿あり、こちらへまっすぐ向かっていると。

田舎の領地と違って王都は人も多く、当然建物も多くて入り組んでいる。ドラゴン出現の半鐘が鳴らされ、人々は慌てて近くの地下豪や避難所に指定されていた頑丈な建物に逃れた。

王城の半鐘が鳴り響き、一気に緊張感が高まっていた時、私はカナンと共にいてとある実験の最中だった。

そして彼女と視線を交わす。彼女は何の迷いもなく「行ってくる」と言い切った。私も頷く。

護衛に選んでおいたのはアンブロッシュ家に仕えている選り抜きの魔術師達である。私は彼らに「何があっても彼女を護るように」と固く言いつけた。

本音を言えば私も一緒に行きたかったけど、何といっても立場が違う。

まだ正体不明のカナンはともかく、アンブロッシュ家の一人娘であり、王太子の婚約者でもある私がいつの間にか王城から姿を消していたら大騒ぎになってしまう。私は指を祈りの形に組んで聖句を唱えた。

カナンが無事でありますように。この災厄を追い払うことができますように。

――思ったより大きくはない。

それがドラゴンを目の当たりにした時のルドヴィークの最初の感想だった。

アレキス領で聞いてきた報告書によれば、その身の丈は恐ろしく大きいような印象だったが、突然現れた怪物との遭遇に、恐怖が実像を拡大させていたのかもしれない。

とはいえ二足歩行時の高さは成人男性の身長の三倍くらいあるだろうか。濃緑色を帯びた黒っぽい全身は下半身に向かってずんぐりしている。背中には不気味な二枚の翼をもち、四足歩行もできそうな前足には鋭い鉤爪(かぎづめ)。全身は固そうな皮鱗に覆われている。後ろに伸びた尾が長く、左右に振ることでぶつかったものを薙(な)ぎ倒していた。

王都の城下町は不気味な静けさに満ちていた。

今までドラゴンが現れたと噂では聞いていたものの、所詮遠い地の出来事である。頭の隅で「王都まではドラゴンは来ないだろう」という楽観が人々のどこかにあったのだろう。それくらい、この時代においてドラゴンなんて絵空事だったのだ。

しかしいきなり翼を広げたドラゴンが舞い下りたのである。現実のものと目の当たりにして、誰もが一瞬茫然自失に陥っていた。

けれど幸いにして、一番最初に異変に気が付いたのは城の物見塔の見張り兵だったから、これが噂の緊急事態ではと城下でも鳴らされた半鐘に、王都の人々は慌てて予め申し合わせてあった防空壕などに逃げる。

人々が自警団や兵士の誘導により避難を終えた頃、ギリギリのタイミングで件のドラゴンが空から舞い下りたのは城下で一番大きな広場だった。

真ん中にあった井戸やあちこちに出ていた屋台は、降りてきたドラゴンに呆気なく粉砕される。

石畳の地面に降りたドラゴンは辺りをぐるりと見渡すと、おもむろに口を開けて火を噴いた。

ごうっという音と共に落ちていた木箱や屋台を覆っていた布が燃え上がる。現場に駆け付けた騎士団の一軍も、一瞬怯んだのは否めない。想像以上の迫力である。

こんな神話の中の生き物に、どう対峙すればいいのか。

しかし歴戦の猛者である騎士団長たちの立て直しは素早かった。

「盾を構え！　魔術師は防御の呪文を唱えよ！」

町中の狭い道路で馬を使うのは不利だ。今回は歩兵となった騎士たちや招集されていた傭兵軍は、距離を保ちつつドラゴンの動向を窺った。

ドラゴンは火を噴きながらもその広場を動こうとしない。

　炎が燃え広がるのを魔術と水を含ませ人海戦術で積み上げた土嚢（どのう）で防ぎつつ、兵たちはドラゴンを遠巻きに囲むように陣取った。

「過去の文献で役に立つものはあったのか？」

　騎士団長の一人であるアルバートが同じ騎士団の部下であるルドヴィークに訊いてくる。

「信ぴょう性があるかどうかはともかく、やはり魔力で収めた記述が多いですね」

「昔の方が強力な力を持つ魔術師が多かったってことか？」

「それもなんとも。ただ騎士たちの盾や魔術師の杖（つえ）に仕込んだ貴石は効いているように見えます」

「ふ……む。国王陛下の御代が続く吉兆だな」

「だといいんですが」

　ルドヴィークは苦笑した。

　いわゆる『貴石』と呼ばれる石には魔力が秘められているとされている。それぞれの石に属性があり、今回のドラゴン討伐のためには、火に対抗して氷属性の貴石が国中からかき集められた。鉱石の一種で決して数は多くはないが、王家に古くから保存してあった国宝物も含め、今回は様々に加工して使っていた。

　国宝を加工することに異論を唱える者も当然いたが、国王陛下の「今は非常事態である」の一言で宣下は下った。英断だと言えよう。

「問題は、倒すか追い払うかだ」

それもドラゴンが現れてから散々議論されたことのひとつだ。できれば倒したい。またいつ来るか分からぬ状況が続くよりも、完全に滅して後顧の憂いを絶った方がいい。

だが果たして人の手でドラゴンを倒せるのか。火を噴き、空を飛ぶような生き物を？

そもそもドラゴンが一匹だけとも限らないのに？

国中の魔術師を集めたとて、その力は千差万別だし、ドラゴンと対峙したことがある者もいない。

国同士、人間同士の戦いなら鍛え上げた騎士団が対抗できるが、相手はドラゴンである。伝説に近い生き物なのだ。勝手が違いすぎる。

「団長！　大砲と火薬玉が到着しました！」

息を弾ませた歩兵たちが重騎兵と大砲の到着を告げる。大砲は現段階で人が持ちうる最大の破壊力を持つ武器だ。もっとも火を噴くドラゴンに火薬玉が効くかどうかはわからない。

「全部で何基ある」

「城にあったものだけで五基です。更に二基、城門に設置してあったものが間もなく！」

「あと二基の到着を待つ」

「は！」

町中では道が狭い。当然幅がある大砲の移動は難しい。そうでなくても本来は対侵略撃退用で、城に設置したまま動かさない武器なのである。台車に乗せて馬に引っ張らせてもかなり重い。この短時間でドラゴンが現れたこの広場まで、最速で到着したのはやはり団員たちの普段の訓練の賜物である。

「七基全部に貴石を仕込んであるんだな」

「はい！　火薬玉の内側にしっかりと！」

「効いてくれよ……」

豊かな顎髭の団長は不敵な面構えでニヤリと笑った。非常事態において、弱気が一番の忌避事項である。

六基目、七基目が少し遅れて到着し、広場の中心にいるドラゴンを囲むように設置された。ドラゴンは魔術師の印が効いているらしく、霞のような網に囚われて、思うように動けないことに苛立っているように見えた。

「グオーッ！」

咆哮を上げては辺りに火をまき散らす。

「弾込め準備！　くれぐれもドラゴンの火で点火させるなよ⁉　合図を送る！　……三、二、一、点火！」

騎士団長の怒号のような合図と共に、一斉に大砲が火を噴いた。的は大きい。全ての弾がドラゴンに当たって爆発し、氷の粒が飛び散ってきらめいた。そのほとんどはドラゴンの体に打ち込まれたはずだが煙が多くて状況がわからない。広がる煙で辺りの視界が悪くなる。ひと際大きな咆哮が天に向かって放たれた。

煙の中のシルエットでドラゴンの動きが止まったように見える。

「油断するな！　次の発射の準備！」

動きが止まっても、致命傷を与えられたのかはわからない。痛みに狂って反撃されたら一溜まりもないかもしれない。

燃え盛る炎と蔓延する煙の中、緊張を走らせながら二発目の弾が込められた。

「二発目！　…………三、二、一、行け！」

更に七基の大砲から二発目の弾が発射された。その場にいる兵たちは一斉に目を閉じて耳を塞ぐ。ドラゴンは狂ったように頭を振り、翼を広げて飛ぼうともがく。後方に控えていた魔術師たちはそんなドラゴンの動きを必死で封じる念を唱えた。

ドラゴンがもがく。暴れようと抵抗し、長い尾を振り回す。その度に街のあちこちがガシャガシャと音をたてて壊れていく。

「三発目、用意――！」

「ちょっと待ってください！」

次の弾を発射させようとしていた団長の声を止めたのは、ルドヴィークだった。

「なんだ！」

国の世継ぎとはいえ騎士団の中では団員の一兵でしかない。太い眉を動かしながら、団長はぎろりと睨んだ。現状では一瞬の動きの遅れが命取りになる。

「人の声が聞こえました」

「ああ⁉」

住民は全員避難したはずだ。

「何かの聞き違いじゃないのか。あるいは轟音に呻く兵の声とか——」

「たぶん違います！　一分だけください！」

そう言ってルドヴィークはドラゴンを囲む円陣の中へ飛び込んでいく。

「おい！　この馬鹿っ！　撃ち方やめぃっ！」

団長は厳しい顔でカウントダウンの声を止めた。

——どこだ？　どこから聞こえた？

舞い上がる炎と煙の中、ルドヴィークは目を凝らし、耳を澄ます。昔から気配に聡い。この場にいないはずの人の声。樹上で光った鉱石。ふと感じた違和感の正体が、気のせいだったことはほぼない。

「誰か！　いるのか⁉」

ルドヴィークの声に、微かな声が答える。

「たすけてくれぇ……っ」

しわがれた声に振り向いた。

広場を囲むように立ち並ぶ石造りの民家の、半壊した壁の向こうに声の主がいた。壁にもたれるように倒れている禿頭（とくとう）の老人だ。

「なぜ逃げていない！　避難指示が出ていただろう！」

「ま、孫の…これを……」

手にしていたのは小さな布の人形だった。煤がついて汚れている。孫に頼まれて取りに戻ったのか。

「儂の娘の……形見で……」

「いいから来い！」

腕をつかんで引きずり出そうとしたが老人は立てなかった。怪我をしている様子はない。どうやら腰を抜かしているらしい。

「儂のことはいい。孫にこれを……」

力ない声で懇願する老人を、ルドヴィークは渾身の力で担ぎ上げた。

「騎士様、儂のことは――」

「黙ってろ！　舌を嚙む！」

肩口で暴れ下りようとする老人を一喝し、そのまま大砲で囲んだ円陣の外に走り出ようとし、煙幕で方向感覚を失ってしまう。その時、一瞬煙が途切れドラゴンの赤い目玉と目が合った。

どうやら屈んでいるらしく、五メートルほど隔てた先で、燃え盛る炎のように爛々とした、ドラゴンの二つの目玉がルドヴィークを見ている。

その邪悪さに一瞬呑まれかけて、気力で持ち直した。肩に担いでいた老人をそっと自分の後ろに下ろすと彼を庇って立った。身に付けている武器は宝刀とも呼ばれる剣が一振り。本来なら騎士団員は皆同じ鋼の剣を支給されるが、ルドヴィークは特別に国王陛下である父親に下賜された宝刀の所持を許されていた。

　とはいえ剣なんて、この生き物に対して歯が立つのか。しかし助けた者をむざむざ死なせるわけにはいかない。

「私が時間を稼ぐ。這ってでも逃げろ」

　眼前の敵と見合ったまま背後の老人にそれだけ言うと、ルドヴィークはじりじりとドラゴンとの距離を詰めようとした。いくら何でも目の前に動く獲物がいれば、そちらに気を取られるだろう。手にした盾にも貴石をはめ込んであるが、果たしてどれだけ身を護れるのかわからない。

　最悪の事態を予想し、一瞬、脳裏に銀色の髪が靡く。

――もう会えないかもしれない。

　しかし浮かんだ銀色の光で不思議なほど気持ちが落ち着いた。

「は、我ながら度し難い……」

　口の中で呟くと、ルドヴィークは今にもドラゴンに飛びかかろうと腰から抜いた剣を構える。

　燃え盛る炎と充満する煙を、一瞬風が吹き飛ばし、今だと走りかけたその時、彼の目の前に黒っぽい人影が舞い下りた。

「え？」

魔術師のローブを纏った人影は、まるで炎などものともせぬように、ふわりと地面に着地する。

——誰だ、一体どこから。

頭に浮かんだ疑問を口にするより前に、人影はルドヴィークの方を振り返る。

「カナン⁉」

目深に被ったフードを取ると、見知った顔が現れた。

「お前、なんで……！」

しかし彼女はルドヴィークの問いに応えず自分の人差し指を口元にあてると、静かに微笑んだ。そしてドラゴンの方を向くと、何かを静かに詠唱し始めた。

『ルクレティブ　ファリア　セラシルエヴァークル……』

外交のためにいくつかの外国語は習得しているし、教養の一環として古語も習ってはいるが、そのどれでもなかった。

彼女の詠唱に合わせ、ゆっくりと炎の勢いが鎮まり始める。

「なにが……」

起こっているというのだろう。

聞き慣れない言葉は彼女の生国のものか、あるいはルドヴィークさえ知らない古の呪文だろうか。

どちらにしろ彼女を王城に連れ帰った時、魔力試験はしたはずだ。その時はなんの反応もなかった。それなのにここにきて覚醒したというのだろうか。

彼女の謎の詠唱に、不思議な音律が混ざり始めた。なぜか彼女の言葉の意味が脳裏に浮かび始める。

『私の竜よ、私はここにいる。お前の探し物は目の前にいる。さすればその怒りを鎮めよ。汝の望みを告げよ。我は竜の半身。御身の失われし片翼なり――』

なんだこれは？　なぜ彼女の言葉の意味がわかるんだ？

茫然自失に陥りそうなルドヴィークの意識を覚醒させたのは、背後の老人の声だった。

「おお！　聖女様……！」

老人の目に涙が溢れている。彼の手はまるでカナンを崇めるように両手を合わせて指を組んでいた。

聖女？

あまりに彼女にそぐわない単語に、ルドヴィークは意味が分からなくなるが、それでも目の前でドラゴンを鎮めている彼女の姿は微かに光を帯びているようにも見え、神々しいと言えなくもなかった。ルドヴィークが普段の彼女と接していなければ、老人と同じように感じていたのかもしれない。

どちらにしろ不思議なことに、炎もドラゴンの動きも鎮まってきていた。

先ほどまで見開いた眼を爛々と光らせていたはずなのに、今は魔術師姿のカナンを前に瞼を半ばとろんと閉じている。まるでカナンが何者か確かめようと目をすがめているのか、あるいは母親に子守唄を謳って貰って眠そうにしている赤子のようだった。

『私の竜よ、ここに――』

カナンがドラゴンに向かって両掌を上に向けて前に伸ばす。その手の中にはルドヴィークに最初に彼女の存在を気付かせた鉱石があった。あれも貴石だったのか？　城に来た時点で調べた時はどんな反応もしなかったはずだ。それとも偽装した封印があったのだろうか。

ドラゴンは彼女の掌に鼻面を近付ける。

その姿が彼女が襲われるようにも見えて、ルドヴィークは彼女を護るために走った。

しかしカナンとドラゴンの間に飛び込む寸前、ドラゴンは彼女の鉱石にまるで吸い込まれるように消えていった。

後には、驚愕（きょうがく）に目を見開いたルドヴィークと、そんな彼を静かに見返すカナンの姿があった。

「どうした！　一体なにがあったんだ！」

縦にも横にも大きい髭面の騎士団長が、炎の中で見つめあう二人に気付いて鋭く叱責する。

団長からすれば部下の独断専行をどう処理するか、とにかく現状を把握すべく斥候兵と共に後を追ってきたらしい。

ルドヴィークは床にへたり込んでいた老人を指さした。

「彼が倒壊した建物の陰にいたので救助しました」

「そうか。それで一体ドラゴンはどこへ？」

肝心の、広場に火柱を立て続けていたドラゴンの姿がない。火や煙の勢いも弱まっている。騎士団所属の魔術師の力だけでないことは明白だった。

「消えました」

「ああ？」

団長の訝しむ声にルドヴィークは筋立てた説明を考えかけて、二秒で放棄した。

「まずはあの老人を煙のない場所へ」

団長が指示を出すまでもなく、共に来ていた斥候兵が老人を担ぎ上げる。

「あの聖女様が消したんじゃ」

斥候兵に担ぎ上げられた老人が、カナンを指さしながら叫んだ。

「儂は見た。確かに見た。この年になってこんな奇跡に立ち会えるなんて……」

まだ興奮が冷めやらぬ様子で、老人はぶつぶつと言い続ける。そんな老人を宥めつつ、斥候兵は団長に素早く目礼してその場を去った。

残された団長は改めてルドヴィークに向かい合う。

「とりあえず危険は去ったということか」

「そう思われます」

「わかった。詳しい報告は後で聞く。まずはこの現場を片付けるぞ！」

ルドヴィークは「は！」と右手を心臓に当てて敬礼のポーズをとると、抜いていた剣を腰の鞘に戻す。そしてカナンの方を向くと「お前も一緒に来い！」と叫んだ。

訊きたいことは山ほどある。

カナンは軽く肩を竦めると、鎮まり始めた炎の中を、まるで草原を歩くように平然と歩き出していた。

◇　◇　◇

「そんなに怒ることないでしょ？」

額に青筋を立て、怒りを露わにしたルドヴィークを前に、カナンは相も変わらず相手が王子だという気遣いも見せずに言い放った。

「怒るなだと⁉　今現在のお前の身元引受人は俺なんだぞ？　その俺に黙って！　何をやってるんだお前は！」

頭の上からもうもうと煙を立ち昇らせそうな勢いでルドヴィークは責め立てる。カナンは馬耳東風とばかりにそっぽを向いた。

場所は王城の一角にある騎士団の応接室である。

普段は団員たちの休憩所として使われているさして広くない部屋だ。

「まあそう興奮するな」

ルドヴィークの直属の上司であるアルバート騎士団長が、豊かな顎髭をしごきながらいさめる。

「しかし！　あんな危険な場所に何の前触れもなく兵隊でもない小娘が現れたんですよ？　一歩間違えたらどれだけ大惨事になったか――！」

ルドヴィークの言うことにも一理ある。

正体不明のドラゴンをしとめる、あるいは追い払うために、騎士団たちは綿密な計画の元に布陣を組んでいた。そこに現れたイレギュラーな存在が、状況を悪化させないとも限らなかったのだ。

「いいから黙れ！　独断専行はお前も同じだろう！　命令無視で独房にぶち込んでもおかしくないところを、この娘の関係者だというだけでこの場に立ち会わせてやってるんだ！」

野太い声で叱責され、さすがのルドヴィークも「すみません」と一歩下がった。

この国の王子とはいえ、騎士団においては階級が勝つ。場を弁えたふるまいが要求される。

「すまないな、カナンと言ったか？　改めて最初から説明して貰おうか」

歴戦の猛者であるアルバートに静かに問われ、さすがのカナンも居住まいを正した。舐めていい相手ではないと、その威厳だけで気付いていた。

「説明も何も……あのお姫様と色々歴史の勉強をしていたら、たまたま目にした書物が禁書だったみたいで……」

「禁書？」

アルバートとルドヴィークが異口同音に聞き返す。

二人は無言で視線を交わしあった。

そもそも焼け落ちた現場の火を消し、自警団に損壊した建物等の処理を引き継いだ後、カナンをそのまま連行したのは現状報告の義務があったからだ。

火急であれば口頭での報告も許されるが、ある程度の余裕ができてしまった以上、今後のために記述報告をして記録しておくことが必要だった。しかし報告書を書くためには不確定情報が多すぎる。アルバートからしてみれば、火を噴いて暴れていたドラゴンが、いつの間にか煙に巻かれて消えてしまったというのが分かりうる全てだ。とても報告書にならない。

だからカナンを連れてきたのだが、ここにきて『禁書』の二文字が出てきた。これは迂闊につつくと藪から蛇を出しかねない。

「ルドヴィーク」

「はい」

「ことは騎士団の範疇を超えているようだ。ここは王族のお前に任せた方がよいかもしれん」

「――御意」

ルドヴィークからしても事態は複雑化しているように見えた。

禁書を私室に置きっぱなしにするようなミスを、自分がするとは思えない。しかしその書物の内容如何によっては王家の秘密に抵触する恐れがある。

「王宮の審問官を呼びましょう。その上で私から報告を上げさせていただきます」

「それがいいだろうな。仕方ないから命令無視の罰則処分、馬房掃除は勘弁してやる」

規律が重視される騎士団において、命令無視は一番の大罪である。厳しい処罰が定められているが、今回のルドヴィークの独断専行は人命救助の色合いも濃かった。カナンの件も含めて不問に付すということだ。

ちなみに馬房掃除は新人騎士等が騎士訓令を犯して夜中こっそり飲みに行ったり、酔っ払って隊の尊厳を損なうような行為をした時に課される罰でもあった。団長なりの嫌味でもある。

現場の人間なのにここにきて蚊帳の外に出なくてはならないのだから、多少の嫌味も言いたくなる。

「……ご寛大な処置、痛み入ります」

しょっぱい顔で従順に告げるルドヴィークに、アルバートは溜飲を下げたようにニヤリと笑った。

◇　◇　◇

審問会は極秘裏に行われた。

なにせ禁書が関わっている以上、その内容によっては全てを闇に葬らねばならない。

しかし城下ではそうはいかなかった。

ルドヴィークに助けられた老人が『聖女様の奇跡』を声高に言いふらしていたからだ。

口を封じる暇もなかった。

「孫のな、大事な人形を取りに戻ったんだ。マリティはあの人形がないと眠れん。なにせあの子の母親である儂の娘の形見だからな。死んでも構わんと覚悟を決めて行ったんじゃ。しかしドラゴンの恐ろしさはとんでもないもんだった。すんげえでかいしボウボウ火は噴くしでな。こりゃダメだ、そう思った時、騎士様の一人が助けに来てくださって……なんとそれもルドヴィーク殿下じゃないか。儂は言ったんじゃ。『儂のことはいいからこの人形を孫に』となっ。しかし殿下は儂を助けようとしてくださった。それでもドラゴンはこっちをじっと睨んで今にも焼き殺そうとしてくる。その時じゃ！　あの聖女様が現れて、神々しいお姿でドラゴンを大人しくさせ、その姿を消し去ったんじゃ！」

口角に泡を飛ばして言い募る老人の興奮が、聴衆にも伝播（でんぱ）する。なにせドラゴンが現れたのも本当なら、消えたのも事実だった。悪魔のような姿を目撃した者は多く、けれど煙のように消え去ってしまったのだから、老人の言葉も説得力を増していた。

「その聖女様とやらはどこにいったんだ⁉」

「騎士の方が王城へ連れて行かれた。きっと王様から素晴らしいご褒美を頂くに違いない」

「そりゃすげえ！」

人的被害が少なかったせいか、恐ろしい災害に遭った興奮が、無責任な噂を助長した。

「いいなあ。俺も聖女様のお顔を拝んでみたかったぜ」

「私も！　きっと美しい方なんでしょうねえ」

「そりゃそうだろ。聖女っていうくらいだからそんじょそこらの美女とはわけが違う。きっと女神さまのように美しいんだろうさ」

そうなれば自分も見たかった、いや自分はちらりと見たなどと虚偽かどうかも分からぬ証言も出た。

焼け落ちた建造物等の修理に勤しみながら、『聖女様』の噂は尾鰭（おひれ）を付けて一気に広がっていったのだった。

◇　◇　◇

城下の賑やかさとは正反対に、王城奥深くの審問室に閉じ込められたカナンの元に、彼女の教育係である私も呼び出されていた。ある程度覚悟はしていたものの、窓ひとつない暗い小部屋に連れて来られ、自分が僅かに緊張しているのがわかる。

とんでもないことをした自覚はあった。

カナンに魔力属性があると気付いたのは、禁書を読んだと言われた時だ。魔力属性、というより魔力無効化属性。この世界に魔力が存在するのなら、無効化する力もあるのではと思ったのは、さすがに前世の知識展開ではあるのだけれど。

試しに護衛用に呼んであったアンブロッシュ家お抱えの魔術士に、魔力を顕現させ、それをカナンに無効化させる実験を繰り返した。

例えば魔力で熾した火を消させたり、魔力で浮かせた物体を床に落としたりという感じだ。

果てにはカナンに向かって魔力でつぶてを放ち、彼女がその全てを自分に届く前に落とすのを確認した。魔力によって彼女を拘束しようともさせたが、全く効かなかった。

これなら魔力で存在するドラゴンも消せるのでは？

あくまで仮定である。確信はない。大体ドラゴンが魔力による存在だというのも、文献にそう書いてあるだけで事実かどうかはわからない。

しかしそのことを告げると、カナンはやってみると胸を叩く。なぜか少し楽しそうだった。

「残念ながらわたくしは同行できないわ」

私は悔しさを押し隠して告げた。できれば同行したい。言い出しっぺである自分が、事実をこの目で確かめたい。下手をすれば死ぬかもしれない場所に、無責任にカナン一人を行かせたくはなかった。

けれどアンブロッシュ家の娘として、王子の婚約者として、危険を承知で飛び込むことはできない。

「いいんじゃない？　いても何かの役に立つわけじゃないだろうし」

「……そうなんだけど、言い方！」

あまりにあっけらかんと言い放つカナンに、呆れながらも頼もしさを感じてしまう。

そもそも物語において災厄と救済はセットのはずだ。いわゆる「悪役令嬢」ものにしては内容がハードな気もするけれど。

この世界にカナンという謎の少女が現れ、それを追うようにドラゴンが現れた。因縁があるとは限らないが、あってもおかしくはないだろう。

アンブロッシュ家の中でもかなり強い力を持つ魔術師を警護に付け、危険な時はあくまで命優先と重々含めおいて彼女たちを送り出した。

結果は大成功である。

ドラゴンは消え、カナンは怪我一つなく戻ってきた。騎士団たちの活躍で一般の犠牲者もいない。ドラゴンによって倒壊した建物や井戸は、国庫を使って直すだろう。

ここからが自分の出番だと、私は大きく息を吸い込んで姿勢を正す。

「お呼びと伺い参上いたしました。リディーリエ・アルノー・ド・アンブロッシュです」

ピンと張った声を上げ、ドレスのスカートを摘まんでお辞儀し、薄暗い部屋に入室した。

部屋の中には長方形のテーブルを囲んでカナンとルドヴィーク殿下、審問官であるサジールと、彼の警護兵が背後に控えていた。

「ようこそいらっしゃいました、リディーリエ様。そちらの席にお座りください」

ひょろりと背の高い警護兵が足音も立てずに移動し、椅子の背を引き誘導する。

「ありがとう」と告げてから私は浅く腰掛けた。

私の右手にルドヴィーク殿下が、左手にカナンが不機嫌そうに腰掛けている。

頬がこけた青白い顔の審問官が、私の正面に座って頬杖をついていた。

「相変わらず月も恥じらいそうな美しさですな、リディーリエ様」

「ありがとうございます。でも無駄話は結構ですわ。さっさと必要なことをお話ししましょう」

相手のペースに乗ってしまえば呑まれてしまいそうな恐怖があることを踏まえ、私はあくまでマイペースににっこりと微笑んだ。

陰気な顔をしたサジール審問官は、こめかみをピクリと震わせる。

私とカナンがしたことは救済に繋がった。

しかしそれはあくまで結果論だ。

一歩間違えればドラゴンが更に暴れた可能性もあるし、最悪カナンが命を落とすことも考えられた。

けれど確固たる救済の保障がない限り、王や議会に相談しても一笑に付されるか、沈黙を持って無視されるか、いずれにせよ実行できない可能性が高い。寧ろ禁書が関わっている分、勝手な動きを取らぬよう、拘束される恐れもあった。

それくらい魔力と禁書の取り扱いには慎重を要する。

ルドヴィーク殿下に相談すれば協力してくれたかもしれないが、やはり明るみに出た時に彼の失策となる可能性がある。結局何も知らないカナンの独断専行で収め、最悪、教育係である私が責任をとるのが一番無難だった。

「つまり、今回の件について、リディーリエ様は何もご存じなかったと?」

「ええ。もちろん殿下から教育係を拝命しておりましたから、彼女の質問に答えたことはあります。けれど彼女がこんな風に己を犠牲にしてもこの国を救おうとしていたなんて、思ってもみませんでしたわ。でも……殿下がドラゴン退治でご多忙な中、彼女は私の管理下にあったわけですから全く責任がないとはいえませんわね」

適度に事実を織り交ぜつつ話を盛る。

今回のことはあくまで彼女の犠牲的精神の賜物だと。他意はなかったし、その行為が例えば王宮内にどんな影響を及ぼす可能性があるかも全く分からなかったのだと。

「しかし彼女一人であの燃え盛る炎の中に向かえたとは思えません。あの場にいた目撃者の証言によると、彼女は誰かに守られてあの場に舞い下りたのだと」

「まあ、そうなのですか？　そうなの、カナン？」

無邪気な声でわざとらしく知らぬふりをする。

カナンはぶすったれた顔をしたまま返事をしなかった。無言なのはそう示し合わせてあったからだが、不機嫌なのはきっと長時間閉じ込められていたからだろう。もしくはお腹が空いているのかもしれない。

「なんにせよ彼女のおかげで王都の安寧が守られたのは確かなのでしょう？　これは吉事と考えてよいのでは」

おっとりと上品な笑みを維持しつつ、私は完璧な角度で小首を傾げて見せた。審問官は苦虫を噛み潰した顔になる。

確かにドラゴンが消え去ったのはいいことなのである。

実際、アレキス伯爵領の被害は大きかった。その後報告された、湿原の狩人の目撃情報をしても、ドラゴンが人里に現れることによる被害は相当甚大なものとして予想されていた。

できうるならば倒してしまいたかったし、それが無理でも永久的に追い払いたかった。

それがこの素性もよく知れない少女の登場であっさり叶ってしまったのである。少なくとも彼女という存在さえあれば、いつなん時ドラゴンが現れたとしても対処に困ることはないのかもしれない。

そんな安心感が国中に広まりつつあった。

しかし事はそう簡単ではない。

なぜこの少女がドラゴンを消すことができたのか。彼女はいったい何者なのか。それを紐解くために王家の禁書を開かねばならないとしたら、どこまでを公にし、どこからを秘密裏にしなければならないのか。

その方針が固まらなければ、カナンは他国からも狙われる可能性が出てくる。即ちまだいるかもしれないドラゴンを操れる者として。

だからこそ——私にもこっそりと招集がかかったのである。

本来ならばこんな薄暗い場所で審問を受けることなく、もっと広く明るい場所で対応される高貴な身分なのだ。けれどどこまでカナンと事情を共有しているかによって、今後の私の扱いが変わってしまう。

呼び出しを受けた時、一切抵抗することなく従順に受け入れた。その態度が、私が全貌を知るのかもしれないという審問官の疑惑を強めている。

「この際だ。率直にお願いします。リディーリエ様、貴女は全てを知った上でカナンを現場に向かわせたのではありませんか？」

審問官の率直な問いかけに、私は淑女らしく口元を隠すのに使っていた扇子をぱちんと閉じた。

「おっしゃっていることの意味が分かりませんわ」

あくまでしらを切る。私が真実を知っているわけにはいかないのだから。

カナンにもそう言い含めてある。

カナンはドラゴンを怖がっていなかった。寧ろ対峙できることを面白がっていた節さえある。変に度胸の据わった娘である。

しかしルドヴィーク殿下はそうもいかないだろう。気が付けば蚊帳の外におかれていた。どう見ても怒っている。怒るのはもっともだ。彼は名目上のカナンの保護者なのだから。ドラゴン退治をさせるためにカナンを引き取ったわけでもない。

「もし仮に……、仮にですわよ？　知っていたらこんな危険なこと、止めるに決まっているでしょう?」

私の白々しい口ぶりに、審問官は眉間に皺を寄せる。

──信じてないな、これは。

「一応これでもルドヴィーク殿下の婚約者として、必要な教育は受けております。一般人を巻き込む、しかも確証のないような策をわたくしが講じたり、あるいは目論む者がいるのを知って看過したりするはずはありません。もしお疑いになるならば……」

「それくらいにしておけ」

私の言葉を止めたのはルドヴィーク殿下だった。細めた鋭い目に、一瞬怯む。

「審問官殿。私の婚約者はこう言っている。これに異を唱える理由があるなら私からお聞きしたい」

あらら？　殿下ったらどういうつもりだろう。審問官は何を思ったのか、深い深い溜息を吐いた。

「ここにいるカナン嬢の噂が城下にすごい勢いで広まっています」

眉間に深い皺を張り付けたまま、彼は言った。

「このままでは彼女を救世主として仰ぐ者が増え続け、王家の威信に影響しかねません」

「つまり？」

ルドヴィーク殿下が先を促す。

「王家とて何もしなかったわけではない。アレキス領の一件以来色々調べ、対策を講じてきました。けれど決定打になる解決法が見つからなかった。そこへ彼女が登場した」

そう聞いて、カナンはますますぶんむくれた顔になる。

「下々から英雄が出るのは決して悪いことではありません。しかし事を成した暁には王家に従属させる形を取らねば、国の根幹が乱れかねません」

ずいぶん大きくなっていく話に、私は何をどう言うべきか考えを巡らせる。つまり、英雄は為政者の敵であってはならないってことよね。

「とはいえリディーリエ様の指図とあっては、先ほどおっしゃったように見識者たちからの非難を免れません」

「それは彼女が否定しました」

殿下が庇ってくれる。有り難いけど、審問官の耳には届いていなさそうだ。

「カナンが……、王家、ひいては我が国に害意がないと分かればよろしいのですよね？」

審問官の眉尻が片方だけピクリと上がった。

いよいよだ。ようやくここまでたどり着いたのだと、私はもうひとつの、最後の企みを実行に移す。

私は高鳴る胸の動悸を抑えながら、できるだけ平静な声を出した。

「だったら——、よい方法がありますわ」

こうして、最悪の災厄が始まったのだった。

# 6．最悪の災厄の始まり

アンブロッシュ家の屋敷に戻った途端、お父様に呼び出された。まあそうなるだろうとは思ってたけど。国王陛下の肝煎りで娘を婚約者にしたのに、いきなり解消とか寝耳に水過ぎてびっくりよね。そのタイミングで娘が王城から戻ってきたら問いただすしかないでしょう。

「お待たせしました」

軽く頭を下げて書斎に入ると、お父様が不機嫌そうな顔でグラスを傾けている。隣にある長椅子にはお母様も腰かけていた。こちらは少し心配そうな顔だ。最初に口火を切ったのはお父様だった。

「王宮から連絡があった。お前と王子の婚約は一旦白紙に戻すと」

「そうですか」

「知っていたのだろう？」

「ええ、まあ」

それが発案され、検討されている最中に城にいたのだから。

自分が言い出したなんて言ったら、お父様は卒倒するだろうか。それとも額に青筋を立てて怒り出す？　アンブロッシュ家の当主なのだからそこまで短慮ではないと思うけど。

「お前はどう思っているのだ」

「異議申し立てをお願いします」

「不服だと思っていいのだな？」

念を押されて真面目な顔で肯定した。だってここで異議を唱えなければ怪しまれる。婚約解消が成立する可能性が高いとしても、ひとまずは不服を申し立てたほうがリアリティがあってよいだろう。

私は数メートル先の床を見つめながら、悲し気な声を出す。

「生まれてすぐから、殿下の婚約者として生きてまいりました。その経緯が本人の意思と無関係だったとはいえ、わたくしとてそれなりの矜持（きょうじ）もございます。今更それを全て無しにせよとおっしゃっても、簡単には承服しかねます」

こんなものかしら。

「ふーむ……」

お父様は不機嫌な表情を解いてまじまじとこちらを見てくる。

「わたくしが言っていることは何かおかしいでしょうか」

おかしくはないはずだ。少なくとも軽んじられて泣き寝入りするほどの軽い身分ではない。しかしお父様は明後日の方向から攻めてきた。

「……いや、そんなにあの王子が好きだったのかと思ってな。てっきりいがみ合っているのかと思ったが」

その言葉を聞き、私はつい感情を爆発させてしまう。

「いがみ合っているだなんて人聞きの悪いことをおっしゃらないで！　確かにあまり友好的な仲とはいえないかもしれませんが——、つまりこれは好きとか嫌いとかではなく、わたくしが努力してきた十八年近くを踏みにじられた怒りですわ」

両親の驚いた顔を見て、ハッと我に返りコホンと咳払いをする。いけないいけない、アンブロッシュ家の娘としてはしたなかったと反省。

分かっている。感情的になったのは図星を指されて動揺したのだ。あまりあっさり承諾しては説得力に欠けると思ったから異議申し立てを希望しただけで、内心、異議も何も全くなかった。

——なぜなら。

この婚約解消の提案者は私自身なのだから。

◇　　◇　　◇

あの、どこか陰気で窓ひとつない審問室で、最初に激高の声を上げたのはルドヴィーク殿下だった。

『私が……リディーリエとの婚約を解消してカナンと結婚するだと⁉』

『元々カナンは殿下が連れてきた少女。確かに依然としてその身元は不明ですが、今や実質国をドラゴン来襲の恐怖から救った英雄です。そして再びドラゴンが現れたとしても抑止能力も持っているかもしれない。もしくは彼女の血を引く者がその力を継承するかもしれない。血縁による魔力の継続は確率が低いですけど皆無ではありません。王家にとってこれほど貢献力の高い存在はないのでは？』

　私の申し出に、審問官は一理あるとばかりに沈黙した。

『悪くはないですな。災いの元は摘めないなら手元に置くに限る』

『誰が災いの元よ。なんにも悪いことはしてないってのに』

　ここで初めてカナンがツッコんできたので、私は審問官の言葉を意訳した。

『この場合は王家より人気が出て世情を惑わしかねない、くらいの意味ね』

　そんな私に新たな問いを投げかけてきたのはルドヴィーク殿下だ。

『……それで？　リディーリエは私と婚約解消した後、どうするのだ？』

『あら、わたくしはどう転んだとしてもアンブロッシュ家の娘ですもの。いくら婚約が破談になろうと、他の結婚相手候補には事欠かないと思いますし、なんなら独身のままアンブロッシュ家で有閑マダム的に末永く何不自由なく生きることだって可能ですわ』

　実際そうできるだけの財力と地位がアンブロッシュ家にはあった。兄が二人いて後継者も盤石だから、私が無理に結婚する必要もない。

私は顎を引いて、超絶不満顔のルドヴィーク殿下を無遠慮に睨み付ける。

『元々――、わたくしのような高慢ちきな女はお嫌いだったのでしょう？　カナンは確かに淑女としてはまだまだ未熟かもしれませんが、稀有な能力を持っていますし、純真な率直さは僭越ながら殿下もお気に召しているように見えたのですけれど』

実際、カナンと話している時の彼はリラックスしているように見えた。特に楽しそうというわけではないが、言いたいことを言い合える心を許した親密な空気があった。その空気が恋愛感情を生まないと、誰が言える？

『それは――』

ルドヴィーク殿下が言葉を詰まらせる。とはいえまだカナンには手は出していないのだろう。本命には躊躇するタイプ？

もっとも嫌いだと言いながらその婚約者を抱いているのだからこの男もたいがいだ。しかもあんなに優しくするなんて――。

モヤモヤした思いに耽りそうになるのを、軽く頭を振って止めた。ダメダメ、なぜ私が婚約解消したいかなんて、本当のことを勘付かれるわけにはいかない。あくまでなんの躊躇いもないように振る舞わなければ。目指すのは誰にも違和感を抱かせない婚約解消だ。

『今すぐ、とは申しません。けれど一考の余地がある以上、国王陛下のご裁可を仰いでみてもよいのでは？』

いかにも悪役令嬢らしく偉そうな笑顔で告げた。

『そうしましょう』

サジールは落としどころが決まったことで肩の荷をおろすように審問会を終わらせようとする。

『私の意見は誰も聞いてくれないの？』

そこにカナンが一石を投じ、ルドヴィーク殿下がどこか安堵を求めるように視線を向ける。しかしそれを遮るようにぴしりと言った。

『残念ながら貴女に発言権はないわね』

『当事者なのに？』

『当事者だからよ。貴女が迂闊にものを言えばそれは国に影響を及ぼしかねない。貴女は嘘がつけなくて正直さが取り柄だけど、その長所がともすれば命取りになるわ。今後の方向性が決まるまで口を噤んでいるのが利口だと思うけど』

『出る杭は打たれるってこと？』

まっすぐ私を見る視線に思わず口角が上がる。

『貴女のその勘がいいところ、結構気に入っているのよ？　できれば天寿を全うしてほしいと願ってるわ』

それだけ言うと私は席を立つ。確かに唯一意思を無視されているカナンが可哀想と言えなくはないんだけど、特殊な力を持って生まれてしまった以上、権力者の庇護があるに越したことはないだろう。一人気まま勝手に生きようとしても、彼女の能力を利用しようと、どんな輩に狙われるのかわからないのだし。

『これで失礼しても？』

サジール審問官は小さく頷いて見せる。

改めて優雅に礼をすると、私は審問会の席を離れた。あの時、ルドヴィーク殿下はどんな顔をしていただろう。カナンが不満たらたらなのは見て取れたけど、ルドヴィーク殿下の顔まではよく見えなかった。ちょうど私から顔を背けていたからだ。けれどきっとカナンに負けず劣らず不満全開な顔をしていたに違いない。

回想から意識を戻すと、まだ父が窺うような顔で私を見ていた。
「お父様。わたくし色々あって少し疲れたようです。失礼して部屋で休ませていただいてもよろしいでしょうか」
少し俯いて声を震わせながら言うと、お父様はようやく私が置かれた現状を思い出したように「そうだな、そうしなさい」と答える。
なんだかんだと娘を愛してくれているのだ。有り難い。もっとも優れた政治能力を持つ父のことだ、その一方でこれをどうやって王家への貸しにしようか算段しているんでしょうけど。

自分の部屋に戻り、お付きの者に下がるように伝えると、私は誰もいなくなったのをいいことに、はしたなくベッドの上に身を投げ出した。

「つっかれたー」

素で呟く。

実際疲れて当然の状況だった。

ルドヴィーク殿下からカナンの教育係を頼まれ、そうかと思ったらドラゴンが現れ、カナンの能力に気付いて実験と猛特訓を開始し、ドラゴン退治の計画を立て、まんまとやっつけた。

ドラゴンの気配が近づいている気がするという、確証のないカナンの言葉を信じたのは賭けだった。それでも予感はあったのだ。ドラゴンはカナンを目指してやってくると。そんなわけで最後の出現が王都だったのは狙い通りで幸いだった。いや、犠牲者が出なくて済んだのも合わせてなんだけど。あれ、もっと王都から遠い場所だったらどうやってカナンを送り込むかがネックだったのよねー。

『呼べるかも』と彼女が言った時には本当に何かの符丁なんじゃないかと思った。『ドラゴンと聖女』は『災厄と救済』のバリューセットなんじゃないか、と。

カナンは鍵だ。

突然起こるこの世の災厄に、対応できる人間として現れた。それはアンブロッシュ家に仕える魔術士に協力させて、様々な実験を通して実感していったことだった。

ドレス姿のままベッドに寝っ転がってそんなことを考えていたら、どうやら本当に疲れが出てきたらしい。

私はいつの間にかうとうとと夢の国へと旅立っていた。

「――お前は誰だ？」

深い眠りの中、その声は完全に男性のもので、しかも私が知っている声だった。

ハッとして目が覚める。いきなり覚醒し、目を開けたその前に、ルドヴィーク殿下の美しい顔が迫っていた。その距離三十センチくらい。相変わらず間近で見るには心臓に悪い麗しさだった。

「何を、なさっているのです。ルドヴィーク殿下」

少し上擦った声で尋ねる。ベッドに仰向けに寝転んだ私を、彼は覆いかぶさるようにして見ていた。こんな風に近付くまで気が付かなかったなんて、やはり私もかなり疲れていたに違いない。

「安心しろ。今日は夜這いをかけに来たわけではない」

そう言われて安心する体勢ではないし。

「……いいかげん、隠し通路からいらっしゃるのはやめにしませんか。婚約も解消されたことですし」

緊張を隠し、少しうんざりした声を出して平静なふりをする。

「解消したわけではない。その方向で動いているのは確かだが正式な発表はまだだ」

それって屁理屈では？

「お前は誰だ？」

そういえばそんなことを尋ねられていたのだった。体勢の不自然さに忘れていたけど。

「元婚約者の顔をもうお忘れですか。わたくし、そんなに印象の薄い顔なんでしょうか」

絶世の美女にしか言えない嫌味だな、これは。

「そうではない。そなた――リディーリエではないだろう？」

「は⁉」

何をやぶからぼうに言い出したんだこの王子様は。確かに転生前の記憶が戻ってきたりはしてるけれど、この体は確かにリディーリエのものだし、リディーリエの生きてきた記憶や感情だって残ってる。決して前世の香恵と二重人格になっているわけではないのだ。

私がリディじゃないとすると一体誰なわけ？

「まだお若いのにとうとう耄碌（もうろく）してしまったんですの？　それともドラゴンの魔熱に当てられたとか……。わたくしがリディーリエでなければ誰だとおっしゃるのです」

鼻で笑おうとしたが仰向けだとうまくいかなかった。そんな私をルドヴィーク殿下はじっと見つめてくる。

「馬術大会……いや、それより少し前か……そなたが落馬した頃からだ。何か違和感があった」

「え」

指摘を受けて内心ぎょっとする。嘘。カナンだけではなく、ルドヴィーク殿下も結構勘がいい？

「何をおっしゃっているのかさっぱりわかりません」

とはいえ事実を伝えられるはずもないので、しらを切るしかない。だってアラサーＯＬが死後転生して悪役令嬢になりましたって？　言えるわけがない。

「確かに見目形はリディーリエだ。その肉体は彼女そのものなのだろう。しかし……そこに宿る魂は違うのではないか？　例えば魔女などが彼女の精神を乗っ取っていないと言い切れるか？」

私は三秒沈黙した。呆気に取られていたのがその秒数ですんだのは我ながら偉いと思う。

「あの、とりあえずわたくしの上から退いて頂けませんか？　別に変な魔法とか使えませんし、殿下にとって危険な存在ではないはずです」

力も戦闘スキルも騎士の彼よりずっと低い。自由に動ける体勢だって彼に問題はないはず。

それよりずっとベッドの上で覆いかぶさられたままだ。上から押さえ付けられているのはそれこそ精神的によろしくない。圧迫感で窒息しそう。

「そなたが全てを正直に話すというなら退いてもいい」

私はもう十秒考える。

どっちにしろこの体勢のままで会話を続けるのは不自然だ。この際、嘘でも本当でも全部ぶちまけるしかないかしら。

そうして小さな溜息の後、私は彼に応えた。

「わかりました。正直に全てお話しします」

ルドヴィーク殿下は私の真意を測るようにじっと顔を見つめると、ようやく身を起こして私の上から退いてくれたのだった。

◇  ◇

寝室には小さな円卓と、向かい合う二脚の安楽椅子があった。ルドヴィーク殿下はその片方に腰かけこちらを見つめる。
「少し喉を潤しても？」
長い話になりそうだと思って、私はベッドサイドにある水差しとグラスを指さす。彼は小さく頷いた。
ついでに着ていたドレスに乱れがないかさっと確認しつつ、向かいの椅子に座り、私は蘇った前世の記憶について話し出す。正直それらしい作り話を考えるのも面倒になっていた。本当のことを話して信じればよし、信じなければ頭がおかしい女だと思われて終わりだろう。どうせ彼との縁は切れているのだから今更問題はない。

とはいえ何せ世界観が全然違うから、彼に理解できるように説明するのは至難の業だった。そもそも話しているこちらだって、内容のバカバカしさに全てを正直に言葉にするのが憚られる。それでもルドヴィーク殿下は驚くほど辛抱強く私の話を黙って聞き続けた。

大まかに話し終えると、グラスの中の水を一気に飲み干す。そしてようやく大きく息を吐いた。本当のことを話すって疲れる。

「なるほど、前世の名前は『ヒロサトカエ』というのだな」

「でもわたくし自身もリディーリエであることに変わりはありません。たまたま前世の記憶が戻っただけですので」

そう言うとルドヴィーク殿下はまだ不要領な顔になる。

まあねー、転生なんて思想自体がこの世界にはなさそうだし、理解が追っつかないわよね。私自身、どういう仕組みでそうなったのか全然わからないし。

部屋にあった安楽椅子に向かい合って腰かけ、ルドヴィーク殿下は難しそうな顔で考え込んでいる。たぶん、自分が理解できるように告げられた内容を咀嚼しているのだろう。

「わたくしの頭がおかしくなっているのだと思われます？」

念のため聞いてみる。というか、私だったらそう思うだろう。前世の廣里香恵が、例えば幼馴染みとかに「自分には前世があって――」とか言われたら……まず「疲れてない？いったんよく休んだら？」とか言っちゃいそう。もしくは「そうなんだー」って相槌だけ打ってスルーするか。

「正直に言えばそう思いたい。落馬したことで何らかの精神的錯乱を招いているのだと。――しかし違うのだろう？」

珍しく嫌味も何にもないまっすぐな表情に、少しドキドキしてしまう。本当に顔がいいって厄介だ。

「わかりません。記憶はかなり明確にありますが、その記憶が真実かどうかなんて確かめようもございませんし」

香恵の記憶はしっかりある。幼稚園で絵本を読んで貰うのが好きだったこと、水たまりに雨の雫が落ちるのが面白くてずっと見ていたこと、小学校では保健委員で、病人相手の手際の良さを先生に褒められたこと。中学でコーラス部に入り、高校ではカラオケ屋でアルバイトを始め、短大で初めて男の子と付き合ってキスしたこと。でも些細な喧嘩ですぐに別れちゃったけど。

それらがリディーリエの今までの人生と二重写しになっているように記憶が残っている。これが精神的錯乱や多重人格、もしくは他者による記憶操作なのだとしたら、かなり手が込んでいる。

「……リディはそんな顔をしなかった」

は？　そんな顔とは？

「彼女は……いつも私を睨み付けてきていた。当たり前だ。ずっと彼女を傷付けてきたのだから。嫌われて当然だった」

嫌ってはいなかった。むしろそれでもずっとルドヴィーク殿下のことが好きだった。けれど、それを香恵の言葉で言っていいの？　今、私は誰？

「私に身を任せるようになってからもそれは変わらず……、ベッドの中でずっと唇を噛みしめていた」

再び飲みかけた水を吹き出しそうになって耐えた。それは単純に痛かったんですよ。でも負けず嫌いだし、ルドヴィーク殿下に途中でやめてほしくなかったんだよ！　あー、これも言いづらい……。

「それが、落馬した後にここを訪ねてから、驚くほど素直に私を受け入れるようになって」

うぎゃぎゃぎゃ、だって！　それは気持ちよかったから！　中身がアラサーだったせいかどうかはよくわからないけど。だけどそれも恥ずかしすぎて言いづらっ！

「思わず私も煽られたのでそれはすまなかった」

「いえ、謝って頂くことでは――」

ないと思うんだけど、顔が熱くなって伏せてしまったから続きが言えなくなってしまった。羞恥で死にそう。香恵からしたら全然年下の男の子のはずなのに、そう思わせない何かがあるのよね。大体年齢差があっても経験値はそう変わらないし。

目の前で、ルドヴィーク殿下が長い脚を組み変える。

「カエ、と一旦呼ばせて貰おうか。君はなぜ、私とリディの婚約を解消させようとしている？　カナンと私を結婚させてどんな得があるんだ？」

細めた目の鋭さは私の心を射抜き、全てを見通してしまいそうで、怖いのに見とれてしまう。

「──まず。先ほど申し上げました通り、香恵とリディーリエは別人ではありません。殿下からすれば香恵がリディーリエの精神を乗っ取っているようにとらえられていらっしゃるのかもしれませんが、二つの人格が存在しているわけではないのです」

声が上擦らないよう、細心の注意を払う。動揺していると思われたくない。

「そして、わたくしが望んでいるのは……悪役としてのこの世界からの退場ですわ」

ルドヴィーク殿下が怪訝そうな顔をする。

「殿下は、カナンのことを気に入っていらっしゃるのでしょう？」

「──そうだな。嫌いではない。あれは共にいて分かりやすい」

うん、そうよね。権謀術数渦巻く王宮で、カナンのように正直で率直なタイプは一緒にいて気楽なはずだ。

「そして彼女が『マクーリアの聖女』に関連しているのなら、手駒として使えるかもしれないとおっしゃいました」

「それは……」

「実際、聖女の生まれ変わりかどうかはまだわからないのでしょうが、それを上回る要素があった。つまり魔獣ドラゴンからの国の護り手です」

　たとえ身元がはっきりしなかったとしても、人々の救いと希望の担い手として、存在意義は大きい。

「それとて情報はまだ不確定なままだ」

「けれどドラゴンを消したのは確かです」

「何が言いたい⁉」

「つまり、今後、殿下のパートナーとして隣にいるべきなのは、わたくしではなくカナンだということです」

　きっぱり言い切ると、やっと重い荷物を下ろした気分になる。ようやく言えたわ。言ってやったわ。

　勢い込んでルドヴィーク殿下の様子を窺うと、そこには絶望の二文字を貼り付けた虚ろな顔があった。予想していた不満や怒りではなく。

え？　なんで？　だってルドヴィーク殿下は私のことが嫌いなのよね？

やがて彼は口の端だけ悲し気に上げると、絶望をべっとり貼り付けたまま言った。

「そうだな。憎まれていたんだから、そなたがそう仕向けるのも当然だ」

「あの、……殿下？」

「分かっていたはずなのに、最近のリディが私と体を重ねることを素直に悦んでいるように見えたから、つい錯覚したらしい。でもそなたの話を聞いて腑に落ちた。違和感があったのはカエが混ざったからだったんだな」

断定的に言われて顔に血が上る。違和感て、やっぱえっちしてる時の話だよね？　それ以外はちゃんとリディーリエとして動けていたと思うし。

「や、やはりそうなんでしょうか……」

両手で頬を抑えて、虫の鳴くような声を出した私に、ルドヴィーク殿下は小首を傾げて見せた。

「正直に申し上げれば――前世の香恵は男性を知りませんでした。いえ！　その機会がなかっただけで香恵が特に奥手だったわけではないんですが！」

知識はあったし興味もあった。ただ相手に恵まれなかっただけだ。

と、思いたい……。

「だから前世を思い出してから殿下がその……寝台に忍ばれていらした時、は、その、初めてだったような、でも体はちゃんと分かっていたような……不可思議な状態でして……」

何を言い訳しているのかもよく分からなかった。けれどその事実が彼にとって不快であってほしくはなかった。

「私は……いったい誰を抱いていたんだろうな」

寂し気な笑顔に胸がぎゅっとなる。なんでそんな顔をするの？　リディのことが嫌いなんじゃないの？　それでもリディが言ったから仕方なく抱いてたんじゃないの？

「あの……」

「ん？」

その聞き返し方がすごく優しくて、今までの冷たい顔が有り得ないくらい優しくて、泣きそうになった。あなたこそ、本当は誰？

「殿下はわたくしのことが……リディーリエのことが嫌いなんですよね？」

そのはずだ。誕生日パーティーの時にはっきりそう言われたし、その後も優しい顔なんて見せてくれたことはなかった。言ってしまえば誰にも優しい顔なんかしたことないんだけど。

「いま改めて思えば……愚かな所業以外の何ものでもないな」

「えーと、それはどういう意味でしょう……？」

何がどうしてそうなったのかわからないが、ルドヴィーク殿下が身に纏っていた冷たい棘のようなものが、いつしか綺麗に溶け落ちていた。

今、目の前にいる彼は、全ての虚飾を脱ぎ捨てて一番素直で正直な顔を見せている気がする。

「私は――ずっとリディを愛していた」

「……はあ⁉」

思わず令嬢らしからぬ素っ頓狂な声が出る。

「婚約解消の憂き目にあったんだから、もう隠す必要はないだろう。最初からリディしか見えていなかったし、どんな彼女の顔も大好きだった」

「うっそ！！！」

思わずため口になってしまった。だって、でも、えー⁉　嘘でしょう⁉

「だ、だって、だって殿下はずっと、冷たい顔しか見せないし、あの時嫌いだと言われたからわたくしは……！」

「そなたの言う通りだ」

「だったらどうして！」

最初の設定が覆されてしまった。だって悪役令嬢の世界って大体王子様が婚約者を愛してなくて、だからこそ正規ヒロインが現れたらあっさり婚約者を捨てるんじゃないの？

まあ、その前に基本的に悪役令嬢がヒロインを苛めたり貶める設定もあったりするけれど。私はいったい何の世界に落とし込まれているんだろう？

「そなたに言いにくいことを全て話させたのだから、私も全て打ち明けるのが筋だろうな。聞いてくれるか？」

憑き物が落ちたように優しくなったルドヴィーク殿下を前に、私は頷くしかできなかった。

◇　　◇　　◇

「えーとつまり、愛する婚約者の身を護るために、敢えてずーっとリディーリエのことを嫌いなふりをしていたと？　そういうことですか？」

　降って湧いたような大どんでん返しに、私は呆然とするしかなかった。

　えー……。だって、でも、えー……。

「そう言ってしまうと綺麗ごとのようで面映ゆいな」

　ルドヴィーク殿下は恥ずかしそうに頬を染めて斜め下の床を見つめる。ちょっと待て。このいきなり可愛くなってしまった男性は誰ですか。冷えた視線は氷点下のツンドラ王子だと思っていたのに、いきなりデレられるとどうしていいかわからない。

「とはいえ――どんどん美しく眩しくなるそなたに、我慢しきれず手を出したのだから私は有罪だ。本当にすまない」

　深く頭を下げないでーー！　仮にも王子様なんだから謝ったりしちゃダメでしょう！

「いえ、その、それはこちらも合意の上でしたし、なんていうかその、誘ったのもわたくしからだったと思うので、あながち殿下だけのせいとは、その……」

　まともに顔を見ることさえできず、私も床に敷かれたカーペットの蔦柄を見ながらぶつぶつ呟く。

「とにかく、そなたが私から自由になりたくて新たな婚約者を仕立て上げたのはよくわかった。私に拒否する権利はない。潔く諦めるしかあるま――」

「諦めちゃうんですか⁉」

食い気味に叫んでしまった。

「リディ？」

「だって、殿下は全てをぶちまけてすっきりしたからそれでいいかもしれないけど、わたくし、リディーリエの本音はどうなるんですか！」

椅子から立ち上がって叫ぶ私に、ルドヴィーク殿下は目を丸くする。

でもそうなのだ。彼に転生前の香恵の話は伝えた。そして改めてルドヴィーク殿下と婚約解消すべくカナンを新たな婚約者に仕立て上げたことも。

でも肝心なことは言っていなかった。

こう見えて、私はルドヴィーク殿下のことが大好きなのだ。彼に負けず劣らずツンデレだったけど。

「リディーリエの本音とは？」

彼の美しい瞳が淡い期待で輝きだす。

「だから……、婚約解消に向けて動いたのは、その方が殿下が幸せになるかと思ったからです。だって嫌いな相手と結婚したって幸せになれるはずないでしょう？　カナンといる時の殿下は本当に楽しそうだったんです。だからわたくしは——」

言いながら目頭が熱くなる。ヤバい。泣いちゃう。

そう思った時にはすっと一滴の涙が頬を流れ落ちていた。

「リディ――」

ルドヴィーク殿下も椅子から立ち上がって私の方へ手を伸ばす。

あ、と思った時には抱きしめられていた。

「私のために？」

くぐもった声でルドヴィーク殿下が訊いてくる。

彼の胸の中で、私はううともむうともつかない唸り声を上げた。すると彼は体を離して少し屈み込み、私の顔を包み込むように持って覗き込んでくる。

「私のために婚約を解消しようと思ったのか？」

答えようとしたけど、口を開けば嗚咽が漏れそうでできなかった。これ以上泣かないようにめいっぱい瞳を見開いて涙を堪えようとする。

「リディ？」

覗き込む顔が近くなった。その距離十五センチくらい。

「わ、わたくしは、……」

「うん」

「殿下さえ幸せになって下されば、それでよい、と――」

涙を堪えているから声が途切れ途切れになってしまう。そんな私を、ルドヴィーク殿下は優しい瞳で見つめてくる。

「でも、でも本当は――」

言っていいのかな。今、私は誰なの？　ここに湧き上がる感情は誰のもの？

「ちゃんと言うんだ、リディ」

穏やかな声で促す彼に、とうとう気持ちが止まらなくなってしまった。

「怖くなったのです。あの、王城で、マチアス殿下から助けて頂いて、貴方に優しく抱かれてから、これ以上好きになってしまったら愛されていないことに耐えられなくなると、そうわたくしは――」

奔流のように本心が溢れ出る。

そうだ。怖かった。愛されていると錯覚してしまうことが。これ以上彼を望んでしまうことが。

「リディ……」

「本当は……、本当はわたくしを愛してくださったらどんなによいかと――だからそれが叶わぬならいっそ自分から婚約解消できるようにと一生懸命算段して……それなのに……！」

そう言った途端、ぼろぼろと涙が零れ落ちてしまった。想われていないはずだと思っていたのに、急に覆されて混乱しまくっていた。

「す、すみませ、――泣きたくなんか、ないのに……っ」

思い通りにならない涙腺が腹立たしい。このままではどうしてよいかわからない。

ルドヴィーク殿下はもう一度、私を引き寄せて抱きしめる。

「簡単な質問だ。『はい』か『いいえ』で答えて」

抱きしめられて、私の耳が彼の胸に当たり、その鼓動の速さが伝わってくる。

「私のことが好きか？」

問われた途端、涙腺は完全に決壊した。彼の背中に腕を回してぎゅっとしがみつく。

「ずっとずっと、お慕いしております――」

気が付けばするりと本心が流れ出ていた。

「あんなにひどい態度ばかりとっていたのに？」

少し不安そうな声に、首を横に振りたくなる。

「でも、繊細なところもあるけど、本当はすごく真面目で優しい方だって知ってますもの。騎士団に入られてからだって、人がいない場所でずっと努力なさってたわ」

「――見ててくれたのか」

だって、見たくなくてもずっと目が勝手に追ってしまうんだもの。彼の隠れた優しさ。誰かの危機をいち早く察し、一心不乱に助けようとする誇り高い私の王子様。

「殿下と、その、褥（しとね）を共にした時、唇を噛みしめていたのは、その……痛みに耐えていたのと、声を出してしまうのが恥ずかしかっただけで……」

とつとつと告白してしまうのは、やはり今は香恵じゃなくリディーリエだからだ。それでも羞恥心も強く働いているから、私は彼の胸に顔を埋めたままだった。今の顔を見られたら恥ずかしさで死にそう。

「リディ、顔を上げて」

「嫌です！」

「そなたの顔が見たい」

「今はダメです！」

「どうして」

「こんなぐちゃぐちゃな顔、殿下にお見せできません！」

「私が見たいって言っても？」

「……そんな言い方、ずるいっ」

なんで急に甘えたような声を出すのよーー！　断れなくなっちゃうじゃない！

「お願いだ。顔を見せて」

艶を帯びた声に、私は恐る恐る彼の胸元から顔を上げる。頬は涙で濡れているし、きっと鼻の頭も赤くなっている。いつもきっちり完璧に装っていたリディーリエのイメージが崩れてしまう。

けれど、彼は私の顔を見るとそれはそれは嬉しそうに微笑んだ。

「可愛い」

「な、なにを……！」

言ってるのよ、バカーー！

怒りをどう言葉にしようか考えている内に、引き寄せられてキスされた。彼の唇が私に触れた途端、全てがどうでもよくなって触れた部分に意識が集中する。

怖いくらい気持ち良かった。

ただ唇を押し付けられているだけなのに、彼が私を求めているのがわかって、私の唇もそれに応えてしまう。でも無理に押し入るのは怖くて、ただ触れているだけが心地よくて、私たちはずっと唇を押し付けあっていた。

どれくらいそうしていたのか、ようやく顔を離すと互いの火照った顔が見える。彼の、そして彼の瞳の中に私の。

急に恥ずかしくなって顔を伏せた。彼がそんな私の顔を、頬に当てた手で掬い上げて上向かせる。

「どうした？」

くぐもった声が色っぽい。

「だって、その、……なにか、恥ずかしくて……」

ずっと彼の顔を見ていたいのに、見られるのは恥ずかしかった。

「恥じらうそなたも綺麗だ」

「そんなことをおっしゃらないで」

「どうして？」

「だから、恥ずかしいから……」

ますます恥ずかしいのに、彼はその両手で私が俯くのを阻んだ。

「もっと見せてくれ」

「……殿下は意地悪ですわ」

「色々と、嬉しくて浮かれてるんだ」

無邪気な笑顔が子供のようで。

「しょうのない方……」

思わず笑みがこぼれると、彼は眩しそうに目を細め、怖いくらい真剣な顔になって再び口付けてきた。今度は深く。

「ん、ん……っ」

顔を深く交差させ、私の唇をこじ開けると、獰猛な舌が入り込んでくる。

さっきのキスはあんなに優しくて温かかったのに、今度のそれはまるで私を食べつくそうとするかのように激しかった。歯列も口蓋も舐め上げられ、怯えて逃げ惑う私の舌を捕まえて絡めとる。互いの唾液が混ざり合ってじゅるじゅると淫靡な水音を立てた。

うまく息ができず、苦しくなって彼の背中に当てていた手が今度は彼の首に巻き付いた。いつの間にか精一杯背伸びをし、彼の体に取り縋る。

苦しいのに離れたくなくて、私は彼に体をぴったりと押し付けていた。一ミリの隙間もなくくっついていたかったのだ。

互いを貪り合うようなキスが終わると、弾んだ息と目尻にたまる涙で私は更にぐちゃぐちゃになっていた。彼の頬も赤い。

「殿下……」

何と言っていいか分からず彼を呼ぶと、ルドヴィーク殿下は私の手を取って指先に口付け、「名前で呼んでくれ」と言った。

「ルドヴィーク、さま……？」

彼の口角が嬉しそうに上がる。

「『さま』はなしで」

「そんな、無理です……っ」

彼は一国の王子なのだ。いくら生まれた時からの婚約者だって、不敬にもほどがある。物心ついた頃から染みついた習慣は、そう簡単に変えられない。

「名前だけで呼んでほしいんだ。ダメか？」

だから、そんな可愛い顔でねだらないで～～～っ！

「…………ルドヴィーク……？」

決死の覚悟で言ったから、めちゃめちゃ小声になる。フォントサイズが二回りくらい下がってる。

「もう一度」

容赦のない穏やかなダメ出しに、泣きそうになった。

「無理！　絶対無理！」

「どうして？　私がそうしてくれって言ってるのに？」

だからそんな雨の中に捨てられた子犬みたいな顔をしないでー！

「あの！　努力します！　いつか『さま』なしで呼べるようになりますから……」

私は再度背伸びをして彼の唇にちゅっと口付ける。

「今は……これじゃダメですか……？」

上目遣いでじっと見上げると、彼は目元を赤くして視線を逸らした。

「……ずるいな。そんな可愛い顔をするなんて」

「すみません……」

しばらく口も利けないまま、私たちは抱き合っていた。ぼそりと口を開いたのは彼の方だ。

「……そなたとひとつになりたい」

「！」

同じことを思っていた私は、期待と羞恥で体中が熱くなる。

「が、今はそうもいくまいな」

思いっきり不満が顔に出てしまったらしい。彼は苦笑して私の額にキスを落とす。

「そんな顔をするな。私だって必死で耐えているんだ」

「す、すみません――」

本音が漏れてはしたなかったかと慌てて謝るが、殿下は私の耳元に唇を寄せてそっと囁いた。

「全てが片付いて晴れてそなたを花嫁にした暁には——遠慮はしないからそのつもりでいてくれ」

彼の言葉の真意を察して、顔が一気に熱くなった。

「あの、その、……かしこまりました——」

私たちはもう一度互いの顔を見合わせると、笑って、優しいキスをした。

とはいうものの。

婚約解消に事を進めるべく画策していたのは私自身で。そのためのお膳立ても抜かりなくやってしまった。

「あー、わたくしってば！」

計画が完璧すぎる！　頭を抱えて悶絶（もんぜつ）する私に、殿下はやはり苦笑を浮かべて慰めの言葉をかけてくれる。

「そもそも私がそなたに冷たくしていたのが原因なのだから、責められるべきは私だろう」

「それはそう、かもしれませんが……」

言葉が尻すぼみになったのは、カナンのことを思い出したからだ。

「あの、お尋ねしてもよろしいでしょうか」

「ん？」

なんなりと、という顔で殿下は私を見返してきた。

「殿下の真心を疑っているわけではないんです。でも……それでもやはりカナンは殿下にとって特別に見えました。殿下は彼女のことをどう思っていらっしゃるんでしょうか」

『妬いてるのか？』と二度聞かれた。否定したけれど、その実めちゃめちゃ妬いていた。だって、あんな風に彼の素顔を引き出したのは、彼女だけだったんだもの。

私の問いに、彼は腕を組んで俯く。

「やはり、ご不快だったでしょうか……」

そりゃあそうよね。好きだと告げた女から、他の女をどう思っているか聞かれてるんだから。

「いや。不快になったわけではない。私も改めてあの娘について考えてみたんだが……そうだな、一緒にいて楽な存在だったのは確かだ。あの娘の前では不思議と自分を繕わずに済んでいた。それは彼女がどこまでも正直で、嘘がつけない性格に見えたからだ」

なるほど。私の推測とほぼあっている。

「病弱だった王子」としてその立場が危うかった彼は、他者に見せぬたゆまぬ努力で世継ぎの地位を堅固なものにしてきた。決して弱い部分を見せぬため、他人との間に建てた壁は分厚く高かった。だからこそ彼は孤高で、孤独だったのだ。

けれどその壁をあっさり取っ払ったのがカナンだった。

本当なら私が彼にとっての、そんな存在になりたかった。どこまでも正直に、本心だけを互いに許して。

けれど私自身は彼から嫌われたと思っていたし、元々のプライドの高さから素直にも正直にもなれなかった。

婚約者という楔(くさび)が外れた途端、互いの本心がわかるとはなんて皮肉なんだろう。

「それともうひとつ。わたくしを落馬させた者の正体は、調べがついたんですの？」

「それは――」

言い淀(よど)む殿下に違和感を覚える。

「殿下が手の者を使って調べたのでしたら、逃すことはないと思うのですが」

為政者において情報は大きな武器のひとつだ。だからこそ王宮直属の諜報部も優秀な人材を育てているはずだが、その彼らを以てしてもわからないことがあるのだろうか。

そう考えた時にピンとくる。

「……ランドルフ様、ですか？」

国王陛下の腹違いの弟であり、王位を狙う野心家。若い頃から温厚で穏やかな国王陛下に比べ、文武両道で優秀だった彼を王位に推す者は多かったらしい。しかし実母が正妃よりもかなり出自が低かったことに加え、彼の好戦的な性格が王位を遠ざけた。

国王陛下は、早くに母親を亡くした彼を弟として厚く遇しては来たが、彼自身はそれに甘んじるタイプではなかったらしい。

今は息子であるマチアス様を王位につけようと、虎視眈々と狙っているはずだ。そのことについて、マチアス様がどう思っているかはよくわからない。

「恐らく警告だったのだと思う。私がそなたと親密になっていることに気付いたかどうかはわからないが……、私にアンブロッシュ家の後ろ盾が付いていることは叔父にとって目の上の瘤のはずだからな。叔父上はなんだかんだ言って私がリディを愛していると気付いていたんだろう。そして私が後ろ盾のアンブロッシュ家との絆を強固にすることを防ぐために、警告として危険な目に遭わせたのだろう。決して親密になりすぎぬように。でなければそなたが危うい可能性もあるのだと」

――なるほど。野心家の王弟らしい抜かりのなさだ。

「いざとなれば――マチアスに王位を譲るのは構わない。世継ぎの花嫁にカナンを推している今ならな。私はとっとと降りてそなたを娶ればいい」

「殿下、そんな……！」

あまりにもあっさりと王位を捨てようとする発言に、私の方が慌ててしまう。

「そもそも私が世継ぎの立場に執着したのもそなたを娶りたかったからだ。仮に病弱が続いて廃嫡してもそのまま結婚させる、という話もあったが、同情を受けてアンブロッシュ家に世話になるより、できればそなたに誇れる男として夫になりたかった。つまらぬ見栄と言われればそうなのだが」

自嘲しながらすらすらと本心を打ち明ける彼に、まだ慣れていない私は面食らってしまう。

「そう、なのですね……」

「リディーリエはどうだ？　王になる私とそうでない私、どちらがよい？」

彼の質問を、私は真摯に受け止めようと深く考え込む。

「わたくしは……殿下が幸せでいてくださるのなら地位にこだわりはありません。でも」

「でも？」

彼は窺うように私を見つめる。

「殿下は……良き王になる素質があると思います」

「良き王、とは？」

「あの、わたくしがこんなことを申し上げるのは僭越なのですが」

聞き返されて偉そうだったかと恐縮してしまった。

「構わぬ。話してみよ」

問われ、心の中をどう伝えるか暫し逡巡する。

「国は……王族や貴族だけでなく多くの民がいて成り立ちます。それぞれに想いがあり、希望があり、日々の営みがあるんだと思うんです」

「うん」

賢しいことを、と思われていないのに安堵して、私は言葉を続けた。

「実際、国を治めるのは大変でしょう。様々な問題に日々立ち向かわねばなりません。そしてそのために、王になる方は一人でも多くの声を聞かねばならないと思うんです」

「――なるほど」

「まだ未熟なわたくしが申し上げるのも大変不遜だとは存じていますが、先代の陛下が世継ぎを定める時、ランドルフ殿下より温和でカリスマ性のある現国王陛下を選ばれたのは、それが要因のひとつではなかったか、と――」

実際のところはわからない。今の国王陛下が王位を継がれたのは私が生まれる前だった。大人しそうだから御しやすいと思われた可能性もある。逆に苛烈なランドルフ殿下だって、他国と戦争するような時代なら向いていたのかもしれない。比較的平和な今だからこそ向いていなかっただけで。

「ルドヴィーク殿下は現国王陛下とはまた違った王になられるのでしょう。それでも、為政者としての努力を怠らぬ殿下をわたくしは心より尊敬しているのです」

マチアス様のような人懐こさや無邪気な愛らしさはないかもしれない。けれど彼にはないカリスマ性が、ルドヴィーク殿下にはあるような気がするのは好きな人に対する欲目だろうか。

力説してしまったことに恥ずかしくなって、そっと殿下の顔を窺うと、彼は困ったように頬を染めていた。わ。照れてる？

「すみません、つい肩に力が入りすぎたでしょうか」

ヤバい。恥ずかしそうにしている殿下の顔が可愛すぎる。こんな顔もする人だったなんて、予想外のことが多すぎて軽くパニックになっていた。

「いや、ただのいけ好かない最低男だと思われていると思っていたから……」

彼の方も同じだったらしい。私の好意を受け止め慣れてなくて、普段はあんなにクールな無表情なのに崩れまくっている。貴重な彼のレア表情を、私はしっかり網膜に焼き付けて脳の『殿下ファイル』に保存した。この表情を思い出すだけでしばらく幸せモードに浸れるわ。

「だから、私のために王位を捨てるようなことはなさらないで」

「リディーリエ……」

熱い視線が交差した時、私の部屋のドアがノックされた。

「お嬢様、起きていらっしゃいますでしょうか。王城から使いの方がお見えですが」

王城と聞いて肩口が緊張して震える。正式な婚約解消の知らせだろうか。

「あ、待って。今開けますから」

私は視線で殿下に隠れるように促す。彼は小さく頷いて隠し扉へと向かった。

ベッドで横になってしまったから、しわになったドレスを着替えて使者が待つ応接室へ向かう。

「お待たせしました」

部屋に入ると、両親が険しい顔で待っていた。

「お父様、お母様……？」

婚約解消の話は聞いていたはずだ。それなのにこんなに難しい顔をする理由はなに？

両親の向かいには、王城から来た伝令使が立っている。

「リディーリエ・アルノー・ド・アンブロッシュ様。恐れ入りますが貴女様には攪乱罪の容疑がかかっています。一緒に城までご同行頂きたい」

「は？」

思いもしなかった呼び出しに、私は呆然とその場に立ち尽くしていた。

◇　◇　◇

いつの間にか、雨が降り出していた。細い糸のような小糠雨だ。

殿下は濡れただろうか。いつもマントを纏って馬で私の部屋と城を行き来していたあの方は。鍛えているから多少濡れても風邪をひいたりはしないだろうが、少し喉が弱いところもあるので心配だった。

かくいう私は濡れないように、屋根のある馬車回しで馬車に乗り込んだのだけれど。

馬車の屋根を叩くような激しい雨ではないが、それでも窓ガラスは雨の筋が絶え間なく何本も流れては消えていた。

馬車の中には私と、私の隣にお父様がつけた侍女兼護衛が一人、そして迎えに来た伝令使が向かい側に座っている。誰も口を利かないので馬車の中は重苦しい沈黙がたれ込めていた。

私は無言で窓に当たる雨の雫を見ている。

王城からの伝令使が言うには、ここ数度に渡るドラゴンの出現は、私が呼び寄せたものという嫌疑をかけられたらしい。もちろん根も葉もないデマだ。私はドラゴンの呼び寄せ方なんて知らなかったし、カナンに不思議な力があると気付いたのも偶然だった。

最後の一回こそ王都にドラゴンが現れるよう算段したが、それだってうまくいくかは賭けだった。

そしてドラゴンは現れた。幸い町の一部が損壊したものの、人的被害は免れた。これは王城の物見塔に二十四時間体制で見張りが立っていると知っていたことと、出現に向けて素早い対応が取れることを加味した上での計画でもあった。

それが情状酌量に繋がるかはわからないけれど。

どちらにしろ私の計画を知っていた者に嵌められた可能性が高い。それは誰？

考えられるのはたった一人しかいなかった。

◇　◇　◇

改めて入城した私を待っていたのは、審問官のサジールだった。そのまま審問室に通される。

カナンや殿下がいたさっきと違って、今は私一人だけだった。

侍女兼護衛のイシェが部屋の中について来ようとしたが、サジール審問官が難色を示す。

「お連れの方は外でお待ちください」

「お断りします」

審問官の言葉をイシェは切って捨てる。イシェは優秀だ。だからこそ父が私に付けたのだ。しかしあまり知られない方がよいこともある。

「あなたは廊下で待ってて」

「ですがお嬢様――！」

「大丈夫です。何かあればすぐに呼ぶから」

背の高い彼女をまっすぐ見上げる。私がついた嘘はともかく、なぜ今こんな状況になっているのか、そしてそれがルドヴィーク殿下の不利になるようなことはないのか、まず確かめねばならない。

「……かしこまりました」

審問室のドアが閉まり、私はサジールと二人きりになった。

「賢明なご判断ですな」

「どういう意味かしら」

「外に漏れぬ方がいい話もあるかもしれぬ、ということです」

審問室の椅子に浅く腰掛け、背筋をぴんと伸ばして彼の顔を凝視する。その視線を平然と受け止め、彼は言った。

「一連のドラゴン出現に関して、リディーリエ様、貴女が関与した事実はありますかな?」

「関与、とは?」

「即ち、何らかの手段を用いてドラゴンをこの国に出現させたか、と聞いております」

「そんな手段があるのでしたらぜひとも聞いてみたいですわね」

「それでは与り知らぬと?」

「当然です。魔術に関して表面をなぞる程度の知識はありますが、それはあくまで王族に嫁ぐ者としての一般教養程度です。わたくしごときがそんな深遠な知識や技術を入手できるはずないでしょう?」

「なるほど」

「なぜそんな発想が生まれるのかさえよく分かりませんわ」

「確かにリディーリエ様に関しての魔力試験の結果は、毎回顕現性が皆無と記録に残っています。しかし魔力の発芽が急に起こる例もある。今一度能力試験を行っても?」

「ご自由に」

答えた途端、突然室内に巻き起こった風が私めがけて吹き付けてきた。私は椅子ごと吹き倒され、床に転がり落ちた。

「お嬢様！　リディーリエお嬢様！」

激しい物音に、ドアの外でイシェが叫ぶ声が聞こえた。

「大丈夫、何でもありません！」

私は叫び返し、床から起き上がりながら審問官を睨み付ける。何かがおかしい。

「ずいぶん乱暴な試験ですのね」

「失礼、能力を隠されても困るので不意を突かせていただきました」

「それで試験の結果は？」

「まだなんとも。私より高い能力をお持ちなら、察して力を隠すことも可能でしょう」

ここまでしておいて？　アンブロッシュ家のリディーリエに行う試験にしては乱暴すぎる。

「それではわたくしは転がされ損ですわね」

「大変申し訳ありません」

全くそう思っていなさそうな顔で、審問官は謝罪の言葉を口にする。腰をしたたかに打って痛かったけど、悔しすぎて全く平気な顔をして見せた。恐らく審問官もそんな私の性格を分かっていて様子を見ている。

「大体誰なんですの？　わたくしがドラゴンを呼び寄せただなんて、世迷い言を言っているのは」

今度は審問官がじっと私を見つめてくる。長らくこの仕事に就いているだろう彼は、全くの無表情でその真意を見せなかった。

「聡明な貴女のことだ。気付いていらっしゃるんでしょう？」

思い当たる人物と言えば一人しかいなかった。

「カナン、ですか」

顎のラインで切り揃えたまっすぐな黒髪。勝気そうな眉の線とシャープな目元が、あまり娘らしい華やぎを感じさせない、どちらかと言えば少年めいた身元不明の少女。どこか傍若無人で尊大な彼女は、それでもその率直さで不思議と心の壁を取り払っていた。けれどその態度自体が芝居だったとしたら？

「彼女の身元はもう知れたんですか？」

肝心なことを訊いてみる。

「依然として謎のままです」

「おかしいですわね。記憶喪失なのはともかく、人ひとり、誰の目にも止まらずいきなり現れるはずはないでしょう。彼女が他国から自力でこの国に来たにせよあるいは誰かに連れて来られたにせよ、全くなんの痕跡もないなんて、まるで突如姿を現した魔獣のよう」

「そうとも言えますすな」

「そしてサジール様はそんな彼女の証言を信じていらっしゃる」

でなければこんな強硬手段に出ないだろう。仮にも王子の婚約者だった女に対して、突然の訪問と審問のための招集。リディーリエに対してだけならともかく、アンブロッシュ家を敵に回すのも辞さないやり方である。

「信じるに足るかどうかを確認するためにお呼びしました」

「わたくしはドラゴンを呼び寄せたりはしておりませんし、国を撹乱させたこともございません」

きっぱり言い切った。

「その証拠は？」

「やっていないことの証拠を、どうやって用意しろと？」

「貴女が無実だというならあの娘の証言を撤回させるのですな」

ここにきて改めて激しい違和感を覚える。この審問官は仕事柄なのか陰鬱な表情を貼り付けているのが常で、あまり親しみやすいとはいえないし、近寄りがたい雰囲気が彼の周りから人を遠ざけている。

けれど彼自身の仕事に関しては信頼がおけたはずだ。彼が無茶をするなら確証があるのだろうし、そもそも審議に審議を重ねるまで無茶はしない人物のはずだ。

それなのに私に対する態度はまるで敵意があるか陥れようとでもしているみたいだ。

「あのこ――カナンは何と言っているのですか？」

「リディーリエ様に命令されてドラゴンを呼べるか実験した、と。そしてその魔獣を消し去って見せよ、と命じられたと」

「カナンに会わせてください」

大体あっているはずなのに、微妙にニュアンスがずれている。

「残念ながら、彼女は貴女を怖がっています。目の前に貴女がいたら白いものも黒だと言うでしょう」

「ならばわたくしがここにいる必要はありませんわね。イシェ！　屋敷に戻ります！」

私はドアの外に向かって呼びかける。しかし何の反応もなかった。

「残念ながらリディーリエ様、お付きの方は先に屋敷に戻られました」

「な……!?」

嫌疑があるうちはなるべく従順にして様子を見ようと思ったのが裏目に出たらしい。お父様が付けてくれた護衛とは引き離されてしまった。私はまんまと自ら罠に嵌まってしまったということか。

「――審問官殿、貴方を裏で操っているのは誰ですか?」

私は目の前の男を睨み付ける。

「リディーリエ様。貴女はもうルドヴィーク殿下の婚約者ではないのです。ご自分のお立場を弁えなさいませ」

審問官は不気味な笑みを浮かべると、指を鳴らして廊下とは反対側の小さなドアから自分の護衛を呼んだ。

窓のない小部屋に、強くなってきた雨足の音が聞こえる気がした。

◇　◇　◇

私は拘束された。あくまで名目上は嫌疑に対する聴取のためだが、用意された部屋は狭く小さく、外からは鍵がかけられた。ドアの外には衛兵も立っている。

抵抗しても無駄だと分かっていたから、体力を減らすようなことは避けた。このことは殿下の耳に入っているのだろうか。彼は危険な目に遭っていない？

「食事くらい出るのかしらね……」

正直お腹が空いていた。

アンブロッシュの屋敷に戻ってから、部屋で寝入ってしまったので何も食べていない。尋問の間もお腹が鳴りそうで必死に堪えていた。アンブロッシュ家のリディーリエの沽券に関わるから、それだけは避けたいとずっと腹筋に力を入れていた。我ながら涙ぐましい努力だ。

だけどこんなことならポケットにお菓子でも入れておくんだった。もっとも食事が出たとしても何が入っているかわからないから口にしない方がいいだろうか。このことをお父様が知るのはいつだろう。知ればすぐ救出の手配をなさると思うんだけど。イシェはどうなったの？

「参ったわね……」

他人事のように呟く。なるほど、人はこうやって陥れられるのだ。

とりあえずできることはないが、頭だけは動かす。

カナンはいつから敵だったのだろう。初めて会ったあの馬術大会から？　それともあの時に誰かに目を付けられた？

裏にいるのはランドルフ王弟殿下だろうか。他にも王位に野心を持つ者はいるだろうけど、彼が一番王位に近く野心も強い。財力も豊かだから秘密裏に様々な準備をすることは可能だろう。けれどルドヴィーク殿下への牽制というだけでここまでする？　アンブロッシュ家を敵にするのも辞さないというのはやや過激過ぎる気もするけれど。私をここまで追い込み、あまつさえ暗殺してしまえば、父は決して黙っていないだろう。それこそ国中を挙げての内乱が勃発する可能性がある。内乱で国力を削ぐのは権力を求めるランドルフ殿下にとって本末転倒なのではないだろうか。

しかし彼が王家の人間ということは、禁書に触れることが可能だということだ。

さすがにどれだけ地位や権力があったとしても、そう簡単にドラゴンなんて呼べまい。仮に呼べたとしても操ることができなければ国中を燃やされておしまいだ。

彼は何らかの手段でドラゴンを呼び、操る術を入手した。あくまで仮定だけど。そしてそれを利用し、私たちの婚約を解消させて王太子の後ろ盾という立場をもぎ取る。ルドヴィーク殿下の後見人的なアンブロッシュ家は、彼にとって長い間目の上のたん瘤だった。私たちの婚約が解消されたところでアンブロッシュ家の地位や財力は揺るぎないが、瑕疵は残ることになるのだろう。それが牙城の壁に小さな穴を穿つことには繫がるのかもしれない。

あるいはありもしない罪をでっちあげて所領や爵位を奪うことさえも？

――有り得る。

そこまで考えて初めて背筋を震わせる。

現当主である父は決して謀略に大人しくやられるような無能ではないし、対抗手段も充分に持っている。それでも油断はできない。

たとえばここで私が暗殺されるようなことがあれば……父が感情的になることはあるかもしれない。たとえばどんな風に？

天井を仰ぎ、ゆっくり息を吸って吐いた。三回。

考えなきゃ。

ようやく好きな人と両想いになれたというのに、こんなところで大人しくやられるわけにはいかない。やられてたまるものですか。対抗する手段を考えなければ。

私は虚空を睨み付けて、思考をフル回転させ始めた。

# 7．バッドエンドルート

リディーリエが一連のドラゴン事件の首謀者として逮捕されたと聞いて、父である国王陛下の元に急ぐ。有り得ない。婚約解消に動いていたとはいえ、彼女は王太子の婚約者として完璧な淑女であり、国王夫妻もお気に入りだったはずだ。有力貴族の娘であることも含め、たとえ不可思議な疑惑が浮上したとしても、そう簡単に逮捕されるはずがない。

「父上、リディーリエが拘束されたというのはまことですか！」

国王陛下の私室のドアを勢いよく開けて飛び込むと、そこにはカナンの姿があった。

「カナン！　なぜおまえが！」

予想もしなかった人物の在室に動揺する。

「そう言うな。元々この娘はお前が城に連れてきたのだろう」

「父上、それはそうですが……！」

カナンを城に連れてきたものの、両親への対面はさせていなかった。まだ身元不明なままである以上、みだりに会わせるわけにはいかないと判断したからだ。だからリディーリエからお茶会の席への参加を打診されていたが、まだ断っていた。

「それにこの娘がドラゴンの脅威から国を救ったと聞いている。この国の王として、彼女に謝意を表すのは当然だと思うのだが」

「それは……そうかもしれませんが……」

言いながら妙な不自然さを覚える。

父は、こんな物言いをする方だったろうか。あんなにリディーリエを気に入っていたのに、それを反故にすることを聞いても尚、この娘に謝意を持てるのだろうか。

「父上……？」

「そしてリディーリエを拘束などしていない。あの娘はアンブロッシュ家に帰ったはずだ」

「しかし確かに私は――」

言い募ろうとして言葉が止まる。

王の表情は変わらない。まるで何かに操られているように。隣に座っていた王妃も同様だった。何かがおかしい。

そもそもなぜ自分はこのカナンという娘を城に連れてくる気になったのだろう。そう、リディーリエが気にしていたからだ。けれどそれだけか？　手駒としての利用価値があるとしても、身元を調べるためだけにわざわざ城に連れてくる必要があっただろうか。初めてそんな疑問が湧いてくる。

「お前は――何者だ？　カナン」

王のそばに立っていたカナンの口が三日月の形で上向く。

「これでも結構苦労したんだよ？　あのお嬢様の心に留まるように。王子様、あんたの鉄壁のガードを解いて油断を誘えるように」

「言い換えよう。誰の差し金でここに入り込んだ？」

カナンの顔に貼り付いた笑みは固定されたままだった。

「心の中にね、ゆっくりと入り込むんだよ。足音を立てないようにそうっとね。そうしてその人の弱い部分を探りあて、子猫を撫でるようにそこを優しく撫でるの。あんたは孤独だった。常に隙を見せないようにずっと気を張っていて、弱みを握られたくなくて、心を緩める時がなかった。だからこそ、気を遣わずにすみそうな娘に油断した」

そんな簡単な術に引っかかったのか。我ながら未熟すぎて反吐が出る。

「あのお姫様はもう少し複雑だったかな。あんたのことが好きで、好きすぎて、色んなアンテナを張り巡らせていた。でも最終的にあんたへの好意を逆手に取ることができたから結果オーライだけど」

「お前がこの一連の事件の首謀者、か……」

「何とでも。この能力があったおかげで生き延びて来られたのは確かだからね」

私たちの会話が聞こえているのかいないのか、王と王妃の目は虚ろになっていた。どうやって目を覚まさせるか必死で考えを巡らせる。それとも今は目覚めない方が安心なのか。

「――何が望みだ？」

そう聞いた途端、カナンは俯き、やがて肩を震わせて笑い始めた。

「あはははは！　望み？　そうだね、望みはなんだろう？　考えたこともなかったな」

「言い換えよう、お前を差し向けた人物はどうしろと言ったんだ？　それを成功させれば報酬なりなんなりが手に入るのではないのか？」

「そうだね。そうだったんだけど――、でもこのまま私がこの国を乗っ取ることも可能だよね？　それに気付いちゃったから、どうしようかなあ」

まるで遊ぶおもちゃを取り換えるような気軽さでカナンは言った。

「ねえ、王子。私と本当に結婚しない？　あのお姫様とは婚約解消したんだよね？　で、王子は国を救った英雄である私と結婚することで、あんたの地位を確固たるものにできるんだよね？」

どこまでが本心かわからない言い方だった。

「それがお前の望みか？」

「うーん、どうしてもってわけじゃないけど、王子が同意してくれればあのお姫様の命くらいは助けてあげられるかもよ？」

その言葉を聞いた途端、心臓がドクンと鳴った。今、彼女はどんな状況に置かれているんだ？　無事なのか？

「貴様――、リディーリエをどうする気だ？」

低い声で詰問する。怒りと焦燥を必死で押さえ付けた。

「えー？　どうしようかなあ。あの気位が高いくせに実はお人好しのお姫様を、猫みたいに飼ったら楽しいだろうなあ」

カナンはうっとりと夢見るように呟いている。

「お前、彼女を気に入っているのか？」

「もちろん！　だってあんなに綺麗で可愛いんだよ？　あの完璧な淑女然とした表情を引きはがして、私に懐かせたりわざと泣かせて懇願させたりするの、すっごく楽しそうじゃない？」

言いながら頬が紅潮している。リディーリエを気に入っているのは本当らしい。少し危ない方向ではあるが。

「黒幕の正体を明かすように、力ずくで言うことを聞かせることも可能だが？」

腰に下げている剣の柄を握って見せる。剣の腕には自信があった。そしてこの部屋には国王夫妻と自分たちしかいない。

「王子様、あんたのそういうバカなところ、嫌いじゃないよ」

カナンは心の底から嬉しそうに笑って見せた。

世継ぎの王子であるルドヴィークが、アンブロッシュ家のリディーリエと婚約を解消し、改めてドラゴンから国を救った少女、カナンとの婚約を発表したのは王都にドラゴン

が来襲してから約一か月、損壊した建造物の修理も終わった春先のことだった。突然の結婚相手の変更に、国民は多少の戸惑いを見せたものの、概ね好意的に受け入れられた。

元々リディーリエとの婚約は家同士の政略的な色合いが強く、当人たちがあまり懇意ではないことを知る者は多かったからである。

件の少女は王侯貴族の血筋ではないとはいえ、何よりドラゴン出現の恐怖から人々に安堵をもたらしたのだから特別であることに変わりはない。それに彼女と王子の間に生まれる子供だって、特別な血を受け継ぐかもしれないではないか。

国中で一気にお祝いムードが盛り上がる。

元婚約者であるアンブロッシュ家のリディーリエは、一時ドラゴン誘発の咎で拘束されたとの噂もあったがすぐに立ち消えた。名門の令嬢がそんなことをするはずがない。仮にしたとしても、公爵家が裏から手を回して揉み消したのだろうというのがもっぱらの見解だった。

公には傷心を癒すため、遠い異国に静養に出ているという。その実、王城からの伝令と共に城に向かう途中、何者かにかどわかされて行方不明であり、アンブロッシュ家では秘密裏に彼女を捜索中であるが、その行方は杳として知れない。ましてや王城の奥深くにある秘密牢に閉じ込められていることを知る者は誰もいなかった。

◇

◇

◇

「拘束ルートってあったかしら？　これっていわゆる断罪バッドエンドルート？」

すっかり習慣になってしまった独り言を呟く。私が閉じ込められたのは王城の一番奥にある小さな半地下の部屋だった。天井だけがかなり高く、私の背の三倍くらいの高さに小さな鉄格子が付いた窓があり、そこから入る陽の光だけが時の経過を教えてくれる。もっとも雨でも降ろうものなら冷たい雫が吹き込む羽目になるのだが。

食事は一日二回。固いパンと薄いスープか水だけ。当然湯浴みもできないからかなり垢じみてきているのが辛い。食事用の水を少し取っておいて、濡らした布で顔や体を拭くのが、今の私にできるせいぜいだ。

すぐに助けに来てくれるかと思った公爵家の気配はなく、動きもわからない。あんなに可愛がられてたんだから見切られたということはないと思うんだけど。

「どうせ転生するならもう少しチート能力を貰っとくべきだったわねー」

溜息交じりの独り言が続く。

たとえばそう、触れずに何かを粉砕するとか、頭に浮かべるだけで空間移動できるテレポート能力とか。

外見の美しさと育ちの良さには恵まれたものの、所詮望んだのは悪役令嬢という設定だけだ。か弱く愚かな正規ヒロインを苛めた後に、そんな娘を愛するバカ王子を捨てて高らかに笑い飛ばす予定だったのに。

「何もかもが計算外だったわね」

王子様は鬼畜な馬鹿かと思ったら超絶ツンデレなだけで私のことが大好きだったし。その割に全く助けに来る様子はなく、食事を持ってくる者の重たい口から無理やり聞き出したところによると、もうすぐカナンと婚約するらしいし。

「なんで？」

丸め込まれたんだろうか？　それとも魔術的な精神攻撃の罠に嵌まってしまった？　彼が裏切ったとは到底思えないから、何か理由があるに違いない。とにかく命を左右されるような危機的状況に陥っていないことを祈るばかりだ。

どうか、無事でいて――。

そう祈りながら、自分の置かれた状況も結構最悪だった。このままでは遠からず飢え死んでしまう気がする。そうしてこの薄汚い格好で打ち捨てられるのかもしれないと思うとぞっとする。

自力で何とかしなくてはならないのだろう。けれどどうやって？　せめて食事にフォークでも付くようなメニューなら、そのフォークで壁を削るとか牢番の首に突き付けて武器として使えるだろうか。いやしかし慣れていない以上成功率は低いし、現実フォークもない。

「はーーーーーーーー」

その日何十回目かの溜息を吐く。

「やっぱ、最悪奥の手しかないのかしらね……」

色仕掛け。その単語が頭に浮かんで、ふるふると頭を振る。幸いと言っていいのか、食事を持ってくるのは中年の男だ。そして多少痩せて汚れ気味とはいえ、リディの美しさは人並外れている。胸元を開けて流し目を使って見せれば、多少はよろめいてくれるかもしれない。

「でもなー……」

正直、殿下以外の男に触れられるのは怖気が走る。処女でもないのに、とも思う。寧ろ彼と思いを通じ合ってしまったから、余計忌避感が強いのかもしれない。あのまま欲望を発散するためだけに抱かれていると思い込んでいた時期の方が、こんな状況に陥っても躊躇なくその方法を使えたのかもしれない。

けれど、今の精神の支えとなっているのは、殿下への想いだけだった。彼にもう一度会いたい。会って愛されたい。その強い思いだけがこんな不条理な状況の中で何とか正気を保たせている。

「考えるのよ。望みを叶えるための方法を。そう簡単にやられてたまるもんですか」

正直に言えばかなり厳しい状況ではあったが、それでも闘志を捨てまいと唇を噛みしめた。

◇　◇　◇

かつての王子の婚約者が婚約を解消され、新たに聖女が婚約者になった噂はあっという間に城中を駆け抜けた。

「ここだけの話、私もあのお嬢様はどうかとちょっと思ってたんだよね。そりゃあ綺麗な方だよ？　でもなんていうか……完璧すぎて近寄りがたいしどっか冷たそうな気がしてさあ」

「あ、わかる。ルドヴィーク殿下に頼まれてカナンの教育係をしてた時も、そりゃあおっかなかったもんなあ」

「うんうん。あれ、教育っていうより苛めっぽかったよな？」

「そもそも殿下とリディーリエ様って犬猿の仲だったしねえ」

さわさわと、城内の臣下の心は新たな婚約者であるカナンへの祝福に傾いている。

「あんたもそう思うだろ？　アリー」

話しかけられた少女は、慌てて口の中で「そ、そうね」と小さく答えた。

答えながら妙な違和感を噛み殺す。

――カナンのことは大好き。でも……リディーリエ様だって素敵な方じゃなかっただろうか……。

しかしそう思っても言えない雰囲気が城中にあった。

「リディーリエ様は静養の名目で遠くに行かれたんだろ？　そりゃあ婚約解消はきついか

もしんないけど、好きでもない王子様と結婚するよりよっぽどいいんじゃないかね」

「……そうよね」

確かに殿下とリディーリエ様の不仲は有名だった。だから……改めてカナンが婚約者になったことはきっといいことなのだ。だって国王陛下だって認めていらしてるんだし、皆こんなに嬉しそうなんだし……。

アリーは必死に自分にそう言い聞かせる。

実際そんなことを深く考えている暇はないほど城中は大忙しだった。なにせ急に決まった婚約式だ。カナンの当日の衣装の用意から来客を迎える準備まで上を下への大わらわである。

そうして異例の早さで開催が決まったルドヴィーク王太子とカナンの婚約式が、あっという間に目前に押し迫っていた。

◇　◇　◇

婚約式の日は晴れていた。

リディーリエが人々の前に姿を現さなくなってから一ヶ月以上経っている。

日々咲き乱れる花が増えて、世界中がこの婚約を歓迎しているようだと人々が口にする。

「いっそ結婚式にしてしまえばいいのに」

そう言う者も多かった。

「バカだねえ、王族の結婚式となったら花嫁衣装やら婚礼道具やらなんやら準備がいるんだよ。身一つで嫁ぐわけにはいかんでしょうに」

「そんならアンブロッシュ家から不要になったのをお祝いに貰えればいいのになあ、せっかく用意したものが無駄になるのももったいないだろう」

「んなことできるわけないでしょう！」

庶民たちは呑気にそんな会話を交わしている。

◇　◇　

しかし王城で、当のルドヴィークは険しい顔をしていた。

「――本当に、これでリディーリエに会えるんだろうな？」

その顔は彼をよくよく知る者が見れば疲労の影が濃い。

「あらあら怖い顔」

カナンは面白そうにころころ笑っている。それまでぶっきらぼうな言動だったのが嘘みたいだ。いや、実際ルドヴィークの心を開かせるために演技していたのだろう。

恐ろしいことに、気付けば城中の人間が彼女の支配下に入っていた。末端の者たちはともかく、各部署の要となる立場の人間が悉く（ことごと）彼女の言うことを何の疑いもなく聞くようになっている。

正気を失っているわけではない。本人は正気のつもりなのだ。

それでいて、カナンの思い通りに事が動くようになってしまう。これはかなり厄介だった。城ごと人質に取られているようなものだ。

一見まともだと思える人々なので、誰が敵で味方かが分からなかった。

リディーリエが行方不明だというのにアンブロッシュ家も何も言ってこない。これもおかしい。黒幕と思われたランドルフも城に乗り込んでくる様子はなかった。彼が黒幕ではないのだろうか。そもそもなぜ自分だけが彼女の暗示にかかっていない？　ルドヴィークは答えを探し続ける。

審問官に問い質しても、リディーリエの退出後の足取りはわからないと言っている。これも本当か嘘かわからない。城のどこかにいるのかもしれないと思うが、どこを探してよいのか、しかも人目につかぬようにそれをするのはとても難しい。

いつも手足のように使っていた諜報部員たちも誰を信じてよいか分からなかった。

それくらい、カナンの人の心を操る力は巧みで自然だったのだ。


——あの日、カナンを力ずくで押さえ付けようとした時、父である国王陛下が自らの手で喉を突こうとした。虚ろな目で、何の疑いもなく。制止したのはカナンだ。彼女が片手を挙げただけで、父は動きを止めた。そして彼女は余裕の顔でルドヴィークに微笑みかける。

「いいの？　私に無理強いをしたら王妃様も同じことをするかもよ？」

　彼女の目に躊躇いはない。本気なのだ。そして気付く。これは叔父のランドルフのように王位簒奪とかそういった政治的野心が根幹にあるわけではない。彼女にとって王も国も、つまり地位や権力や財宝などどうでもいいのだろう。それなら彼女の望みは何だ？　なぜ自分にだけ暗示をかけようとしない？　ルドヴィーク自身に利用価値があるということだろうか。

　試しに訊いてみた。

「どうして私の精神だけ操ろうとしないんだ？　やろうと思えばできるだろう。それともそれも何かの計略の内なのか？」

　カナンは一瞬、何を言われたのか分からなかったようにキョトンとした。しかしすぐに質問の意図を飲み込んで皮肉な顔になる。

「……そこでなんで自分が想われているからとか思わないの？」

　すごく嫌そうに言われたからつい笑いそうになってしまった。

「そうじゃないことくらいはわかるさ」

　想いを寄せられたことがあるから。リディーリエの、あの熱い潤んだ瞳を見たことがあるから、カナンにその情熱がないことくらいはわかる。

「可愛げがないのね」

珍しく不機嫌そうに言ったのが引っかかった。彼女が自分の正体を明かしてから、今まで感情らしい感情を露わにしたことがなかった。

——彼女にも感情があるのだ。

当たり前のことだが、そう思ってからは勝機を見つけた気がした。少なくとも、リディーリエを殺してはいないはずだ。彼女のことはかなり気に入っていた。それにもし殺すならその前に脅迫材料として使うだろう。ルドヴィークにとって、一番の弱みがリディーリエだと分かっているはずなのだから。

そしてカナンは言った。

「正式に結婚式を執り行いましょう。そうすれば、貴方の愛しいお姫様に会わせてあげてもいいわ」

「……そうするのも吝かではないが、すぐには難しいだろうな。仮にも一国の王子の結婚式だ。諸外国からの参列もあるし式次第の準備も必要だ」

「そんなの必要ないわ」

「全てを省略した通り一遍の式は可能だろうが、正式な段取りを無視すれば後々婚姻不履行を訴える者が出てくるぞ」

誓いの儀式の要請や様々な承認式など、無視できぬしきたりは多い。そしてそれらは婚約式を執り行うことによって開始されるのである。リディーリエとは婚約期間が長かったからある程度は通過しているが、改めてカナンと結婚するとしたら暦による吉日の決定から始めて一年以上はかかるだろう。

「……分かったわ。まずは婚約式から。でもその婚約から半年以内に結婚式に漕ぎつけること。それができるならお姫様と会わせてあげてもいいわよ」

——生きている！　少なくとも生存の確認はとれたことで、心に一筋の光明が差し込んだ。

「——承知した。手配しよう」

浮き立つ気持ちを抑え込んで、ルドヴィークは表情を殺してカナンの命令を受け入れた。

——リディーリエ。何をしても、何があっても必ず助けてみせる。


そうして婚約式の準備は着々と進み、とうとうその日を迎えたのだった。

◇　　◇　　◇

「……婚約式？」

薄暗い小部屋の、ベッドの上に腰かけていたリディーリエは、感情の乏しい顔で聞き返した。

「ああ、そうだ。お前が陥れようとした聖女様とルドヴィーク殿下が結婚なさる。今日がそのための輝かしい第一歩だ。そして聖女様は慈悲深いことにお前に恩赦を下さるそうだ」

「そう、ですか……」

やはり死人のような無表情さで彼女は答える。

この薄暗い部屋に閉じ込められてから、どれくらい経っただろうか。初めはきちんと数えていたはずなのに、途中何度か意識を失うことがあってから、今一つ記憶が心許ない。高窓から入る光は明らかにその時間を延ばしているし、漏れてくる空気も暖かくなっているのは確かだ。

しかしまともな食事も与えられず閉じ込められるだけの生活で、リディーリエはすっかり痩せ細っていた。美しかった銀髪も艶をなくし、肌も乾燥して唇はひび割れている。

最初の頃は食事を持ってくる牢番を何とか騙して脱走しようと試みたが、どれも失敗に終わった。この時ほど自分の非力さを悔やんだことはない。せっかく金持ちの娘に生まれたのだから、何か武術を習っておくのだった。もっとも今までは護衛や侍女など、仕えてくれるものが何人もいて必要なかったのである。けれどたった一人にされてしまえば、こんなにまでもリディーリエは非力だった。

それでも王子が助けに来てくれると信じて待っていた。自分を愛していると告白してくれた王子が、リディーリエを消息不明のまま放置しておくはずがない。

しかしそれも徐々に不安にとってかわる。彼も今、思うように動けないのだとしたら？

むしろ彼こそ助けが必要な状況に陥っているのだとしたら。

助けに行きたいがその術がない。

——今、自分にできることは何？　必死でそれだけを考えていた。そしてチャンスが訪れたら決して逃さないと。

そして今日はルドヴィークとカナンの婚約式だという。

「わたくしは、どうなるのです？」

牢番の男は、憎々し気な声で答える。

「お前も婚約式に立ち会わせてくださるとよ。もっとも人目につかぬよう、こっそりとだがな。その目に現実を焼き付けて己の愚かしさを思い知るがいいってこった」

なるほど。改めてルドヴィークはカナンのものだと見せつけたいのか。

「わかりました。では湯浴みの準備を」

「ああん？」

何を言い出したのか分からぬという顔で男が声を出す。

「罪人にそんな必要はねえだろ！　部屋を出られるからっていい気になるんじゃねえ！」

男の怒号に、リディーリエは全く動じなかった。大丈夫、怖くない。それくらいの度胸は蓄えてきた。

ゆっくりと息を吸う。そしてちゃんと声が出るように更に下腹に力を込めた。

「愚か者が！　御前に薄汚れた罪人を連れて行く気かっっ！　不敬罪で首を跳ねられるぞ!!」

痩せ細った体のどこにそんな力が残っていたのか、腹の底からの咆哮に男は一瞬びくりと体を震わせた。その時、男の顔の付近でパンッと小さく空気が弾ける。

男は一瞬、たった今目が覚めたようにぼうっとした顔をした。

――俺は、今まで何をしていたんだ？

そんな男の混乱に乗じるように、リディーリエは静かな声に戻って言った。

「お湯じゃなくてもいいわ。桶一杯分の水を。陰からとはいえ殿下達の目に一瞬でも入るかもしれないのだから。晴れの日に不潔な姿をさらすわけにはいかないでしょう」

淡々とした声になぜかすんなり納得してしまう。この女は国を騒がせた大罪人なのに。

……大罪人、なのに？

ふと芽生えた小さな疑問が男の胸をモヤつかせた。俺はいったい何をしているんだ？

その思考に男は頭をぶんぶん振った。

――何をバカなことを。とはいえ桶一杯分の水くらいなら造作もない。この女の言う通り、王子様たちの御前に薄汚いものを見せるのは確かに自分にとっても得策ではない気がする。なあに、この女が何もできないのは立証済みだ。顔ぐらい洗わせてやるのもいいだろう。どうせもう、この女は長くはないのだから――。

男が水を汲みに行った後、鉄格子の隙間から一羽の鳥が下りてきてリディーリエの肩にとまった。

◇　◇　◇

美しいステンドグラスがはめ込まれた教会の大聖堂で、騎士団員の正装をしたルドヴィーク殿下と白いドレスを身に着けたカナンが司教の前に膝をついていた。飴色に磨かれた祭壇の前で、司教は長々と今日の佳き日を迎えられたことを神に感謝している。

赤い絨毯（じゅうたん）が敷き詰められた身廊を挟んだ聴聞席には、国王夫妻をはじめ、ランドルフやマチアスも含めた王侯貴族の姿があった。本来なら参列するはずのアンブロッシュ家の当主の姿がないのは、やはりどちらの体面も慮ったせいだろう。

教会の中こそ厳かな雰囲気に包まれているが、建物の外には王子と聖女を一目見ようとする観衆が溢れている。何せ今日は世継ぎの君である美しい王子と、ドラゴンを封じられる聖女とのめでたい婚約式なのだから。

私は黒いマントフードを深く被り両手は鎖で拘束され、その鎖の端を男が腕に巻き付けながらしっかり握った状態で、参列者たちの従者用である二階のバルコニー席の一番隅にいた。ちょうど翼廊脇にあたるその場所は、他のバルコニーの人々から隠れる配置になっていた。

そのバルコニー席の数メートル先には凝った彫刻が施された柱頭と、天井からぶら下がったシャンデリアの蠟燭（ろうそく）の火が幻想的に揺れている。

司教の朗々とした声だけが聖堂に響いていた。

「――是を以て、二人の婚約を認めることとする。異議のある者はここで申し出よ」

――今だ。

半ば形骸化された文言の、その先を司教が淡々と続けようとした途端、遮る声が響き渡った。

「異議あり！」

突然上げた私の張りのある声に、いくつかの場所でパン、パンッと小さく空気が弾けるような振動が起こる。その付近で幾人かが、急に目を覚ましたようにそうっと辺りを見回していた。

「何者だ！」

進行を妨げられた司教が厳格な声で問い返す。

「その二人の婚約に異議を申し立てます」

「くそ、お前――っ！」

隣の男が鎖を引き寄せようとしたのをすり抜けて、私は一気にバルコニーの手すりに飛びついて飛び降りた。

その高さ三メートル以上。

しかし男が握る鎖に引っ張られ、私はバルコニーにぶらんとぶら下がる。男も引っ張られた腕が痛かったらしくうめき声を上げる。近くの参列席から女性の悲鳴が響き渡った。

私の真下にいた者たちは慌ててその場所を退く。

でもここまでは想定内だ。男が簡単に鎖を外せないように、手首に巻き付けていたのは見えていた。だから男の手首と繋がった私もそのまま簡単に落ちることはないだろうと。衆目を浴びてしまった男は完全に動揺し、予想もしなかった失態に慌てて私を引き上げようとしていた。

突然の闖入者に教会内の人々はざわざわと騒ぎ出す。その間も私はバルコニーからぶら下がったまま、男が引き上げようとするのを必死に抵抗していた。目の端で辺りを見回すと、皆息を呑んで私を見ている。ぶら下がった場所から床まではどれくらいだろう。でも鎖の長さ分近くなっているはずだから、これくらいなら落ちても死なないはず。

「リディーリエ！」

司教の前に跪いていたはずのルドヴィーク殿下が、素早く司教台の上にあった燭台を掴み、蠟燭ごと私と男の中間に向かって投げつけた。燭台は見事に鎖に当たり、その衝撃で男の手から鎖がずるりと落ちてしまう。男の「ヒィっ」と息を呑む音が聞こえた。同時に近くの席にいたマチアス様が走り、参列席のベンチに飛び乗って落ちてきた私をマントごと受け止める。

落下する蠟燭を、真下にいた者たちが慌てて避けて火を消しにかかる。

マチアス様は受け止めた体をそっと床に下ろしてくれた。バルコニーでは男が呆然としてしゃがみこむのを、周囲の男たちが取り囲んでいた。

「大丈夫ですか⁉」

「ええ、ありがとう」

そんな私たちのやり取りが漏れ聞こえ、辺りの参列者はホッとしたような、けれど何が起こっているのか不可解のまま好奇心を露わにし、状況を見守っている。

「リディーリエ⁉　なぜこんなところに貴女が……しかも無茶をなさる……」

私を抱きとめて下ろしたマチアス様が、溜息交じりに言った。しかしそんな彼の心配げな声をスルーし、私はするりと立つと、司祭やルドヴィーク殿下、跪いたカナンの方を向いて叫んだ。

「その婚約に、わたくし、リディーリエ・アンブロッシュが異議を申し立てます」

痩せ細った体をすっと伸ばし、私が発した声は聖堂中に響き渡った。しかも私が声を張る度に、辺りで小さな気泡が弾けるようなパン、パンッという微かな振動が響き、幾人かがびっくりしたように目を見開いてきょろきょろと辺りを窺う。

ルドヴィーク殿下は険しいほど真剣な目で、マチアス様に肩を抱かれている私を見つめている。そんな彼に一瞬狂おしい視線を向けてから、私は改めてカナンと対峙した。

「カナン、そこをお退きなさい。そこにいるのはわたくしであるべきはずよ？」

「いいえ。貴女はもう殿下に捨てられたのです。潔く身をお引きください」

カナンは可憐ともいえる表情で微笑む。

「そうですわよね？　殿下」

少し甘えたような顔で、カナンは跪いたまま、隣に立っていた背の高いルドヴィーク殿下を見上げた。

「ああ」

ルドヴィーク殿下はいつの間にか無表情になっていてカナンの言葉に応えた。だけど今はそんなことを気にしている場合じゃない。

「ずいぶん女っぽい仕草を覚えたのね。それとも元々できるのを隠していたのかしら？」

「その節は大変お世話になりました。おかげさまで少しは殿下の隣にいて恥ずかしくないふるまいになっていると良いのですけど」

私とカナンの一見和やかにも見えるやり取りに、周囲は固唾を呑んで成り行きを見守っていた。

私は軽く息を吐くと、俯いて肩を細かく震わせ始めた。

「リディーリエ殿？」

隣にいたマチアス様が気付き、気遣わしげに私の顔を覗き込もうとする。

泣いているのか、そう思ったのだろう。こんな晴れやかな場所で、みすぼらしい格好を晒して、それでも尚過去の栄光を主張する女の惨めさに。

でもそれは彼の誤解だ。私は笑っていた。

「く、ふふ、……ふふふふ、ふ、」

笑い声はだんだん大きくなっていく。私はくるりと後ろを向いて唖然とするマチアス様の顔を覗き込んだ。

「マチアス様、さっきは助けてくださってありがとうございます」

「え?」

「でも今この建物の中で、自由に動けるのはあの子の暗示にかかっていない者だけなんです。お父上のランドルフ殿下でさえまともに思考できていらっしゃらないようですわ。それなのに、貴方が動けるということは、――今回の一連の黒幕は貴方ということでよろしいでしょうか」

私の指摘にマチアス様は純朴そうな瞳を見開くが、やがて笑い出した。

「ははははは! 貴女はやっぱり最高だな、リディーリエ。ルドヴィークにはもったいない!」

大聖堂のあちこちでパンッ、パンッと気泡が弾けるような音がいくつも続き、その場にいた全員が、糸が切れた操り人形のように椅子の上に崩れ落ちて気を失っていった。

壇上にいた司教や周囲に立っていた警備兵たちでさえ床に倒れ伏している。今や意識があるのは私とマチアス殿下、カナンとルドヴィーク殿下の四人だけだ。

「なによ、結局失敗? やっぱり生かしておくんじゃなかったわね」

ルドヴィーク殿下の横で、立ち上がったカナンが毒づいている。やはり素はこっちらしい。

「まあ、そう言うな。これでも彼女はルドヴィーク最大の弱点なんだ」

マチアス様は楽しそうに言いながら、ぐいと私を引き寄せて腕の中に捕えた。彼も細身には見えるが、騎士団で鍛えているだけあってわたしを拘束する腕は強く引き締まっている。

「だから親父が言ったろ？　弱みを作っちゃダメだって。なあ、ルドヴィーク」

そのまま彼は腰に持っていた短剣の刃を私の頬に当てた。

「抵抗しないでくださいね？　できれば貴女を傷付けたくはない。特にその美しい顔はね」

「そう思うのならこの腕を放してくだされぱいいでしょう」

私は静かに彼の顔を睨み付ける。

「確かにおっしゃる通りですが……さっき動けたルドヴィークを見る限り、あいつはまだ油断できませんから」

マチアス様がそう言ったものの、ルドヴィーク殿下は無表情のままだ。

「王子様は元婚約者がどうなってもいいらしいわよ？」

カナンが手を伸ばしてルドヴィーク殿下の頬に手を当てる。彼の目は虚ろになっていた。

「もっとも……お姫様の代わりにずーっと私の呪いを浴びていたんだから、そろそろ正気を失っていてもおかしくはないんだけど。さっき燭台を投げたのが意識を保てる最後の精一杯だったんじゃないかしら」

マチアス様は私を引きずるようにして祭壇の前に移動する。

「そんなこともしてたのか、お前」

「だって、いくら迫っても指一本触れてこようとしないんだもん。身ごもっちゃえば結婚するにも手っ取り早いからいっそ意識を奪って犯そうかと思ったのに、正気を奪われまいと自分を傷付け始めたのよ？　さすがにそれを見てこっちも萎えてきたし」

「その代わりに彼に呪いを？」

私が尋ねると、カナンは楽しそうに笑った。

「大事な元婚約者様がどうなってもいいの？　って聞いたら、『リディに何かあったらこの国を焼け野原にしてでもお前を殺す』って言うから……じゃあせめて少しは王子様で楽しませて貰おうと思って」

私の中で燻っていた怒りの炎が轟々と音を立てて燃え始める。

「……なるほど、私の覚悟が足りてなかったわ。悪役って言ったらそれくらい悪辣じゃなきゃいけないわよね……」

「そうね、育ちがいいお人好しのお姫様には難しいと思うけど」

私とカナンの視線が火花を上げて絡み合う。けれど彼女が更に繰り出したセリフに私は言葉を失った。

「……そもそも、本来の『悪役令嬢』ならバッドルートで断罪エンドが定番でしょ？」

「え……？」

――今、彼女はなんて言った？

固まった私を面白そうにねめつけながらカナンは続ける。

「それに、最近流行りの逆転悪役令嬢ものなら、正規ヒロインが本当は悪役なのもあるあるよねえ？」

　私の目がこれ以上なく見開かれた。

「カナン、まさかあなた……」

　ようやく全てが腑に落ちる。そうか、彼女は――。

「あなたも、転生者ね？」

「ご名答？　やっと気付いたわね」

　にんまり笑った顔に吐き気がして口元を押さえる。そりゃあ実際に転生した私がここにいるんだから他に転生者がいてもおかしくはない。だけど同じ世界に同じ世界からって、それはありなの？

　そもそも私はキリ番とかで転生先を選べたけど彼女は？　『悪役令嬢』とか『断罪ルート』とか言ってる時点で元の世界も一緒っぽいけど。

　頭の中を色んな疑問がぐるぐる高速回転するが、まずは一番気になることを聞いてみた。

「あなたが転生者なら、望みは何？　この世界で何をしようとしているの？」

　私の問いに、カナンの目がスッと細められる。

「望みなんてないわ。特に希望してこの世界に放り込まれたわけじゃないし」

　吐き出すようにカナンは言った。

　……ああ、そうなのか。やはり普通は私のように初めに望みを訊かれたりはしないものなんだ。

「望みも何もなくこれだけの人間を操って果てが王子様と結婚？　聖女ルートにしてはキナ臭すぎるんだけど」

　こうなったら猫を被っててもしょうがない。私は本音でぶっちゃける。カナンも面白そうに乗ってきた。

「……そうね。自分が転生したことは割と小さい頃から気付いてて。だけどそんなことどうでもいいやって思って……、そのまま流れに身を任せてたらこうなった、みたいな？」

　感情が抜け落ちたような声でカナンは答える。

「言っとくけど、最初に私を助けたのはこの王子様だし、その後お茶に誘ったのはお姫様、あんただよ」

「そうなるようにあなたが仕向けたのではなくて？」

「私にそんな能力があったとしても――あんたたちの心にその意思が全くなかったとは言わせない」

　それはそうかもしれない。彼女だって相手の意思に完全に反したコントロールは難しいだろう。

「私を利用しようと城に誘ったのも王子様。その後ドラゴンが出てやっぱり私を利用したのはあんただよね？」

「……そうね。その通りよ」

「婚約解消を言い出したのだって私じゃなくてあんた自身」

そうだけど。そうなんだけど。

「……じゃあなんでその後、わたくしを閉じ込めたの？　別に閉じ込めなくたって、ルドヴィーク殿下と結婚したいだけなら遠くに追いやれば済むだけの話でしょう？」

カナンは自分の頭の中を検索するように目をぐるりと回す。

「それだけじゃつまらないと思ったし」

カナンはルドヴィーク殿下から離れ、マチアス様に拘束されている私のそばについと歩み寄って顔を寄せてきた。

「王子様がなかなか強情だったから言うことを聞かせるためってのもあったし、あんたのさ、そのいつもすました綺麗な顔が、不安と絶望で歪むのを見てみたかった――って言ったら怒る？」

いっそ無邪気ともいえる彼女の頬を、私は自由になる右手で思いっきりひっぱたいた。

バチン！　と大きな音を立て、彼女の目が大きく見開かれるのがわかる。

「カナン！」

私をとらえていたマチアス様が叫ぶ。

彼女は真っ赤になった頰を抑えながら大きな目で私を見つめ、三秒後、笑い出した。

「やっぱあんたって最高！」

哄笑（こうしょう）を上げる彼女を睨み付けて私は言った。

「カナン。あなたの前世がどんなものかは知らない。それに悪役令嬢ルートだってもうどうだっていい。でもわたくしの――リディーリエの人生はきっちり返して貰うから」

せっかく好きな人と両想いになったのに、ここで終わりなんて冗談じゃない。

「あは！　そんなことができると思ってるの？　あんたの味方なんてもう誰もいないのに！」

カナンの言葉に、私の口角が思いっきり上がった。これは悪役令嬢っぽいのかしら。頭の隅でそんなことを思いながら私はマチアス様に拘束されたまま微笑む。

「それはどうかしらね？」

私がそう言った瞬間、どおんっという激しい音と共に建物が揺れた。

「な――っ」

さすがに足元が揺れたことでマチアス様の腕の力が緩む、その隙を狙って私は愛する人の元に駆け寄った。

「殿下！　ルドヴィーク殿下！」

叫びながら彼の体をゆすると、虚ろだった瞳にじわじわと光が戻ってくる。

爆発音が次々と続き、建物はまだ揺れていて、建物の中で気絶していた人々はそのまま床に転がった。

「……リディーリエ」

ようやく名前を呼んでくれたことに思わず目頭が熱くなり、私は「もう大丈夫です」と囁いた。

「リディーリエ！　何をした貴様！」

立っていられないほどの振動の中で叫ぶマチアス様を尻目に、私はルドヴィーク殿下の体を支えながら薄く微笑む。

「あの薄暗い小部屋に閉じ込められて、とにかく時間だけはあったから色々考えました。カナンはどこから来たのか、なぜドラゴンが現れたのか、カナンが禁書を読めたのはなぜ？　あんなにあっさりドラゴンを消せたのはどうして？　何もかもが上手くいきすぎていた。まるで作られたストーリーのように？　――いえ、まるで行き当たりばったりの子供の遊びのように――」

カナンの顔がすうっと能面のようになる。

「それでようやく気付いたの。ドラゴンなんて、最初からいなかったわね？　カナン、あなたが持っていたのは一種の暗示能力で、さもいるように見せかけていただけ」

彼女の魔力無効化能力もその暗示能力の一端だったのかもしれない。とにかく私たちは思考を誘導され、いるはずのないものをいると思い込んでいた。

「じゃあ焼き払われた町は？　湿原や鉱山だって燃えたのよ？」

「火ぐらい人間だってつけられるでしょうよ」

それが閉じ込められている間に私が出した結論だった。

暗示能力を使って、さもいるように見せかける。暗示の補強用に張りぼてのドラゴンくらいは作ったかもしれない。アレキス領の鉱山も北方のヴィザント湿原も王都からは遠い。実際に火をつけて回ったりしたのかもしれないが、調査隊を暗示にかけたほうが早いだろう。そしてそれらの手引きや細工をしたのは恐らくマチアス様だ。

「なんのためにそんな面倒なことを」

カナンは無表情になっていく。

「災厄と救済、つまりドラゴンと聖女はセットだったから。そして国を救った聖女なら王子の婚約者に取って代わるのに相応しかったから」

それまでだって婚約者交代の話がなかったわけではない。当人同士の不仲は周知の事実だったし、それならうちの娘をと言い出す者もいなくはなかった。しかしアンブロッシュ家の格の高さは特別だったし、結局当事者たちが是と言わなければ横やりの入れようがなかったのである。

「そういう意味ではやはり黒幕はマチアス様、貴方なのでしょうね」

彼は何度も私に迫っていた。ときには王子と結婚するのが本当に幸せなのかと。愛してもいないのに本当に幸福になれるのかと。

冗談のふりをして、あるいは真剣な目で、私を手に入れようとしていた。

「首謀者、という意味なら少し違います。私は屋敷の奥で閉じ込められていたカナンを見つけただけだ」

「閉じ込められていた？」

マチアス様の表情も読めない。彼はいつもの陽気な笑みを浮かべたまま私とカナンを見ていた。しかし彼が発した言葉の不穏さに、私は思わず聞き返す。

「ええ。父は女性に関しては奔放な方でしたから、屋敷の外で自分の血を引く子が生まれたと知ると気まぐれに屋敷に連れてきました。その子が手駒として使えればよし、災いの芽になりそうならすぐに処分するために。けれどどこか不可思議な空気を漂わせるカナンに関しては判断がつかなかった。カナンは幼い頃から無口で、何を考えているのかわからないのに、人の気配を読むことだけは長けていた。まるで……その心を読んでいるかのようにね。父は気味悪がって屋敷の奥の牢に閉じ込めたんです。けれど彼女はそのことをただ静かに受け入れて牢にい続けるような子供でした。私がそんな彼女を偶然見つけたのは二年ほど前です」

　いつしか爆発音はやみ、不気味な静けさが辺りを覆っている。

「最初は無視していました。どうせ処分されるか駒になるしかない者なのだから関わってもしょうがない、と。だけどそんな境遇にあるのに嘆きもせず淡々としている彼女が気になって、私は彼女の牢に足を運ぶようになった。気のいい兄を演じてね。そしてやがて気付いたんです。カナンは父よりもむしろ私の手駒に向いていると」

　彼は静かに微笑んで続けた。

「リディーリエ、私は——叶うなら貴女を手に入れてこの国を自分のものにしたかった」

　それを最初に望んだのはランドルフ殿下だったはずだ。

「……わたくしを手に入れてもこの国は手に入らないと思いますが」

「そんなことありませんよ。貴女を奪われたルドヴィークがボロボロになれば頑なに守っていた完璧な王子像に、隙ができるのなんかあっという間です。私はそのチャンスを逃しさえしなければいい」

どこまでもニコニコと邪気のない笑みを浮かべる彼は、いつも野心をギラギラさせているランドルフ様よりある意味厄介だろう。

「けれど貴女も国も手に入らぬなら、いっそ全部壊すのも楽しそうかなと思ったんですよ、カナンと出会ってからね」

マチアス様の言葉は淡々としていて軽い。軽いがゆえにその言葉が本当かどうかわからない。そしてその軽さは彼の今まで抱えてきた闇を却って見せつけているようだった。

「ねえ、今からでも考え直してみませんか？　貴女だって私と結婚した方が幸せになれるはずです。……まあ思ったよりルドヴィークは貴女に執心していたようだがそれだって――」

マチアス様の苦々し気な顔を見て、思いっきり頬が緩む。私は最後の爆弾を彼に落とした。

「残念ですが、わたくしもルドヴィーク殿下にベタ惚れなんです」

「な……っ」

引き攣るマチアス様に、これでもかと追い打ちをかける。

「殿下は返していただきますし、この世界も元に戻すことを要求します」

私は改めて自分の意思を、望みを告げた。

「大人しく『はい』と言うとでも？　元々はあなたが私を利用しようとしたのに」

カナンの切り返しに私はやはりにっこり微笑む。確かに二人のおかげで殿下の本心も聞けたし私の本心も伝えられた。そのお礼として監禁された怒りを百歩譲って許し、王位くらい譲ってもいいのかもしれない。だけど――。

「あなた達が望むのは世界の破壊なのでしょう？　そんな自滅主義者にこの国を預けるわけにはいきません！」

毅然としてそう言った途端、またしても外で大きな破裂音がした。

バンッ！　パァンッ！

音が鳴る度に教会のステンドグラスもびりびりと震えていた。

「あんた、何をしたの⁉」

カナンが叫ぶ。

「あら、お父様に頼んでお祝いの打ち上げ花火を、ね。みんなの目覚まし代わりに？」

「だってあんたには魔力も何にもないはず――っ」

「ええ、わたくしには何の力もないわ。だから今はこの子が……」

そう言って私は自分の下腹をそっと押さえた。

「子供？　赤ん坊が⁉」

マチアス様がショックを受けた声を出す。

「淑女としては有らざる事態ですけど……親思いのとてもいい子で」

私の声に反応して暗示下にある者たちを解放していったのは、その子の力だった。半地下牢に監禁されていた時、小鳥を呼んだのもこの子だ。私の手に降りてきた小鳥の足に、私は自分の銀の髪を括り付けて飛ばした。それを見つけたイシェと、あの高窓を使って連絡ができたのだ。

「だから、貴方たちの思い通りには決してさせない」

静かな声でそう告げると、カナンの体がぶるぶると震え出した。こぶしを固く握りしめ、目の色が変わっていく。

「やだ、やだ、やだ……」

「カナン⁉」

マチアス様がカナンの変化にぎょっとして呼びかける。

「そんなこと言って、本当はいらないくせに！　産んで邪魔なら捨てるくせに――っ‼」

俯いていたカナンが私めがけて走り寄る。その手には美しい短剣が握られていた。

まだ膨らみもないお腹めがけて突進してきたその刃先は、私に支えられていたルドヴィーク殿下の、咄嗟に庇った背中に吸い込まれる。

「え？」

スローモーションのように、ルドヴィーク殿下の優しい微笑みが私の顔の前を通過し、床に崩れ落ちる。その背中にはカナンが持っていた短剣が突き刺さり、真っ白なマントに赤い染みを広げつつあった。

「どこまでも邪魔な男――っ！」

カナンはルドヴィーク殿下の体から短剣を抜き、更にめった刺しにしようとする。その目が狂気に満ちていた。

「カナン、それはまずい！　もうやめるんだ！」

後ろからマチアス様がカナンを羽交い絞めにする。

私は目の前で起こったことが信じられず、ただ茫然としていた。

――え？　何があったの？　彼はいったい……。床に倒れ伏して目を閉じるルドヴィーク殿下の青白い顔に、遅れてやってきた感情が口から思い切り飛び出した。

「いやーーーーーっ！」

私は絶叫を上げ、世界は静かに停止した。

何もない白い空間で、私はルドヴィーク殿下の動かない体を抱きしめて蹲（うずくま）っている。
「……バッドエンドルート、ですかねえ」
数メートル先にポツンと浮かんだ白い球が言った。
「やり……直せないの？」

　涙でぐちゃぐちゃになった顔を少しだけ上げて弱々しく呟く。こんなはずじゃなかった。彼と幸せになりたかった。

「まあ、そもそもお人好しのあなたが『悪役令嬢』ルートに進んだのが難しかったって言うか？」

「今更⁉」

「向き不向きはありますが、道を選ぶのは本人ですから」

「それはっ、そうかもだけど！」

「やり直すとしたらいつからがいいですか？」

「え？　できるの？」

「キリ番転生ルートの方がバッドエンドというのも幸先悪いですしねえ」

　白い球の渋い口調で紡ぐ言葉に飛びついた。

「五分！　無理なら三分でもいいわ！」

「え？　それだけでいいんですか？」

「じゃあお願いね！」

◇

　目の前に、スローモーションのようにカナンの握った短剣が伸びてくる。

私は咄嗟に私を庇おうとしたルドヴィーク殿下の体を、力の限り突き飛ばした。

短剣の刃が胸に吸い込まれる。刺された場所から真っ赤な血が染み出し胸元を染めていく。

痛い、熱い、痛い、痛い——。

おぎゃあ、と赤子の泣き声が聞こえた気がした。あ、ごめん、と思った時には遅い。

そっか、私が死んだらこの子も生まれてこれないんだ。

ごめんね。本当にごめん。あんなに頑張ってくれてたのに。守ってあげられなくてごめん。でも、あの人を失う選択肢がなかったの。ひどい母親で本当にごめんね。

「リディ……」

掠れた声のルドヴィーク殿下が覚束ない足取りで私の元に戻り、床に投げ出された手を握ろうとする。私も必死で手を伸ばして彼の手を握った。

「や〜〜〜〜〜っ!!」

なぜかカナンの悲鳴が響き渡る。さっきの私と入れ替わるかのように。

「落ち着け！　落ち着くんだ！」

宥めているマチアスの声も響いていた。

そして急激に色んなシーンが私の頭の中に流れ込んできた。

◇

◇

◇

放置された少女。少女の父には別にちゃんとした家庭があり、母親は愛を得るために少女を産んだものの、やがて他の男と幸せな家庭を作るために出て行った。そのために、少女は邪魔だったのだ。父親が用意した誰も滅多に訪れることのないタワーマンションの上階。住む場所や食べるものはあったけれど、誰に愛されることもなく一人ぼっちの部屋で、本やゲームだけが友達だった。少女は本を読み、ゲームをし、自分の部屋の中だけで何年も過ごす。誰もそれを咎めなかったし、気に掛けることもなかったからだ。

やがて彼女は夢想する。今生きている世界が偽物で、本当は自分が大好きな本やゲームの中で生きていることを。その世界でチート能力を手に入れ、欲しいものを手に入れることを。

だけど手に入れたいものって……？

やがて彼女は早すぎる死を迎える。うっかり引いてしまった風邪をこじらせ、誰にも知られずに自室で息を引き取ってしまう。死の間際、少女は考えた。

これで私は「あっちの世界」に行けるんだ――。

彼女だって分かっていた。そんなうまい話はない。でも死ぬ間際くらい夢を見たってていいはずだ。誰に迷惑がかかるわけでもないんだし。

そうして――彼女は念願の生まれ変わりを果たす。彼女が欲しかったチート能力を手に入れ、けれど本当に欲しいものが何なのかがわからないまま。

――ああ。そんな感じだったの。カナン、あなたは――。


しかし流れ込んでくる映像もやがて遠くなった。

死の間際なのか、走馬灯のように記憶と意識が旋回した。

――確かに向き不向きがあるのかも。カナンに聖女は向いてなかったし、私に悪役令嬢は向いてなかった。でも私は結構楽しかったかな。恋をして、間違ったり遠回りしたりして、巻き込まれて巻き込んで。嬉しいこともあったし腹立たしいこともあった。辛いことも。でもそれが人生ってやつかもしれないしね。

カナン。結局何だったんだろう、あの子。でも不思議と憎めなかった。ひどいことといっぱいされたから、許す気もさらさらないけど。そうね、姉妹とかだったらもうちょっとちゃんと喧嘩できたのかも。

そんな埒もないことを思いながら、私はゆっくりと意識を失っていったのだった。

# 8．悪役令嬢の本懐

「……だからお前はお人好しと言うんだ」

　どこからか声がする。

「そもそもそなたは昔からそうだった。幼い頃から強がりでまっすぐで勝気で……私のために無茶ばかりしていた」

　腹立たしいほど大好きな声。その声を聞くだけで鼓動が早まる気がした。

「――いいかげん、目を覚ます気はないか？　寝顔を見てるのも少し飽きた」

　少し嫌味っぽい、でも辛そうな喋り方。鼓膜に気持ちいい甘いテノール。

　確かに知っているその声は――。

「……ルドヴィーク殿下？」

　うっすらと瞼を開けると、ベッド脇の窓にもたれて美しい王子様が立っていた。

　……えー？

「なんで、生きてるの？」

「――起き抜けからご挨拶だな」

ムッとした口調だけど……泣きそうな顔？

「いえ、殿下のことではなくわたくしが……」

「……ああ、そうか」

確か殿下が私を庇って刺されないように先手を打って突き飛ばしたら、私の胸に短剣が刺さったはず。胸って結構致命傷だし実際血もかなり出てたからてっきりあれでお陀仏だと思ったんだけど、でもその辺りから記憶がない。

「カナンが突き刺した短剣は確かにそなたの胸には刺さったがぎりぎり心臓を外れていた。何とか一命を取り止めたのは奇跡だと医者が言っていた。もっとも生死をさまよって、危険な状態には変わりなかったのだがな。……痩せ細っていたとはいえ、胸の脂肪が多かったことに感謝するといい」

「なんかひどい言い方をされているんですけど」

それに心なしか怒ってる？　私たち、晴れて両想いのラブラブカップルじゃなかったっけ。

「当たり前だ。あんな風に私を庇うなんて……リディが命を落としていたら私の気が狂っていたわ。そこら辺を深く反省して二度とあんなことはしないでくれ」

「だから言い方！」

心配してくれてたんだろうけど、もう少し優しい言い方をしてもよくない？

けれど叫んだ途端に私はくらりと眩暈を起こしてしまう。

「お嬢様――！　今お医者様を呼んでまいります！」

ルドヴィーク殿下の背後でイシェの声がする。再び目を開けて辺りを見回すと、ここは王城の客間だった。部屋にはイシェを含めアンブロッシュ家の私付きの侍女数名もいて、速やかに医者が呼ばれバタバタと目覚めた私の熱を測ったり脈を調べたりする。

「本当は旦那様の御要望でアンブロッシュ家へお連れしたいとかなり強く申し上げたんですけど、殿下がどうしてもそばにいたいからここにとおっしゃって――、殿下御自身もかなり満身創痍でいらした上に事後始末でご多忙でもあったので、私たちが共にいることを条件に仕方なくこちらにいさせていただいたんです。旦那様や奥様もずっとついてらしたんですが、そうそうお屋敷を空けるわけにもいかず――」

なるほど。

結局、その後も私は一週間はそのままベッドに押し込まれたままだった。少しずつ食事の量を増やし、傷の回復を見ながら清拭してもらい、リハビリも兼ねて手足をマッサージされる。起きていられる時間も徐々に増えた。

その間、ルドヴィーク殿下はちょこちょこと様子を見に来てはほぼ無言で帰っていく。喋るのにも体力を使うからと気を遣ってくれているのだろうとはイシェの談。意識が戻った直後に私を怒鳴らせたことを、彼はかなりこっぴどくイシェに注意されたらしい。「嬉しさのあまり動揺したのも分からなくはありませんが」とイシェは苦笑していた。

ようやく私の体調に問題はないと判断され、頼み込んで人払いをしてから、私は気になっていたことをルドヴィーク殿下に訊いた。傷に障るからと誰も教えてくれなかったのだ。

「……カナンとマチアス様は？　その後どうなったんですか？」

天蓋のレースは上げられ、彼の端正な顔が見えて私は少し緊張を解いていた。

「カナンは……そなたを刺してから自身も意識を失って今もそのままだ。マチアスは彼女のそばから離れずずっと枕元にいる」

「そう、なんですか……」

ルドヴィーク殿下の説明に、どうリアクションしていいかわからない。

「……結局、あの娘はリディのことが好きだったんだと思う」

ぽつりとつぶやかれた一言に顔を上げる。

「え――？」

あの子に好かれるようなことをした覚えはない。私は彼の言葉の意味を確かめたくてその顔を覗き込んだ。

「彼女は――なんだかんだ言ってリディといる時が一番楽しそうだった。そこに生じていたのがどんな思慕かは知らないし、彼女自身自覚があったかどうかはわからないが、リディに執着していたのは確かだ。――手に入れたい。できぬならいっそこの手で殺めてしまいたい。そんな歪んだ好意が交錯していた気がする」

「そう、なんでしょうか……」

あの子が私に執着するとしたらそれは一体どんな部分になのだろう。美しさ？　出自の良さ？　それだけでなく……淑女教育として本気でやりあったのが実は楽しかったんだろうか。

彼女の前世の孤独を思えば、そう理解できなくもない。

「殿下、あの子はこの城にいるのですよね？」

私はまとまらない思いを必死でまとめようと言葉を紡いだ。

「ああ」

「でしたら……あの子のところへ連れて行ってください」

彼は私の言葉を予測していたように、小さく溜息を吐いて頷いた。

カナンが横たわっていた部屋はさすがに私がいた部屋ほど豪華ではなかったが、それでも聖女にふさわしい設えの部屋だった。但し部屋の四隅には兵士と魔術師の見張りがついている。当然の処置と言えるだろう。
ベッドの横に椅子が一つ。そこにマチアス様が腰かけ、死人のような顔で眠るカナンをずっと見ていた。
私はさすがにまだ歩けるほど回復していなかったので、この部屋まで車椅子で運んでもらった。ルドヴィーク殿下は自分で運びたかったようだけど、イシェが頑として譲らなかったのだ。

「マチアス様……カナンと話をさせて頂いても？」

私が話しかけると、彼は気だるげに私を見上げ、そっと立ち上がって場所を譲ってくれた。後ろに下がったマチアス様と私を両方見張れる位置にルドヴィーク殿下が立っていた。私は彼らを振り返る。

「あの、カナンと二人きりになりたいのだけど」

イシェとルドヴィーク殿下の目が冷たい光を帯びて細められる。マチアス様は聞いているのかいないのかわからない顔で壁にもたれていた。あー、やっぱダメか。

「――分かりました。それでは……これから見聞きすることはリディーリエ・アンブロッシュの名誉にかけて一切他言無用でお願いします。見張りの方達もよろしいですわね？」

私は部屋の四隅に立っていた者達にも順々に視線を送って小さく頷くのを確認した。そしてベッドの中のカナンに向き直り、三回深呼吸しながら言いたいことを頭の中でまとめる。これは賭けだ。でも私が望んだ世界なら勝算はあるはず。そう信じて口を開けた。

「……ざっけんじゃないわよっ！」

腹の底から繰り出した大音声に、部屋の空気が固まる気配がした。しかしそんなの無視して続ける。

「はぁ!?　なんなのそのざまは！　それで本当に悪役のつもり？　それともこのまま聖女

のふりして逃げ切るつもりかしら。バッカじゃないの⁉　あれだけ人を陥れて閉じ込めたり刺したりしておいて死に逃げなんて、そうは問屋が卸すもんですか。わたくしのことが大好きなのよね？　構ってほしくてちょっかいかけてたんでしょ？　そりゃあこれだけ美しくて完璧な淑女がいたら当然妬ましいし羨ましいし惹かれもするわよね。おほほほほ。知らねえっつうの！　生憎あんたの事情なんてこれっぽっちも斟酌するつもりないんで、悔しかったらそのちんけな頭でやり返してこーい、バーカバーカバーカ‼」

一息でこれだけ言ったらさすがに息が切れて肩が上下してしまう。

「あ、あのリ――」

「貴女は何も聞いていない！」

声をかけてくるイシェを一刀両断した。そういう約束だ。たとえ深窓の令嬢がこれ以上はしたなく他人を悪し様にののしったとしてもここにいる者は何も見ていないし聞いていない。

「……これでも寝たふりを続けるっていうならこっちも考えがあるわ。あんたの代わりにこの世界を壊してあげる。この世界にあんたなんて最初っから必要なかったように、悪役令嬢としての本気を見せつけてやる。あんたはせいぜい悔しがってこのベッドの中に引きこもってるのね、こうなったら――」

どうしよう？　続きを考えて一瞬言葉が途切れた時、掠れた小さな声が聞こえた。

「……絶対無理」

声がした方を見ると、カナンの目がうっすらと開く。

「あんたみたいなお人好しに、世界を壊せるわけがない」

彼女の声は小さいがはっきり断定口調だった。うっわ、ムカつく。

「そんなのわからないでしょう？」

「わかるでしょ。後ろで肩を震わせている王子様に訊いてみたら？」

ちらりと後ろを振り返ると確かにルドヴィーク殿下は肩を振るわせて体を丸めていた。

あれって笑いを堪えているのかしら。イシェの顔は青ざめているしマチアス様は呆然としている。無視無視。私は気を取り直してカナンの方に向き直り、コホンと小さく咳払いをした。

「……やっと起きたみたいね、寝坊助娘」

「耳元であれだけぎゃあぎゃあ騒がれたらね。うっかり天国を覗き損なっちゃった」

以前のさばさばしたカナンの表情に戻っている。まだ油断は禁物だけど。

「よかった。まだ何にもやり返してないのに、勝手に死なれてデッドエンドって一番モヤついて嫌いなのよね」

「そう？　この世に災いを成す者は消えてくれた方がよかったんじゃないの？」

「言葉が通じない相手はね。でもあなたは通じるから利用価値があるわ。リサイクルしなきゃもったいないでしょ。大事よね、ＳＤＧｓ」

「……強欲令嬢に改名したら？」

「いいかも」

表面上は軽口の応酬だけど、周囲は固唾をのんで見守っているのがわかる。

この部屋に連れてきて貰う前にルドヴィーク殿下から聞いた説明によると、カナンが意識を失って彼女がみんなにかけた暗示は解けていったが、その分混乱も大きかったらしい。とはいえ幸いと言ってよいかわからないが、ドラゴンの幻覚は人々の記憶から消えなかった。だからまずは意識があったルドヴィーク殿下が、目覚めた国王陛下に内々に事実を告げた。その上で全てはドラゴンの呪いの後遺症として精神作用があったものを、聖女と王子で解いたことにしたらしい。王子と聖女の婚約もその一環の作戦だったと。

全てはいなかった者のせいにするのが、一番得策だったということだ。

しかし真実を知る国王陛下のご裁可として、聖女自身とマチアス様の処分は一旦横に置かれた。カナンは意識がなかったしマチアス様は何と言っても王族の一員だったからだ。もっとも彼が混乱を望んだ事実をランドルフ殿下に突き付ければ弱味を握れるという側面もあったんだけど。

「――この世界に生まれて、物心ついた時には人の考えていることが分かったわ」

ぽつりと呟き出したカナンを注視する。

「わかると言っても直接何かが聞こえるわけじゃない。何となくこの人は本当はこう思ってるんだ、というのがわかるだけ。でも幼い子供がそれらを口にしたら当然気持ち悪いわよね。孤児でもあった私は気味悪がられて疎まれた。だからなるべく喋らないようにして……利用できそうな人を探した。欲と野心にまみれていて、人を利用価値で計るような奴が一番操りやすかった。それが王弟ランドルフ殿下よ。下町で火遊びしていた彼に近付いて、私がいかにも実の娘であるように、更に利用価値もあるように振る舞ったらあっさりひっかかったわ。それから彼は私を人目のない屋敷の奥に閉じ込めた。いつか私を駒として利用する時、自分が首謀者であることを知られないように」

そこで彼女は少し疲れたように言葉を切る。

「でも……彼は彼で忙しかったから私みたいなちっぽけな存在は忘れがちだったし、そうなるようにも暗示で仕向けた。徐々に前世の記憶も戻ってきてたから、一人でいられる状況はゆっくり考えることができて却って楽だった。そんな風に数年を過ごしていた私を、マチアスが見つけたの」

――ああ、そうか。

この子は今、過去を言葉にして色んな感情を整理してるんだ。その証拠に彼女の目は私も、他の誰も見てはいない。私は彼女を邪魔しないように気配を消す。

「最初に暗示にかけたのは彼だった」

「違う！」

カナンの言葉を否定しようとするマチアス様を、ルドヴィーク殿下が片手で抑える。目だけで睨み付けて今は引けという意思を伝え、マチアス様も激高した感情を何とか押し殺すのが見えた。

「マチアスは……父親の圧にうんざりしていた。彼自身、野心もなにもないのに、そうじゃないふりをする日々を強いられていて……父親に王子の婚約者を落馬させるように命令されたり、わざと失敗したのはいいけど、その不首尾をねちねち責められたり殴られたり――、すっかり厭世観に囚われていた。だから私は――」

カナンの目がビー玉のように感情を失う。

「言ったの。『一緒に世界を壊してあげようか？』って」

ルドヴィーク殿下に押さえ付けられたまま、マチアス様はがっくりと項垂れた。

そうして私は深く納得する。なるほど、現実から逃げたい――それができないならいっそ世界を壊したい者同士が、出会って共鳴したわけだ。

カナンはそれから口を噤んで黙り込んだ。まるで断罪を待つ罪人のように。

許してほしいとも処分しろとも言わない。でも……マチアス様についての話は彼女なりの擁護というか弁明なんだろうか。

私はルドヴィーク殿下を振り返る。

「国王陛下は彼らの処断についてはなんと？」

「……厳しいものをお考えのようだが……まずはリディーリエが目覚めてから、と。今回一番酷い目にあったのはそなただからな。そなたの意見を聞いてからとおっしゃっていた」

つまり私が処刑してほしいと言えばそうしてくれるわけだ。

私は腕を組んで考える。同じ転生者であるこの歪んだ聖女のこと。いつも明るくやんちゃに見えていた王子の闇属性従兄弟のこと。

……そうしたらやっぱあれかなあ。

「それでしたら……この子、わたくしにくださいな」

急にきゅるんとした声を出してねだってみた。またもやルドヴィーク殿下の目が丸くなる。けれど私はカナンの方に向き直ってまた可愛らしい声を出してみた。

「知らない世界に来て、本当は怯えていただけなのよね？　ほーら、怖くない、怖くない」

私はふざけた声を出してカナンの頭をよしよしと撫でる。カナンは呆気にとられた顔を徐々に赤くし始め、烈火のごとく怒り始めた。

「何言ってんのよこのバカ女！」

罵声を浴びせるカナンに全く動じることなく、私はにっこり笑って言葉を返す。

「だってこのままあなたたちが処分されておしまいじゃつまらないもの。それに聖女でもあるあなたを手駒にできたらわたくしそれこそ最強じゃない？」

カナンが怒髪天を突きそうな様子だったので、最後にダメ押しする。

「それに、あなたわたくしのことが大好きでしょう？」

嫣然と笑って見せた私にカナンはこれ以上なく眉尻を吊り上げ「んなわけあるかぁ！」と叫ぶ。けれど私は笑みを崩さぬままニコニコと彼女を見つめ続けた。

暫し私の笑顔と憤怒のカナンが睨み合う。周囲は異様な緊迫感に包まれていた。私はダメ押しに告げる。

「貴女が本当に欲しかった『居場所』を、この世界に作ってあげる。だから……ずっとそばにいなさい。そのためにこれからもビシバシ鍛えてあげるし」

これが私の考えついた落としどころだった。能力的にも性格的にもこんな危なっかしい子を、これ以上放置なんてできない。それならいっそ利用させて貰うほうがまだマシだろう。

カナンは更に何かを怒鳴ろうとずっと口をパクパクさせていたが、私の美女全開笑顔の圧がぎりぎり競り勝ったらしく、やがてがっくりと肩を落として「負けた——」と呟いた。

私は更に目をキラキラさせてルドヴィーク殿下を振り返る。彼も何か言おうと口を動かしていたが、やがて諦めたように「父上に打診してみよう」と答えた。

「は、はははははは……！」

急にマチアス様が笑い出してその場にしゃがみ込む。

「思った以上にとんでもない方だな、貴女は」

「それほどでもありませんわ」

私はしらっと受け流した。

事情を聞いてしまえばマチアス様にもカナンにも同情できる点はたぶん大いにあるのだろう。けれどそれを言っていたら何も始まらないし。

「マチアス様に関してはルドヴィーク殿下にお任せします」

急に話を振られて一瞬戸惑う顔になるが、そこは腐っても王子様、すぐに立て直した。

「既に諸々はドラゴンの呪いの後遺症で片づけてある。それにこんなんでも騎士団には必要な男だからな」

どうやら不問に付すようだ。

「お人好しカップルでこの国の将来も不安しかないわね」

相変わらずのカナンの毒舌に私はにっこり笑って言った。

「その将来にとことん付き合って貰うから覚悟しておいてね？」

悔しそうに唇を噛むカナンに、私はふと思いついたことを聞いてみる。

「……ねえ、あなたはなぜわたくしのことを知っていたの？」

私がカナン同様転生者だということを。

その言葉にマチアス様は怪訝な顔をしたが、私は気付かないふりをする。

カナンは初めて少し勝ち誇ったような顔になり、嬉しそうに答えた。

「初めて会った時、あんたの瞳を褒めたでしょ」

「え？　そう言えばそうだったわね」

あまりにありがちなことで気に留めてもいなかったけれど。

「こっちに来てから思ったのが、私みたいな転生者が他にいるかどうかだった。だから誰かに会った時はたまに前の世界の言葉をさりげなく交ぜてたの。大抵の人は聞き返したり訝し気な顔をしたりするくらいだったけど、初めて私の言葉を聞き流した人がいた。まるで当人もその言葉を知っていたみたいにね」

「え？」

カナンはニヤリとほほ笑んで続ける。

「『虹彩』ってこっちにはない言葉だよ」

「！」

あー、やられた！　前世の記憶が戻ったばかりで普通にスルーしてた！

「それからも何度か向こうの言葉を織り交ぜてって、そうなんだって確信したんだよね。色々完璧っぽいのに変なところで抜けてるあんたの将来を見るのが楽しみ」

「〜〜〜〜!!」

互いに不敵な笑顔で睨み合う私とカナンを、慌ててルドヴィーク殿下とマチアス様が引き剝がしたのだった。


一通りの話を終えて、寝室に戻ったらさすがにそのまま倒れ込んだ。回復して間もないくせに気を張っていたのが、一気に緩んでしまったらしい。怖い顔をしたイシェにベッドに放り込まれる。ルドヴィーク殿下もそのまま追い出されそうになるのをなんとか「五分だけ」と粘って許してもらった。

「あれでよかったのか？」

改めて彼に問われ、私は素直に頷いた。あのまま彼女の人生がまた終わってしまうのは、後味が悪くて嫌だった。あれだけのことをされて、それでも尚彼女のことを嫌いになりきれない理由を探す。

「カナンに初めて会った時――、あの馬術大会にいたのはマチアス様の差し金だったんでしょうけど」

ん？　というようにルドヴィーク殿下が首を傾ける。

「木から落ちそうになっていた子供を助けようとしていたのは偶然だったと思うんです」

わざと小さな子を木に上らせるような、面倒なことはしないだろう。しかも誰にも気付かれなさそうなあんな場所で。幸い彼が気付いたからよかったものの、誰も気が付かなかったら悲劇でしかない。

ルドヴィーク殿下は私の顔をじっと見つめ、言いたいことを理解したらしく「そうだな」と答えた。

「殿下も……マチアス様のこと、よろしかったんですか？」

ランドルフ殿下は暗示が解けてからなぜか呆けたようになっているらしい。目前の脅威は去ったわけだが、いつマチアス様が第二の王弟殿下となるとも限らない。

「まあ、せいぜい裏切らぬよう見張らせてもらうさ」

その物言いにホッとして、私は本当は一番に気になっていたもう一つのことを聞くべく下腹にそっと手を当てた。

「それで、あの――」

自分のお腹に目をやる。地下に閉じ込められていた時、確かに感じていた命の意志が、今は感じられない。既に最悪の想像はしていたが、はっきり聞くのは怖くて怖気付く。そんな私に、彼は淡々と告げた。

「子は、いなかったそうだ」

「うそ！　だって確かに——！」

胎動があるような月数ではもちろんなかったが、何かの気配をちゃんと感じていたのに。

「そなたが嘘をついたとは言っておらん。城の魔道医の話によると、その子は未来から来たのではないか、と」

「未来から？」

思いもしなかった言葉にぽかんとしてしまう。

「将来、私たちの間に生まれるはずの強い力を持った子が、両親の危機を察して手を差し伸べたのかもしれない、ということらしい」

「……そんなこと、あるんでしょうか」

「わからん。これればかりは未来になってみないと確かめようもないしな」

未来に辿り着いたって確かめようがないんじゃないだろうか。

「でも……そうですか。よかった——。わたくしが刺されたせいで死なせてしまったのだと悔いておりましたから」

自嘲する私の体を、彼がそっと抱きしめる。

「すまん。二度と辛い思いはさせない」

私は彼の体を引きはがし、じっと見つめた。

「違うんです。辛い思いはできれば少ない方がいいですが……一緒に共有したいんです。辛いことも、嬉しいことも、貴方と――」

熱を帯びた瞳がじっと見つめてくる。

香恵の世界ならごく自然な感情としてあると思う。でも相手が王族の場合は……？

「不遜、でしょうか」

私も真剣な声で言った。

彼はしばらく逡巡するような顔をしていたが、やがてぽつりと言葉を紡ぐ。

「だったら私を庇って刺されるのはもうやめてくれ。それから――」

「はい？」

「言い直そう。先ほどの啖呵は見事だった。それでこそ我が妻となる女だ」

ニヤリと笑んだ顔に不意打ちを食らって一気に顔に血が上る。

「あ、あれは――！」

眠るカナンを挑発するためにわざとはしたない言葉を使ったんであって、だから見るな聞くな記憶するなってあれだけ念押ししたのにーーー！

「殿下、そこまでです」

彼を殴りそうになる寸前、イシェが素早くルドヴィーク殿下を救出し、部屋から驚くべき速さで追い出してくれた。

追い出される間際、蕩けるような笑みを浮かべて私を見たからもう一度心臓が止まりそうになったなんて、もう誰にも言えなかった。

それから約半年後、私は予定より少し遅れて、ルドヴィーク殿下の元へ嫁いだ。

結婚式は大々的に執り行われ、ドラゴンのことは遠い噂のようになってしまった。国を挙げてのお祝いムードが、呪いという忌まわしい事件の記憶を吹き飛ばしたかのようだ。

カナンはその後、数少ない魔道能力の専門家に引き合わせてカウンセリングも兼ねたトレーニングを受けている。更にはレディ・グレーシアの淑女教育も再開したが、驚くことにこちらの方が精神鍛錬に有効だったのは皮肉な事実だ。

マチアス様は今のところ大人しくしている。暗示事件の作用で父親が腑抜けになり、次期当主としての準備を進めていた。

実のところ、カナンが意識を失っていた時のマチアス様の顔を見た時に、彼の本心には気付いていたけれど、周りが口を出してこじれても面倒なので、今のところは静観している。そもそも忙しくてそんな暇もなかったし。

結局悪役令嬢としてシナリオ通りに進めたのかどうかはよくわからない。でも真相は解

明したし一応ザマアもやってのけたし、こんなものよね？　まあまあ及第点？

唯一分かったのは、どんな世界でどんな立場に生まれ変わろうが、私は私でしかなかったということだ。とびきりの美形令嬢だというのにどこかお人好しで、結局中身は凡庸な。

でも自分の頭で考え、自分で選択し、選んだものと選べなかったものに一喜一憂しながら、何とかやっていくしかない。間違えても。転んで躓くことがあっても。私と私以外の全ての人がそうであるように。


真っ白な総レースの衣装を身に着けて、私はルドヴィーク殿下が待つ祭壇へと向かう。

彼も純白の正装で私が近づくのを見ていた。その目はどこか眩しそうだ。

「花嫁が美しすぎて心臓が止まるかと思った」

「結婚式当日に未亡人にするのはやめてください」

互いに勝気に睨み合った後、三秒後にふにゃっと頬を緩ませて笑い合う。これからどんな運命が待っていたとしても、愛し合う相手と結ばれたことはこの上ない幸運だろう。


——この世界で。彼と、生きていく。

# エピローグ

収穫祭も終わった秋晴れの日、私たちの結婚式は一週間にわたって繰り広げられた。

もちろん一般庶民ならせいぜい一日で終わるものなんだけど、なにせ王族の、しかも世継ぎの君の結婚式である。まず誓いの儀式に至るまでが長いし、それが無事に終わっても多くの者たちの挨拶を受けなくてはいけない。マチアス様と聖女認定のカナンも祝賀の列に並んでそつのない言葉で私たちを寿いでくれた。その腹の内がどんなだったかは知らないけど。というかそんなことを考える余裕すら全くなかったのが正直なところだ。

とにかく式典の間中、ずっとニコニコしていたので顔の筋肉も強張りそうになっていたが、隣に座るルドヴィーク殿下の美しさを糧に頑張った。

実はあの一件以来、彼の中にどんな変化が起きたのか、ずっとクールビューティーで頑ななイメージだった王太子は、角が取れ優しい雰囲気になっていた。他者への対応にも余裕が見て取れる。はっきり言ってその魅力たるやうなぎ上りである。彼が微笑むだけで誰もがその魅力と美しさに釘付けになった。そして恐ろしいことにそれは私もだった。

長々と続いた結婚式の最中に至っては着飾った花婿姿の美しさも加算され、幼い頃から見ているはずの顔なのに、なぜか目が合って微笑まれる度に心臓が爆発しそうになって困った。何これ？

あまりの彼のまばゆさに恥ずかしくなって顔を伏せていたら、初々しい花嫁と評価が上がったから結果オーライかもしれないけど、無意識に心臓が酷使されたおかげで想像していた三倍以上疲れてしまった。本当にこんな人と結婚してよかったんだろうか。いやいいんだけど。何があっても誰にもあげないけど。

物心つく前から婚約者としてそばにいた私でさえそんな彼の変化にメロメロだったんだから、バルコニーでの挨拶等もあった結婚式後は当然老若男女を問わず国民人気が爆上がりだった。元々高かったのにそれ以上である。恐るべし美形王子の内面的変化。

一方私自身も、ずっと狭い場所に閉じ込められ、まともに食事もできない生活が続いていたとはいえ、アンブロッシュ家に戻り専門家による細やかなケアで傷んだ肌や髪もがっつり回復していた。若かったから新陳代謝も活発なのだ。

美しく着飾った姿は国内外の賓客に溜息を吐かせ、向こう百年は語り継がれそうな美しい花嫁に仕上がっていた。と思う。宮廷絵師が勢い込んで大作にして残すと言っていたから、後世の人たちはその絵を見て史実を噛みしめることになるだろう。

そんなこんなはともかく。

とうとう満を持して嫁いだ。世紀の一大イベントもクリアした。たぶん。忙しすぎてよく覚えていないけど。

そして今日は初夜である。

待ちに待った、でもこれ以上なく緊張の夜。

正直、あれから一度も王子に触れてもらっていなかった。少しくらいはと思ったのだけど、私の体が弱っていたのもあるし、イシェの監視も厳しかった。彼自身も色んな事件後の片付けと結婚式の準備に奔走していたのだ。

結婚式を延期に、という声もあったが、それは彼が強く反対した。私もだけど。世継ぎの王子と彼を支える身としては、さっさと立場を固めたほうが良策だったし、何よりも彼の一番近くにいたかった。

そうしてあらゆるお膳立てを整え、私たちは夫婦の誓いを立てた。

寝室に入った途端、強く抱きしめられ激しいキスをする。
——とは残念ながらならなかった。嬉し恥ずかし初夜なのに。どこに行ったロマンス展開。もちろん盛大に期待してたし望んでたんだけど、想像以上に結婚式が激務過ぎた。とにかく忙しかったしずっと人に囲まれて大変だったのだ。
だから……侍女たちに化粧を落とされ、肌や髪の手入れをしてもらい、ベッドに辿り着いた途端に熟睡してしまったのかもしれない。当然のなりゆきだったのかもしれない。そしてそれは彼も同じだったらしい。


　目が覚めたのは明け方近いまだ夜中で。私の隣では相変わらず綺麗な顔のルドヴィーク殿下がすやすやと眠っていた。

　うわ、可愛い。寝顔を見るのは初めてかもしれない。そうか。夫婦になるとこんな特典があるのよね。嬉しくなって顔が綻んでしまう。

　思わずそっと手を伸ばして彼の頬に触れた。美しい白皙(はくせき)の肌。指でその輪郭をなぞっていると、金色の睫毛(まつげ)が震えて彼の瞼が開いた。互いに見つめ合う。その三秒後には抱き寄せ合って唇を重ねていた。

「ん、んん、……ん、ふぁ……っ」

　息もつかせぬほどの激しさに、苦しくなりながらもそれにすら酔う。彼の右掌が私の頬を包み込んでなぞり、背中に回って掻き抱いた。

「殿下、殿下……、落ち着いてくださいませ……――」

　起き抜けの急展開に、息も絶え絶えになって私は懇願する。

　けれど必死の抵抗もむなしく飢えた獣のように私の首筋に吸い付いてくる彼の、胸に手を当てて寝間着のボタンをはずそうとする。

「せめて、これをお脱ぎになって……」

私の弱々しい声に、彼は息を荒らげながらようやく頷くと、ぶちぶちと乱暴にボタンをはずし寝間着を脱ぎ捨てた。

そして上半身だけ裸になってから再び私を抱きしめる。

「すまん、その、式の前にも……途中で……我慢の限界が来て、なんどそなたの寝室に忍び込もうと思ったか――」

くぐもった声が耳元をくすぐる。

「それなのにようやく寝室に来てみればそなたはすやすやと安眠しているし、よほどそのまま襲おうかと思ったが、疲れた顔を見ているとそれもできず――」

あー、葛藤させちゃったんですね。

なんか正直になりすぎててヤバい気もするけど、彼の言葉は嬉しくもあった。

「わたくしも……実を言えば式の前に殿下がいらっしゃらないか夢に見そうでした」

「本当に――？」

額を押し付けてじっと見つめられ、恥ずかしくて顔が熱くなる。でも逃げなかった。

「触れてほしくて……気が狂いそうでしたわ」

そう言って微笑むと、彼の頬が嬉しそうに緩む。

「式の間も、そなたの美しい花嫁姿にずっと心臓が高鳴りっぱなしだった。誰にも見せたくなくて私だけのものとして閉じ込めてしまえたらどんなにいいかと」

「殿下ったら……」

私がおかしくて吹き出すと、彼は「冗談ではないぞ」と大真面目に言ってくる。

その顔がいとおしくて、私は自ら彼の首に腕を巻き付けて口付けた。

そのまま、ベッドの上で水を求める砂漠の旅人のように互いの唇と唾液を求め合った。

いくら飲み干しても足りない甘露のように。

「そなたを抱きたい」

唇が五ミリだけ離れ、掠れた声で言われてぞくぞくと体の芯が震える。

「わたくしも殿下に触れてほしいです。でも――」

「でも?」

焦ったような余裕のない顔が可愛い。どうしよう、すごく可愛い。でも――。

「……こんな風に、獣のようにされるのは少し怖い、です――」

正直に言ったら、爛々としていた目から少し勢いが消えて、私を気遣う顔になる。

「そ、そうだな。すまなかった。つい、理性が吹き飛んで――」

戸惑う顔も可愛いなあ。こんな顔、見られるのが自分だけだと思うとふつふつと喜びが湧いてくる。何より私の言葉を素直に聞いてくれるのが嬉しかった。大丈夫、ちゃんと尊重してくれている。

「一応夫婦になって初めてなのですし、その、久しぶりなので……優しくして頂けますか?」

上目遣いに訊いたら、彼は真っ赤な顔になって頷いた。

「できる限り善処する」

ふと見ると、彼の鍛え上げた綺麗な胸筋と腹筋には無数の傷が走っている。あとから聞いた話だけど、彼はカナンの暗示に逆らい、自我を保ち続けるために自らを傷付けていたらしい。絶対に私を救い出したいという一心で。そう思うとカナンに対する怒りと彼に対する想いが交差して、複雑な気持ちになる。あとであの子にはとんでもない仕事を押し付けてやる。

彼は『待て』が利いているらしく、興奮した表情を浮かべながらも私のゴーサインをじっと待っていた。

「キスして……？」

甘い声でねだると、今度はゆっくりと私をとろかすような優しいキスが降ってきた。

「ん、ん……、ん……」

唇が触れ合うだけでうっとりするのに、舌を優しく舐められて、脳みそがトロトロに溶けてしまいそう。

「そなたのも、脱がすぞ？」

「はい」

期待と羞恥に声を震わせながら微笑んだ。

薄絹を重ねたナイトガウンの、腰の位置で結んだ紐を解くと、中に何もつけていない私の体が彼の眼前に晒された。

彼は息を呑んで私の体を見つめている。

「あの、そんなに見ないで……」

恥ずかしさのあまりそう言うと、「無理を言うな」と上擦った声で返された。胸元に残った刺し傷も、かなり薄くなったがまだ見えるはずだ。彼は辛そうな目でその傷に視線を走らせると、指でそっとなぞり、私の上に伏せて口付けた。

その唇の感触にゾワゾワする。

「傷、気になりますか?」

彼の唇の甘さに酔いながら、気になることを聞いた。

「そなたにとっては勇敢さの証だろうが……私にとっては守れなかった悔恨でもある」

やっぱそうなのか。

「醜いとは思われませんか?」

「まさか！　そなたの全ては美しさしかないだろう」

そう囁きながら今度は両手で二つの胸を優しく揉み始める。

「あ、あ……っ」

気持ちよさに思わず声が漏れてしまった。彼の手。大きくて温かな手。その手が今、私の胸をもみくちゃにしている。それだけで興奮が止まらなくなる。

「ずっと——触れたくて堪らなかった……」

沁み入るような声に、私も嬉しくなる。

「あの、いっぱい触ってくださいね？」

たまらずそう言うと「そんな可愛い顔をするな！」となぜか怒った顔になった。それも可愛い。触るだけでは耐えられなくなってきたのか、彼は私の胸の先端に吸い付いてきた。

「あぁあんっ！」

思わず嬌声が上がる。

私も彼に触れる。頬、髪の毛、首や肩、胸。

「愛してます――」

するりとそんな言葉が漏れると、彼の体がビクンと跳ねる。

「あの、殿下――？」

彼は顔を真っ赤にしたまま首を振ると「それより名前で呼んでくれないか」と言った。

そういえば、以前もそう言われたような。

「えっと、その……ルドヴィーク……？」

勇気を出して呼び捨てた。その途端、太腿に何か当たる感触がある。そっと目をやると、彼の分身が大きく勃ち上がっていた。

「あの……」

どう反応していいか分からず彼の顔を窺ってしまう。

「ヤバい。少し時間をくれ」

彼は私の上から体を起こすと、スー、ハーと大きく深呼吸を続けた。

そうか、さっき私が怖がったから、乱暴にならないよう必死で自制してくれているのだ。

そう気付くと、嬉しさで胸がいっぱいになった。ああ、本当に愛されている。

「わたくしも、少し変なんです。貴方とその、こうするのは初めてじゃないのに、まるで初めてみたいにドキドキします」

たぶんそれは、お互いが両想いだと分かってから初めての行為だからで。

「リディーリエ、可愛い」

またもや眩しそうな目をして彼は言った。うひゃー、照れる。そんな彼の顔が麗しすぎて直視するのも辛くなる。

「あの……きますか？　その、私の中に――」

勇気を振り絞って誘った。恥ずかしさで死にそう。でも彼を求めすぎて苦しくなっている。けれど彼はそんな私を優しい目でじっと見つめると「そうしよう」と答えてくれた。

すぐに入れるのかと思ったら、彼は私の膝を立て、大きく開いてそこに頭を沈めようとした。

「で、殿下……⁉」

思わず抵抗して足を閉じようとするが、がっちり抑え込まれていて動けない。彼が触れなくてもそこはもうぐしょ濡れで。彼の呼気が近づき、恥ずかしさに顔が熱くなる。

「優しくすると約束したからな」

彼はニヤリと笑ってそう言うと、濡れた秘所に口付けた。

「ひゃぁんっ！」

尖らせた舌が陰唇を割って舐め上げてくる。その度にゾクゾクと快楽がせり上がって震えが止まらなくなった。

「だめ、や、殿下……！」

「名前で呼べと言ったろう？」

「あ、ぁぁあ、で、あ、ルドヴィークさまぁあっ!!」

名前を呼んだ途端、淫珠をジュッと吸われた。

「はうんっ！」

その途端、頭の中が真っ白になり、ビクビクと大きく震えてしまった。

「……ああ、あんなに舐めとったのに、そなたの蜜はどんどん溢れてくるな」

恥ずかしいことを言われて泣きそうになる。

「しかも素晴らしく甘い」

更に彼は口淫を続け、その上蜜を溢れさせる場所を指でまさぐり始めた。そしてすぐに蜜口を見つけ、指を侵入させてくる。一方、花弁に隠れていた淫珠もくりくり弄られる。

「ここもほら、こんなにぷっくりと愛らしく膨らんで……本当にそなたはどこもかしこも……」

「だってそこは、さっき殿下が――や、――ぁんっ、は、あぁあんっ！」

すっかり固くなった花芽を再び唇で愛撫され、蜜口も指が暴れまわり、イったばかりの体が再び快楽に追い詰められていく。

「や、ダメぇ……っ」

「何がダメ?」

「指じゃ、なくて……、ルドヴィーク様のがいいのぉ……っ」

泣きそうになりながら答えた。指じゃない彼が欲しい。もっと熱くて太い彼の分身でイかされたい。

「……くっ!」

私の懇願に、彼は歯の間から息を漏らすと、体を起こしてズボンを脱ぎ、自分の腰を寄せてきた。

「こちらか?」

そう言って己の分身の先端を蜜口にあてがう。濡れた性器が触れ合う音に、私は頭をぶんぶん縦に振ってしまった。今ばかりは処女じゃなくなっててよかったと思う。痛みに彼を萎えさせなくてすむ。

「――挿れるぞ?」

潜めた声が色っぽい。

「はい」

私は自ら彼を迎え入れる体勢を取る。彼は優しく私の足を撫でると、蜜が溢れるそこに自分の先端を何度か擦り付けて慣らした。そしてゆっくりと腰を沈めてくる。

「あ……」

押し入ってくる存在感に、泣きそうになる。ずっと一つになりたかったのだと、改めて思い知る。

「あ、殿下……ルドヴィーク殿下……」

「よし、いい子だ、リディーリエ」

彼は声を詰まらせながら私の奥まで突き進んでくる。その顔がすごく色っぽい。

「好き、大好き――」

たまらずそう叫ぶと、私の中で彼の質量が増した。

「あぁん……っ！」

「く……っ！」

そのまま蜜洞を強く抉られる。

「あ、あぁあ、あぁあああ……も、だめぇ！」

彼は大きく前後に激しく行き来しながら、不意に激しく震えたかと思うと、あっという間に私の中に精を解き放った。その感触で、私も達してしまう。

「あ………」

ばくばくと心臓が激しく脈打ち、私たちは荒い息に体を上下させていた。

やがてようやく息が整う頃、彼はがばりと起き上がって私に謝り始めた。

「ダメだ！　怖がらせないように優しくするはずだったのに！」

久しぶりの、しかも心から愛し合う行為に我を忘れて早くイきすぎてしまったらしい。

それでもそんな焦った顔の彼を見ていると、私は嬉しくて笑いが込み上げてきてしまった。

「リディーリエ……？」

彼はぽかんと私を見ている。

「いえ、あの、これはあまりに幸せすぎてですね……」

説明しながら、涙が頬を伝っていることに気付いた。なんで？

「あの、本当に嬉しくて幸せなんです、なんで涙なんか――」

ごしごし拭おうとする私の手を彼が止めた。そして唇で涙を拭ってくれる。

「ああ、私もこの上なく幸せだ」

そう聞いたら、もっと涙が溢れてきてしまった。

「愛してます、ルドヴィーク」

「ああ、私もだ。愛してる、リディーリエ」

結婚式でも誓った言葉だけど、改めて互いを見つめ合って言うと益々胸が熱くて堪らなくなった。

「悪いが……もう一度挑戦させてもらっていいか？」

すぐに終わってしまったことがいたたまれなかったらしい。彼のきまり悪げな声に私は胸がきゅっと苦しくなって、答える代わりに抱きついてキスをした。そのまま身を起こして、今度は彼を下にして重なり合う。私は彼の上でキスをしながら、裸の胸を擦りつけ、右手を彼の足の付け根に伸ばした。

「リ、リディ、そこは……っ！」

「わたくしも……触れたらだめですか？」

恥じらいながらもまっすぐ見つめて聞くと、彼は顔を真っ赤にして「好きにしろ」と横を向いてしまう。

それでも直視するのは怖かったので唇にキスを続けながら彼の分身に指を絡めた。力を失くしていたそれが、むくりと立ち上がってくるのがわかる。

私がそっと彼の顔を窺うと、首筋まで真っ赤になっていた。

彼もこれは気持ちいい、でいいのよね？

更に指に力を加えるとどんどん硬度が増してくる。ちょっと面白くなってきてしまった。今度は握った手を上下に動かしてみた。

「……気持ち、いいですか？」

彼はゆっくり私の方を向くと、恥ずかしがっているような、けれど必死で何かに耐えているような何とも言えない表情をしていた。そんな彼の表情に、私は益々有頂天になってしまう。

「もっと強く？」

訊きながら手に力を込めると、彼はとうとう耐えきれなくなったらしく、起き上がって私の体を押し倒す。

「ちょ、ルドヴィーク……！」

「リディが優しくと言ったから必死に耐えていたのに、どうしてくれるんだ！」

わ、怒ってる？

「あ、あの、すみません、調子に乗りました」

だって可愛かったんだもの。

「私にも反撃する権利くらいあるはずだな？」

そう言って彼はすっかり復活していた分身を私の入り口に押し当てた。

「あの、落ち着いて」

「落ち着けるはずがなかろう！」

あー完全に頭に血が上ってる。

「分かりました。分かりましたから」

私は彼の頬に手を当て、できるだけ素直な声で言った。

「好き」

ボッと彼の顔に火がついたようになる。

「どんなルドヴィークも大好き、です」

私を押し倒して今にも一つになろうとしていた彼は、片手で顔を覆って唸り声を上げ始めた。

「あの、殿下……？」

ギリギリと歯を噛みしめた後、すとんと体中から力を抜いてそっと私の頬を包み込む。

「私の妻が……夫を翻弄するとんでもない悪女だと、知っているのは私だけだな」

「あ、悪女って……っ！」

「まあよい。それもそなたの趣深く愛しいところだ」

彼の言葉に、今度はこっちが顔から火を噴きそうになる。そんな私を見て彼はくつくつと肩を揺らして笑い始めた。本当にもう！

怒りと恥ずかしさで唇を噛みしめていたが、笑う彼を見ていたらだんだんバカバカしくなって私も笑い出した。

「わたくしはわたくし、ですわ。良くも悪くもただ一人の女で、あなたの愛しい妻。そうでしょう？」

彼に手を差し出すと、恭しく甲に口付けられる。

上半身を起こし、彼と対面する形でそっとそそり立つ肉棒の上に腰を落とす。

そして、私たちはまた改めてひとつになった。彼に埋め尽くされる感触に恍惚となる。

そのまま肌を密着させ、固く抱き合ってキスをする。舌を絡ませ合いながら裸の胸を擦り合った。

気持ちいい。

不意に彼の腰が下からずんっと強く突いてくる。

「あぁ……んっ」

思わず声が漏れた。そのまま何度も奥を突かれる。

「そなたはここが好きであろう。この一番奥を突かれるのが――」

「あ、好きです、好き――」

「何度でもイくがいい。突いて突いてそなたのココを私の子種でいっぱいにしてやる」

「あんっ、殿下、ルドヴィーク――ぁっ」

激しい動きと奥への刺激に、私は再び達してしまっていた。気持ちよすぎてどうしていいかわからない。

「も、ダメ、あっ！　はぁああん……っ」

絶頂にのぼりつめ、彼を強く締め付けながら私の体が大きくしなる。同時にお腹の奥が熱い精液で満たされるのを感じた。熱い。蕩けそう――。

「まだだ、もっと、もっと――」

言いながら今度は私の体を押し倒し、太腿を抱えながら腰を打ち付けてくる。

「ひゃ、ダメ、今イッてるのに……はぁんっ」

あっという間に復活した彼の肉棒に責められて、私は理性をかなぐり捨てた。少しだけ体を起こして、汗だくの彼の顔を引き寄せキスをする。再び激しい抽送が始まり、体中の快感がそこに集中した。

「ルド――きてぇ……！」

私が叫ぶと、彼が一気に精を放つ。三度目の絶頂に、私は眩暈を起こしそうになっていた。熱く蕩けたそこにたっぷり注ぎ込まれ、私は気を失った。


「す、すみません……！」

ふと意識を取り戻し、気を失ったことに気付いた私が蚊の鳴くような声で謝ると、彼は『ん？』という顔になる。

「その、あまりちゃんと意識を保てなくて……」

「気にするな。私の方が体力があるのは自明の理だし、無理させたのも私だ。そなたが謝る必要はない」

いや、そうかもしれないけど、でも――。

「なんならそなたも体力を付ければいい。私と毎晩むつみ合えばおのずと――」

「無理です死んじゃいます！」

真っ赤になって叫んだ私に、彼は「冗談だ」と笑い出した。本当にもう――！

「それに……」

「今度は何ですか？」

すわと身構えた私に、彼はこの上なく優しい顔で言った。

「私も――そなたとの子に早く会いたいしな」

その笑顔に胸が締め付けられる。彼は気付いていたのだ。投獄されている時に助けてくれた我が子に、私がずっと会いたがっていたことに。

私は彼の大きな手を取り、その甲に口付ける。

「きっと会わせてさしあげますわ。そして皆で幸せになりましょうね」

彼は厳かに微笑むと、私を抱き寄せ万感の思いが籠もったキスをした。

## 番外編　この世界であなたと

「あともう少しです！　妃殿下、頑張ってください！」

そんなこと言ったって！

ベッドの上で痛みにもんどり打ちながら心の中で突っ込む。もう何時間、この状態が続いているんだろう。陣痛の間隔が短くなり、出産が近いと言われて別室に待機していた出産専門の女性侍医たちが緊急招集されたのは真夜中だった。私が呻き出したのを隣に寝ていた夫、ルドヴィークがいち早く気付き、呼び鈴を鳴らす。

真夜中だというのに十分以内に出産の用意が滞りなく行われた。

大量の清潔な布と沸かされたお湯。前以て招集されていた産医や助手たち。基本的に王城専門の侍医は男性が多かったが、さすがに出産に関しては女性医師が招かれた。いわゆる出産専門の産婆的な医師は、コゼットという五十代半ばの女性だった。貴族専門の産医らしい。

ルドヴィークに嫁いで一年、懐妊が発覚した時点で彼女は招かれ、妊娠中の定期的な検診や食事等の指導まで行われた。おかげで臨月を迎える今日まで恙（つつが）なくお腹は大きくなったのだけど、さすがに無痛分娩はこの世界に存在しなかった。

「……てない」

「は？　なにかおっしゃいましたか？」

「出産がこんなにしんどいなんて聞いてない！　と申しました！」

半ば自棄になって叫ぶ。いや、痛いだろうし大変なんだろうなあとは思ってたけど、この痛みと苦しさは想像を絶している。

「これぱかりは仕方ありません。どんなに貴人だろうが賤民であろうが、出産だけは思う通りになるものではございません」

コゼットの声は無常だった。そらそうよね。分かってる。分かってるんだけど！　痛いものは痛いのよ！

「本当に大丈夫なの？」

私の枕元に呼び出されたカナンが不安そうな声を出す。彼女を出産に立ち合わせると決めたのは私だった。一応聖女枠で城にいるのでその資格はある。出産の無事を神に祈るという名目だった。

「あなたは聖女らしく祈っててください！」

コゼットの声はカナンにまで厳しかった。レディ・グレーシアに勝るとも劣らない気丈さだ。

残念ながら夫であるルドヴィークはこの場にいることを許されなかった。彼も私と一緒にいたがったのだが、基本的に貴族社会では男性の出産の立ち合いはタブーになっている。女性の聖域だからというのが建前だが、本当は過去お産に立ち会った王がその場で失神して邪魔だったかららしい。相手が王族では、倒れても蹴りだすわけにもいかない。

代わりにと言っては何だが、枕元ではカナンが私の手を握ってくれていた。

「ん、ん〜〜〜っ！」

私は渾身の力で彼女の手を握り締めていた。侍女の一人が額に浮かぶ大量の汗を拭ってくれる。

「かなり下りてきました！　頭が見えてきたのでもう少しです！」

「んっ、んん、ん〜〜っ！」

枕の上で頭をぶんぶん左右に振りながら必死で呻く。

「舌を嚙むと危険です。轡（くつわ）の用意を！」

コゼットの指示になんとか声を絞り出した。

「――らない！」

「しかし……」

確かに舌を嚙んでもおかしくなさそうな状態なのだろう。でも轡をされるとうまく息ができなくて、それは出産を妨げるような気がしたのだ。

窓から朝陽が差している気配がする。もう夜明け？

「合図をしたらいきんでください。妃殿下、よろしいですか？」

「ううっ！」

まともに返事をすることもできなくて呻き声で答える。

「いきますよ？　いち、に、――いきんで！」

「んんんん～～～～っ！」

カナンに握られていた手を必死で握り返し、もう何度目かの痛みの元に力を入れる。めりめりっとなにかが裂けるような感覚がしたその直後、赤ん坊はこの世に引っ張り出され
「ふぎゃあっ！」と元気な泣き声を上げた。

私の周りであるはずのない気泡がパン、パパンっと弾けたような気がした。

生まれた――。

苦痛の解放を感じた私に、コゼットの容赦ない声が現実を突きつけた。

「もう一人います。妃殿下、お心積もりを！」

やはり双子だったらしい。まだこの惨状が続くことを知って、私の枕元でカナンが青ざめている。

私は絶望に近い感情に囚われながら、残った覚悟を掻き集めて再度いきむ準備を始めた。

生まれたのは男女の双子で、エイヴとフェリカと名付けられた。

「信じられない……」

呆然と呟くカナンに、私は「なにが？」と聞き返す。ベッドに横たわった私の胸元では、この世に生まれてまだ一週間しか経たないエイヴがすごい勢いで私の胸に吸い付いている。最初は全く吸えていなかったのだが、ここ数日でやっと吸い方を会得したらしい。一度覚えたと思ったらその勢いたるや猛牛のようだった。

「だって……あんなに死にそうだったのに、もう平気そうな顔をしてるんだもの。貴女が握って私の手についた痣、三日は消えなかったんだから」

「あら、まだ痛いわよ？　でもまあ、医師の縫合の腕が良いのと痛み止めが効いてるから」

その辺は腐っても王太子妃である。万全の医療体制と介護がついていた。乳腺炎を防ぐために自分の母乳も与えているが、ちゃんと乳母もいる。ワンオペできりきり舞いなんてないのは本当に有難い。

エイヴは飲みたいだけ母乳を飲むと、待機していた乳母が受け取ってげっぷをさせてからベビーベッドに寝かせられる。私のベッドの後ろではフェリカを抱いた夫のルドヴィークが蕩けそうな顔で娘を見つめていた。二人ともまだ猿みたいな顔だ。

私は改めてカナンと向かい合う。

「それにあれでもお産としては軽い方だってコゼットが言ってたわ。長いと丸一日かかる人もいるそうだから」

私の言葉を聞いてカナンは天を仰いで大きなため息を吐いた。

「とにかく、無事のご出産おめでとうございます。私をあの場に付き合わせて満足？」

「一応、夫の立ち合いが無理だから聖女の加護を願ったんだけど。感想は？」

「今でも悪夢に見そう」

本当にげっそりした顔でカナンは呟き、その表情がおかしくて私は笑い出す。

「何がおかしいのよ」

「私もあなたもそうやってこの世界に生まれたんだろうなって思って」

カナンの顔がぴくりと固まった。

「母親の胎の中で苦痛に抗って抗って必死になってこの世に出てきたんだわ」

私がじっと彼女を見つめると、カナンはふいと視線を逸らす。そんな彼女に私は何も言わなかった。

「じゃあ、お見舞いはこれで。あ、ルドヴィーク殿下、あなたが子供にデレデレで公務を押し付けられてばかりいるってマチアスが嘆いてたけど？」

急に話を振られたルドヴィークは、それでも我が子から視線を逸らさずに即答した。

「大丈夫だ。問題ない」

答えになってない。仕方なく私がフォローする。

「度が過ぎるようなら私が発破をかけるから、マチアスにはそう伝えて」

「はあい」

やる気のない声で答えて、カナンは出て行った。

「よかったのか？　あれで」

ようやく眠った娘をそっとベッドに下ろして、起きないのを確認してからルドヴィークが言った。

「たぶん……」

私も彼に手伝ってもらい、ベッドから立ち上がって眠る我が子たちを一緒に覗き込む。

「珍しく断言はしないんだな」

ルドヴィークは私の肩を抱き、額にそっとキスをした。彼は私とカナンが前世を持っているということを知っている。それはどこか現実が二重写しになっているということだった。その感覚は経験者でなければ理解しがたいものだろう。それでも。

「知っておいてほしかったんです。命は――これっぽっちの嘘も忖度もなく、どこまでも原始的にただただ必死に生まれてくるものなんだって」

カナンの前世や今世がどんなものだったとしても、生まれてきた命にはそれだけで価値がある。それが物語のような人生を生きてきた彼女にとっても生々しいほどの現実なのだと。

隣のベッドで眠る二人の赤子はまだ儚いほどのひ弱さでただ生きようとしている。もちろん王太子の子供だから充分以上に恵まれた環境ではあるのだけど。

ルドヴィークは私をまじまじと見つめると、感慨深げに呟いた。

「そなたは、時々賢者よりも深遠な真理を呟く。そして……本当に驚くほど美しいな」

「え？」

「まるで偉業を成した勇者さながらだ」

「そんな……褒め過ぎです」

彼の言葉に照れていると、私の目を覗き込んでいるルドヴィークの瞳が微かに揺れた。

「時々、不安にならなかったと言えば嘘になる」

「え？」

「そなたが……そなたの一部が前世の記憶に囚われたままになっているのではないかと」

そうかもしれない。記憶がある以上、どうしようもない感情はある。

「でも、今、わたくしはあなたの隣で生きています」

「ああ。ありがとう」

「何にありがとう？」

「私を選んでくれて。私が愛する者を命懸けで産んでくれて」

「――はい」

彼の切なげな瞳に痛いほど実感する。愛されている。まだまだ未熟で卑小な身だけれど、一人じゃないということが少しずつ私を強くするだろう。我が子の存在もまた。そう思うと改めて恐ろしいほどの幸福感に身震いした。

「愛してますわ。ルドヴィーク」

彼は分かっているると言わんばかりに微笑んで、私の唇に厳かなキスをした。

# あとがき

こんにちは。あるいは初めまして。天ヶ森雀と申します。この度は『悪役令嬢に転生してみたけれどツンデレ王子と懇ろなんて聞いてない』をお手に取って頂きありがとうございます。こちらはパブリッシングリンクさんのルキアというレーベルで出させていただいた電子書籍を一部改稿し、更に番外編をつけたものです。電子書店などでは表記があるはずですが、ご確認の上お求めいただければ幸いです。

と言っても自分が本屋さんに日参していた学生の頃は、面白そうな本があればまずはあとがきから読んだりしてましたが、今のようにビニールがかかっているとそうもいかないだろうしな。敢えて同じタイトルにはしてあるのですが、もし間違えて購入してしまった方がいらしたらごめんなさい。できれば新しい素敵な表紙や挿絵、番外編を楽しんで頂けると嬉しいです～。

さて、いつの間にか業界を席巻していた悪役令嬢ものにとうとう手を出してしまいました。その結果……こんな話がありかどうかは読者の皆様に判断をお任せするとして。

懇（ねんご）ろ。キーボードでなら打てるけど何も見ずに書けと言われたら書けない。つくづくデジタルの変換機能有難いですね。そもそも手書きで懇ろなんて書く機会もそうそうないとは思いますが（口に出すこともまずないわ）。でも単語として気に入ってます。ダブルツンデレの二人がなぜか懇ろな話です。まあそこはTLジャンルなので。最低三回はその手のシーンをいれましょうがジャンル的なお約束なので。

　そう言えば冒頭で今回のヒロインが「悪役をやってみたかった」というシーンがありますが、これ実は作者自身のことだったりします。遡ること数十年前、なんでそんな会話になったか全然覚えていませんが「お芝居だったらシンデレラの継母か姉をやりたい」と言ったのをなぜかよく覚えています。なんでだろう？　だけど哄笑を上げながらヒロインを苛める役（あくまでお芝居として）は何とも楽しそうな気がして「やりたいなあ」とぼんやり思ってました。もっとも地味な人生の中でお芝居をするような機会なんてほぼなく（幼稚園の「舌切り雀」のナレーションくらい）、結局希望は希望で終わりましたが。

　そんなわけで今回のヒロインのとっかかりはそこでした。悪役をやってみたい主人公。ただし根はお人好し。このジャンルなら今世はこんな流れになるんだろうなと思ってみても、しょせん思い通りにいかないのが世の常人の常。ツンデレ王子に翻弄されてあわわわわとなっているうちに聖女（もどき）が出てきたりドラゴンが出てきたり。

　そんなこんなの雀風悪役令嬢噺ですが、楽しんで頂ければ大変幸いでございます。

　ちなみに今回の表紙ラフが届いた時に一番びっくりしたのは、画面に○がいたことです。基本的にＴＬ小説って表紙にはヒーローとヒロインしか入らないのですが（たぶん。私は見たことがない）、今回はなんと！　転生先の水先案内人白玉様が表紙に登場してくれました！　え？　どこに？　と思った方は表紙の帯をそっと外してみてください。うふ、いましたよね？　白玉様が。一見輝くだけの球体に見えるかもしれませんが、心の目で見れば「うけけけけ」と全開の笑顔で輝いているように見えないでしょうか！（私だけ？　っていうか笑い声それ？）

　そんなんが嬉しいんかと言われてしまいそうですが、実は脇役を書くのがとても楽しい作家なのでこれはとても嬉しかったんです。どうぞ皆様も麗しい主人公たち同様、愛でて頂ければ幸いです。

　そんなわけで今回の表紙と挿絵は打ｗｈｉｍｈａｌｏｏｏ先生に描いて頂きました。なんとも可憐なヒロイン・リディと、拗らせツンデレ美形王子ルドヴィークを魅力的に描いて頂き本当にありがとうございました！　ｗｈｉｍｈａｌｏｏｏ先生とは二度目のお仕事なのですが、繊細なラインのキャラと世界観のある背景が合わさったロマンティックなイラストがとても素敵で、今回もお引き受け頂いてとても嬉しかったです。しっとりした濡れ場も最高でした！　また機会がありましたら是非よろしくお願い致します！

そして今回も大変ご迷w…もといお世話になった編集様、心よりありがとうございました。いつも仕事の話だけをしようと電話するのに、いっつも変な話が混ざってすみません。凶暴な花粉が落ち着いたら、ぜひ直接お会いしてゆっくりお話ししましょうね。

更に表紙を素敵にデザインしてくださったデザイナー様はじめ、印刷や製本、版元取次ぎ流通書店すべてのスタッフの皆様に心よりお礼申し上げます。色んな方の力を経てこの一冊ができあがっていることにいつも感無量でございます。

最後に読んで下さったあなた、色んな思いをこめて書いたこの本が、少しでも一幅の笑みに繋がれば幸いです。ご縁があればまたお会いしましょう。

天ヶ森雀拝

2024年春

本書は、電子書籍レーベル「ルキア」より発売された電子書籍『悪役令嬢に転生してみたけれどツンデレ王子と懇ろだなんて聞いてない』を元に加筆・修正したものです。

★著者・イラストレーターへのファンレターやプレゼントにつきまして★
著者・イラストレーターへのファンレターやプレゼントは、下記の住所にお送りください。いただいたお手紙やプレゼントは、できるだけ早く著作者にお送りしておりますが、状況によって時間が掛かる場合があります。生ものや賞味期限の短い食べ物をご送付いただきますとお届けできない場合がございますので、何卒ご理解ください。
送り先
〒160-0022　東京都新宿区新宿 1-36-2
(株) パブリッシングリンク
ムーンドロップス 編集部
○○（著者・イラストレーターのお名前）様


# 悪役令嬢に転生してみたけれど ツンデレ王子と懇ろだなんて聞いてない

２０２４年４月１７日　初版第一刷発行

著…… 天ヶ森雀
画…… whimhalooo
編集…… 株式会社パブリッシングリンク
ブックデザイン…… しおざわりな（ムシカゴグラフィクス）
本文ＤＴＰ…… ＩＤＲ

発行…… 株式会社竹書房
〒102-0075　東京都千代田区三番町８－１
三番町東急ビル６Ｆ
email：info@takeshobo.co.jp
https://www.takeshobo.co.jp
印刷・製本…… 中央精版印刷株式会社